KB233315

한국어, 우리말 우리글 ④

한국어를 연구한 죄

심재기 저

제이앤씨
Publishing Company

책머리에

세월이 참 빠릅니다. 어느새 21세기도 10년 세월이 흘렀고 저는 7순을 훌쩍 넘겼습니다. 옛날 어른들이 세월을 일러 전광석화電光石火라 하신 말씀을 실감하게 됩니다.

저는 1960년에 대학을 졸업하고 곧바로 국어선생이 되어 지금까지 우리말 우리글을 가르친다고 하였으니 70년의 생애에서 꼭 반백 년을 우리말에 묻혀 살아 온 셈입니다. 돌이켜 보면 참으로 황홀하고 아름다운 세월이었고 또 한편 송구하고 고마운 세월이었습니다.

가르친다는 것은 곧 배우는 것이라는 마음으로 한국어의 아름다움을 말하며 살았으니 세월이 황홀하고 아름다웠다고 할 수 있겠고 특별한 재주가 없었건만 지난 세월 내내 하늘이 저를 국어선생으로 보호하고 감싸 주었으니 이 또한 송구하고 고마운 세월이라 할 것입니다.

그동안 저는 강의에서 미진했던 이야기를 어설픈 대로 몇 권 책으로 묶어 낸 일이 있었습니다.

그 모두가 20세기 마지막 20년인 1990년 전 후의 일입니다. 오늘에 와서 보면 2, 30년이 지난 옛날입니다. 그러므로 이 이야기는 어쩌면 시효를 잃은 낡은 이야기일 지도 모릅니다.

그런데 어느 날 제이앤씨의 윤석원 사장님이 저를 찾아오셔서 그 옛날 책이 아직도 유효하다는 말씀을 하시며 한 뭉치로 묶어 보자고 하셨습니다. 저는 부끄럽지만 용기를 냈습니다. 한국 사람과 한국말이 이 인류의 역사 안에서 정말로 의미 있는 존재라면 그리고 그러한 사실을 우리가 굳게 믿고 있다면 저의 이 다섯 권 책은 우리말과 글을 사랑하는 사람들에게 작으나마 위로와 도움이 되지나 않을까 하는 외람된 생각을 한 것입니다.

지난 50년 간 제 생각이 한결같은 것은 아니었습니다. 우리말과 글이 우리 민족과 함께 새로운 인류 문화에 한 줄기 빛이 되리라는 믿음에는 변함이 없었지만 우리말과 글을 어떻게 지키고 가꾸어야 하느냐 하는 세부항목에서는 다소간 변화가 있었습니다.

저는 한자漢字 없는 우리나라의 언어문자 생활을 생각한 적이 잠시 있었습니다. 그러나 그것은 우리 역사에서 2천 년 과거의 정신문화 재산을 빼버리는 결과가 된다는 것을 깨달았습니다.

그래서 저는 한자를 줄여 쓰는 방법을 끊임없이 연구하며 새로운 언어문자 생활을 모색할 수는 있으나 한자를 완전히 없앤다는 것은 안 된다는 결론에 이르렀습니다. 이러한 제 생각이 이 다섯 권 책에 드믄 드믄 드러나 있습니다.

이제 저는 이 책을 한국과 한국어를 사랑하는 모든 사람들에게 바칩니다. 특별히 한국 사람들에게 바칩니다.

이 책을 읽으시는 분들은 저와 함께 이 세상에 한국 사람으로 태어나 우리말과 우리글의 아름다움에 감탄하며 사랑과 긍지를 가지고 한 세상 살다 가는 것을 한 없이 감사하십시다.

2008년 6월 20일.
지은이 심재기 씀.

차례

한국어,
우리말 우리글 4
한국어를 연구한 죄

한국인으로
태어난
기쁨

우리는 한국 사람으로 태어났다. 한국 사람으로 태어났다는 사실이 우리를 기쁘게 한다. 어째서 한국 사람으로 태어난 것을 우리는 기뻐하는가? 그 이유는 명백하다. 우리가 세상에 태어난 것이 우리들 자신의 의지대로 된 것이 아니고, 또 한국인 아버지와 한국인 어머니를 부모로 하여 태어난 것도 우리들 자신의 의지대로 된 것이 아니기 때문이다. 다시 말하면 우리가 한국 사람으로 태어난 것은 우리들 각자의 '운명'인데, 이 운명은 인간의 힘으로서는 어찌할 수 없는 것이므로 주어진 그대로 받아들이지 않을 수 없다. 이것을 옛날 어느 철학자는 운명애運命愛라고 하였다. 있는 그대로, 주어진 형편 그대로를 받아들이지 않을 수 없을진대 그것을 기쁨으로 받아들이고 극진히 사랑함으로써 우리는 마음의 평화를 누리고 행복하게 살아야 할 것이다. 이

것이 운명에 대처하는 인간의 슬기이다. 그래서 우리는 한국 사람으로 태어난 것을 기쁨으로 삼는다.

그러나 운명이라고 하여 무조건 기쁨으로 여긴다는 것은 있을 수 없는 일이다. 기쁨으로 여기는 것이 가장 현명한 방법이라는 것을 알기 때문에 기쁨으로 여기는 것이지만, 만일 거기에 그럴만한 충분한 이유가 있다면 얼마나 떳떳하게 기뻐할 수 있을 것인가? 그래서 우리는 한국이라는 땅덩어리, 한국 민족이 걸어온 역사, 우리 조상들의 삶의 이모저모, 생각의 이것저것들 가운데서 좋다고 생각되는 것들을 골라놓고 그 귀중함을 사랑하며 아끼며 자랑하는 것이다. 그러다보니 우리는 모두 저도 모르게 우리가 한국 사람으로 태어난 것을 너무도 자랑스럽게 여기고 고마워하게 되는 것이다.

우리가 한국 사람으로 태어났다는 것은 미국 사람이나 일본 사람으로 태어날 수도 있었을 것이라는 마음, 즉 비교하는 마음을 용서하지 않는다. 한국 사람으로 태어난 것이 절대적인 사실이기 때문이다. 가령 철수라는 학생이 평범한 회사원으로 지내시는 자기 아버지가 억만장자가 아니고 사회의 저명인사가 아니라고 섭섭해 한다고 생각해 보자. 누구든지 철수라는 학생의 어리석음을 비웃을 것이다. 아마도 철수는 자기 아버지가 눈이 나빠 안경을 썼다면 오히려 안경을 썼다는 사실 때문에 아버지가 더욱 정겹고 존귀하게 여겨질 것이다.

옛날 성현들은 자기가 처한 상황이 어떤 것이었건 그것을 최대의 기쁨으로 받아들이는 현명함을 우리들에게 보여주고 가르쳐 주셨다. 먼저 공자님의 말씀부터 살펴보자.『논어論語』의 첫머리는 다음과 같은 말로 시작된다.

배우고, 틈나는 대로 배운 것을 복습하면 기쁘지 아니하겠는가? 마음
이 통하는 친구가 있어서 멀리 떨어져 지내다가도 찾아와 주면 이 또한
즐겁지 아니하겠는가? 세상 사람들이 나를 이해하여 주지 않는다 하더
라도 내가 세상 사람을 탓하지 아니하고 마음의 평화를 누릴 수 있으니
나를 군자라 할 수 있지 않겠는가?

우리 모두가 잘 아는 바와 같이 공자님은 이 세상을 낙원으로 꾸미겠
다는 포부와 이상을 지니고 그 당시의 위정자들의 생각을 바꾸어 보려
고 애쓰던 분이었다. 그러나 공자님의 맑고 높은 이상을 바로 이해하
여 주는 정치가는 단 한 사람도 없었다. 그래서 공자님은 고향에 돌아
와 제자들을 가르치며 여생을 마치신 분이다. 위의 말씀은 공자님이
그의 말년에 자신의 인생을 돌아보며 자기의 인간적인 행복이 세 가지
가 된다고 고백하신 구절이라고 생각된다. 공자님께서 직접 누릴 수
있었던 세 가지 행복을 공자님은 말씀하신 것이다. 첫째는 학문을 연
구하는 기쁨이요, 둘째는 뜻이 통하는 친구를 둔 기쁨이요, 셋째는
세상 사람 누가 뭐라고 하든, 스스로 마음의 평화를 누리는 기쁨이다.
사실 누구든지 마음만 먹으면 공자님이 누리신 세 가지 행복은 모두
누릴 수 있을 것이다.

마음먹기에 따라, 쉽게 행복하게 될 수 있다는 사상은 맹자님에 와서
는 조금 더 실제적인 사회 생활과 깊은 관계를 맺으면서 전개된다. 맹자
님은 자신의 즐거움에는 세 가지가 있다고 다음과 같이 말씀하셨다.

군자에게는 세 가지 즐거움이 있습니다만 천하에 왕이 되는 것 같은
것은 그 안에 들어 있지 않습니다. 부모님이 모두 생존해 계시고 형제들

이 건강하게 지내고 있으니 이것이 나의 첫 번째 즐거움입니다. 하늘을 우러러보아도 부끄러움이 없고, 세상 사람들과의 관계를 살펴보아도 부끄러움이 없는 깨끗한 삶을 살고 있으니 이것이 나의 두 번째 즐거움입니다. 게다가 이 세상에서 가장 똑똑한 사람들이라고 소문난 젊은이들을 제자로 삼아 가르치고 있으니 이것이 나의 세 번째 즐거움입니다. 군자에게는 이처럼 즐거움이 세 가지씩이나 있습니다만 거기에 임금 노릇하는 것 같은 것은 들어 있지 않습니다.

이러한 맹자님의 말씀도 가만히 생각해 보면 맹자님이 누릴 수 있는 행복의 세 가지를 꼽으며 스스로 만족해 하신 것이라고 할 수 있다. 좀 더 깊이 따져 보면 그 행복도 어차피 일시적인 것에 불과하다. 왜냐하면 누구에게나 부모님이 두 분 계시지만 그 두 분이 영원히 생존해 계실 수는 없기 때문이다. 그러므로 이 때에 맹자님이 말씀하시고자 했던 것은 누구든지 자기 주위에 자기가 지금 당장 찾을 수 있는 행복을 소중하게 여기면서 마음의 평화를 누리라는 교훈이라고 생각된다.

그러면 우리 대한민국의 청소년들은 어떤 방식으로 우리들의 행복 세 가지를 손꼽을 것인가? 무엇보다도 우리가 한국 사람으로 태어난 것을 가장 바람직한 행복으로 손꼽는 것이 좋겠다. 우리 한민족이 역경을 헤치며 한반도를 터전으로 하여 수천 년의 역사를 이룩하여 왔다는 사실을 깊이 이해할 때, 우리들 각자가 이러한 대한민국의 한 사람이 되었다는 것은 분명코 무언가 중요한 의미가 있을 것이기 때문이다. 우리는 그 의미를 깨닫고 그 의미를 실천하기 위하여 이 세상에 태어난 것이 아닐까? 그렇다면 어쩔 수 없이, 그러나 참으로 기쁜 마음으로 한국 사람으로 태어난 것을 첫 번째의 행복이라고 생각하여야 한다.

따라서 한국 사람이 쓰는 한국어 또한 사랑하지 않을 수 없는 소중한 보물이 되는 것이다.

우리는 한국 사람이기 때문에 한국어가 어떤 특성을 지닌 언어이며 우리는 한국어에 대해 어떤 태도를 가지고 그 말을 사용하며 살아갈 것인가를 배워야 한다. 이 문제를 해결하기 위해서 우리는 잠시 '언어' 곧 '말'이란 무엇인가를 살펴볼 필요가 있다.

　　한국을 집어삼킨 일본이 한국을 보다 완벽하게 일본적인 것
으로 만들려는 야심을 발동하였다. 그 첫 번째가 이 지구상에서
한국어와 한글을 없애려는 태도로서 조선어 과목 폐지, 우리가
수천 년 써 오던 성씨와 이름을 버리고 나까무라, 가네야마 같은
일본 성과 일본 이름으로 바꾸라는 법령. 이러한 분위기 속에서
꼿꼿하게 한국어를 연구하고 독자적으로 '한글맞춤법 통일
안' 같은 사업을 완수한 조선어학회가 일본통치자들에겐 눈엣
가시였다. 무슨 핑계를 만들어서라도 우리말과 우리글을 연구
하는 학자들을 억압하고자 기회를 노리고 있었다. … (중략)

　　그러다가 우연한 기회에 함경도 홍원에서 학생들 간의 한글
로 쓴 연애편지가 일본형사의 검열로 사건이 불거져 조선어학
회 사건으로 번지게 되었다. …(중략)이로 인해 사상범으로 조
작되고, 최현배 선생을 비롯한 32인의 국어학자들을 흉악한 범
죄자로 뒤집어쓰게 하였다.…(중략) 우리말, 글을 연구한 것이
용서 못할 죄가 된다고 몇 년 씩의 징역을 살게 하거나 옥중에서
원통히 희생된 분들이 계셨다. …두고두고 생각해도 너무나 어
처구니없는 기막힌 일이었다.

　　　　　　　　　　　　　　　　－ '한국어를 연구한 죄' 의 대목에서

1장 언어와 인간

1. '언어' 란 무엇인가

우리는 매일같이 '말'을 하고 산다. 인간을 일컬어 '말을 하는 동물'이라고도 한다. 말을 할 수 있다는 것이 인간이 다른 동물과 구별되는 뚜렷한 특징의 하나이기 때문이다. 그러면 이 '말'이란 무엇인가? 사람이 사상과 감정을 전달하기 위하여 입으로 내는 음성 체계라고 간단히 말해 버릴 수는 있으나, 우리는 이 정도의 설명을 가지고 '말'이 무엇인지를 알았다고 할 수 없다. 우리는 언어가 무엇인가를 알기 위하여 여러 각도에서 생각을 정리해 보아야 한다.

먼저 분명히 해 두어야 할 것은, 인간의 언어가 이 세상에서 가장 정교한 의사 전달 체계라는 점이다. 원숭이 가운데서도 가장 지능이 발달한 침팬지 같은 동물도 그들 나름의 언어를 가지고 있다. 개, 소, 말 같은 가축도 인간과의 의사 소통이 가능하다는 점에서 유치한 단계이고 불완전하기는 하지만 언어 능력이 있다고 할 수 있으며 참새나 까치도 그들 나름의 의사 전달 체계가 있다. 그러나 그러한 짐승들의 의사 전달은 몇 가지 기본적인 감정, 즉 놀라움, 기쁨, 두려움 같은 것을 전달하는 데 그치기 때문에 그것을 인간의 언어와 나란히 '언어'의 차원에서 생각할 수는 없다. 수천 수만 가지의 생각과 느낌을 상황에 따라 실로 정교하게 전달하는 인간의 언어는 그야말로 하느님이 인간에게만 베풀어 준 특별한 은총이라고 생각할 만하다. 그래서 사람들은 사람으로 태어난 것 자체가 곧 언어 능력을 가지게 된 것이라고 생각하였었다. 물론 인간으로 태어나면 누구나 말을 할 수 있게 되니까 그런 생각이 잘못이랄 수는 없을지 모른다. 그러나 사실은 인간으로 태어났다고 해서 언어 능력이 저절로 드러나는 것은 아니다.

1927년에 인도에서 발견된 이리狼 소녀의 예는 언어 능력이 흉내내기와 거듭 연습하기 같은 훈련에 의해 비로소 실현될 수 있다는 것을 증명하였다. 태어난 지 얼마 안 되어 이리에게 채어 가서 이리의 젖을 먹고 이리들의 굴에서 여덟 살까지 자란 이리 소녀는 여덟 해 만에 사람들에게 발견되었을 때, 네 발로 뛰어다니고 밤이 되면 꼭 이리처럼 세 번씩 짖어대었다고 한다. 다른 어린이가 낮에 가까이 접근하면 이빨을 드러내고 이리와 똑같이 으르렁거렸고, 닭을 잡아먹는 데, 날것으로 내장도 빼내지 않고 깃털만 뽑아내고 먹었다고 한다. 육체적으로는 분명한 사람이었지만 이리의 무리 속에서 8년간이나 이리와 함께 생활하는 동안 말을 하기는커녕 모든 행동이 이리와 똑같은 동물이 되어 있었던 것이다. 이 사실은 인간이 아무리 만물의 영장이 될 수 있는 천부적인 능력을 타고 났다고 할지라도 알맞은 환경에서 제대로 훈련을 받지 않으면 사람이 될 수 없음을 말해 주는 것이다. 그러므로 언어 능력도 인간으로 태어남으로서 그 잠재력을 가지게 되지만 훈련 과정을 거쳐서야 완전하게 발휘된다는 것을 알 수 있다. 따라서 훈련의 중요성에 대하여 우리는 관심을 쏟아야 한다. 언어 훈련은 대개 특별히 의식하면서 진행되는 것은 아니다. 아주 어려서 엄마의 젖을 빨며 옹알거리기 시작하면서, 우리들은 무의식적으로 언어를 습득한다. '엄마, 맘마, 지지' 같은 낱말을 말하게 되는 한 살 무렵부터 언어 습득 능력은 급속도로 발달하여 대여섯 살이면 자기의 어머니말母語, mother tongue을 자유롭게 사용할 수 있게 된다. 이 때에 만일 엄마, 아빠가 한국 사람이지만, 미국에 살고 있었기 때문에 영어를 사용하면서 아기를 키웠다면 그 아기는 무슨 말을 할 것인가? 두 말할 것도 없이 영어를 어머니말로 사용할 것이다. 이런 경우를 본다면 말이 반드시 핏줄이나 민족과 떨어질 수 없는 관계에 있는 것은 아님을 알게 된다. 그러나 대부분의 사람들은 자기가 태어난 고장이 자기 나라요, 자기 민족이 사는 곳이므로 어머니 말은 곧 모국어母國語라고 말할 수 있다.

말을 배우는 어린이가 유치원에 다닐 정도의 나이가 되면 누구나 비슷한 정도로 자기의 모국어를 습득한다는 사실도 대단히 중요한 점이다. 육체적으로나 정신적으로 말을 잘 하기에 어려운 점이 있는 사람이 아니라면, 자기의 모국어를 말하고 듣는 면에서 누가 더 잘하고 못 하고 없이 골고루 비슷한 능력을 갖는다. 이것도 인간이 받은 축복 가운데 빼놓을 수 없는 사항이다. 만일에 말하고 듣는 능력이 사람마다 차이가 생긴다고 가정해 보자. 원만한 의사 소통이 불가능해질 것이 아닌가? 이때에 우리는 각기 자기의 모국어밖에 모르는 각

나라 사람이 한자리에 모여 회의를 하겠다고 둘러앉은 모습을 상상해 볼 수 있다. 제각기 남이 알아듣지 못하는 소리를 지껄일 터이니 그 때의 말은 말이라기보다는 차라리 듣기 싫은 잡음이라고 하는 것이 나을 것이다. 같은 언어 집단 사이에서는 그런 정도로 심하게 의사가 통하지 않는 상태는 되지 않겠지만 불편하기 짝이 없는 사회가 될 것이다. 이런 점으로 미루어 볼 때, 하나의 모국어를 쓰는 단일한 사회의 한 사람, 한 사람이 모두 비슷한 정도로 말하기와 듣기의 능력을 갖고 있다는 사실은 인간의 생활이 얼마나 말로 말미암아 편하게 되어 있는가를 알게 해 주는 좋은 예라 하겠다. 그러나 교육의 정도가 다르고 관심이 달라지면 그 비슷한 정도의 말하기와 듣기의 능력에도 변화가 온다는 것을 주의해 둘 필요가 있다. 우리는 모두 어렸을 때, 어른들이 분명히 우리가 잘 아는 한국말을 하시지만 우리가 그 말이 무슨 뜻인지 알 수 없어서 속상하고 답답해했던 기억을 가지고 있다. 말을 하고 듣는 기본 능력에 있어서는 누구나 평등하게 태어났지만 많은 공부를 하면 할수록 우리의 생각은 무궁무진하게 발전해 나아간다는 것을 언어 능력의 관점에서도 배우게 된다.

한편, 일단 배운 말은 나이가 들고 공부한 것이 많아서 생각이 깊어질수록 아무리 추상적이고 복잡한 내용이라도 대단히 만족할 만한 정도로 표현하게 된다는 것도 아울러 알아두어야 한다. 말은 분명히 배운 것을 반복함으로써 그 말하기의 능력을 키우는 것이지만, 다른 한편으로는 누구든지 자기가 새롭게 생각한 바를 처음으로 말할 수 있는 능력도 키우게 된다. 누군가 과거에 사용했던 표현만 배워서 사용할 수 있다면, 이 세상에 새로운 문학 작품은 전혀 생겨날 수가 없을 것이다. 이런 관점에서 본다면 말을 배운다는 것은 동시에 새로운 문장, 새로운 표현을 찾아내고 만들어내는 창조 능력도 배운다는 것을 뜻한다. 이처럼 말을 할 수 있다는 인간의 기본적인 능력은 새로운 세상을 만들어 내는 능력까지도 갖고 있다는 엄청난 비밀을 간직하고 우리 인간을 끝없이 보다 아름답고 훌륭한 세상으로 이끌어가고 있다.

이상으로 우리는 '말'이 무엇인가를 간략하게 살펴보았다. 그러나 그것만으로는 '말'에 대한 이야기의 첫머리를 건드렸을 뿐이다. 다음 장에서 우리는 좀 더 자세한 세부적인 검토를 해 보기로 하겠다.

2. 언어와 생각

우리는 우리가 생각한 것을 말로 나타낸다. 또 다른 사람의 말을 듣고, 그 사람이 무슨 생각을 가지고 있는가를 짐작한다. 그러므로 생각과 말은 서로 떨어질 수 없는 깊은 관계를 가지고 있다. 그러면 말과 생각이 어느 만큼 깊은 관계를 가지고 있을까? 이 문제를 놓고 세상 사람들은 아주 오랫동안 여러 가지 생각들을 하였다. 그 많은 생각 가운데 가장 두드러진 것이 두 가지 있다. 그 하나는 말과 생각이 서로 꼭 달라붙은 쌍둥이인데 한 놈은 생각이 되어 속에 감추어져 있고 또 한 놈은 말이 되어 사람 귀에 들리는 것이라는 생각이고, 다른 하나는 생각은 큰 그릇이고 말은 생각 속에 들어가는 작은 그릇이어서 생각에는 말 이외에도 다른 것이 더 있다는 생각이다. 이 두 가지 생각이때에는 '생각' 이란 말보다 '사상' 이란 낱말이 더 어울린다 가운데서 앞의 것은 조금만 깊이 생각해 보면 틀렸다는 것을 즉시 깨달을 수 있다. 우리가 생각한 것은 거의 대부분 말로 나타낼 수 있지만, 누구든지 가슴 속에 응어리진 어떤 생각이 분명히 있기는 있는데 그것을 어떻게 말로 표현해야 할지 애태운 경험을 가지고 있을 것이다. 이것 한 가지만 보더라도 말과 생각이 서로 안팎을 이루는 쌍둥이가 아님은 쉽게 판명된다. 조금만 더 생각해 보자. 우리는 악보를 보고 그 노래를 흥얼거려 본 경험을 가지고 있다. 이때에 처음 보는 악보일 경우, 우리는 노랫말이 있더라도 그것을 무시하고 '랄라랄라'한다든지 '으응으응'한다든지 하면서 노래 가락을 따라 흥얼거린다. 이 흥얼거림이 제대로 된다고 생각되면 그 다음에는 '도미솔도도솔미도'하면서 음계 이름에 따라 또 노래 가락을 연습한다. 그런 다음에야 노랫말에 따라 노래를 부른다. 말하자면 음악이 말과 일치되는 것은 가사가 있는 노래를 부를 때에 가서야 이루어진다고 하겠다. 작곡가가 새로운 노래를 짓는 작업을 상상해 보자. 그가 머릿속에 떠올린 악상樂想은 결코 말과는 관계가 없는 멜로디일 것이다. 또 하나의 예를 조각가의 작업 과정에서도 찾아볼 수 있다. 가령 어떤 조각가가 이순신 장군의 흉상을 조각한다고 가정하자. 머리가 완성되고 얼굴을 매만지며 손질을 한다. 눈, 코, 입, 이마, 뺨 등. 착하고 효성스런 아들이었을 뿐만 아니라 어질고 순한 어버이였고, 나라를 위해서는 뼈를 깎는 어려움도 어려움이라 생각하지 않았던 인물 이순신 장군의 얼굴이었을 법한 모습을 상상하며 조각가는 눈과 코와 입을 매만진다. 때로는 콧날을 조금 더 높이기도 하고 눈, 귀는 약간 치올려서 위엄과 인자로움이 함께 나타나게 하려고 한다. 그런데 이러한 모든 작업을 하나하나 진행하면서 일일이 '아, 여기를 조금 깎아내야 되겠구나' '아, 여기는 좀 도톰해야 되겠는데' 같은 말로 표현하면서 그런 작업을 할 것인가? 아니 말로는 표현하지 않는다 하더라도 그런 것을 말로 정리할 만큼 손놀림에 여유를 둘 것인가? 아마도 조각가의 생각이 바로 손끝에 있다가 그 생각이 번개처럼 손놀림으로 바뀌는 것이 아닐까? 거기에는 작가의 생각이 말로 바뀔 여유도 없을 뿐 아니라 전혀 그럴 필요도 없다. 그렇다면 인간의 생각이라는 것이 얼마나 넓고 큰 것이며 말이란 결국 생각의 일부분을 주워 담는 작은 그릇에 지나지 않는다는 것을 알 수 있다.

그러나 아무리 인간의 생각이 말보다 범위가 넓고 큰 것이라 하여도 그것을 가능한 한 말로 바꾸어 놓지 않으면 그 생각의 위대함이나 오묘함이 다른 사람에게 전달되지 않기 때문에 생각이 아무리 형님이요, 말이 동생이라고 할지라도 생각은 동생의 신세를 지지 않을 수가 없게 되어 있다.

옛날에 석가모니께서 여러 가지 말로 부처가 되는 도리를 설법하시다가 도저히 말로는 표현할 길이 없는 오묘한 진리를 설명해야 할 순간에 이르게 되었었다. 그러자 석가모니께서는 문득 묘안이 떠오르셨다. 마침 연못에 은은한 향기를 뿜으며 갓 피어 있는 연꽃을 하나 따서 설법을 듣는 제자들에게 들어 보이셨다. 말로는 설명할 수 없는 것을 이 행동으로 전달하려고 하신 것이었다. 이때에 가섭迦葉 존자라는 제자 한 분만이 석가모니께서 하시는 이 행동의 의미를 알아듣고 빙긋이 웃음으로 대답을 하였다고 한다. 이 고사故事를 일컬어 염화시중拈華示衆이라 하여 언어로서는 불가능한 설명의 한 가지 방법으로 오늘날 세상 사람들에게 이해되고 있다. 이처럼 언어는 우리의 오묘하고도 신비한 생각들을 곡진하게 나타내는 데에는 터무니없이 부족한 도구道具이다. 그래서 불교의 선종禪宗에 속하는 승려들 가운데에는 교리를 학문적으로 탐구하고 이론理論의 소용돌이 속에서 고민하느니보다는 무념무상無念無想의 참선參禪을 오래 계속 하다가 문득 깨달으면 된다하여 '불립 문자不立文字'라는 말을 내세우며 불경 공부에 다소 게을러도 좋다는 주장을 하는 분들이 있었다. 도대체 말이 필요없을 바에야 글로 적어 놓은 '문자文字'라는 것이 무슨 필요가 있겠느냐 하는 생각에서 '문자로 적어 놓지 않는다'는 의미의 '불립 문자'를 강조하기에 이른 것이었다. 그런데 이렇듯 불립 문자를 주장하고 나서는 선승禪僧들도 자기가 불법佛法을 깨달았다고 느끼는 순간, 그 감동 그 느낌을 시로 짓든가 한두 마디의 말로 나타내고 그것을 적어 후세에 전하고 있다. 아무리 '불립 문자'를 주장한다고 해도 문자로부터 완전히 벗어날 수 없는 것이 선승들의 한계였다고 말해도 과언이 아니다. 유명한 선승들은 모두 그들의 정신적 편력을 후배들이 짐작할 수 있도록 어록語錄을 남겨 놓고 있다.

이와 같이 언어는 분명 인간의 생각을 전부 표현해 낼 수 있는 능력을 가지고 있지는 않으나, 한편 인간의 생각은 그 대부분이 언어를 통하지 않고는 나타낼 길이 없다. 언어가 생각의 동생이기는 하지만 형님이 되는 생각은 반드시 동생의 신세를 지면서 세상 사람들에게 자기의 모습을 드러내게 된다.

3. 언어가 하는 일

문학을 이해하지 못하는 사람들이 우스갯소리로 한다는 재미있는 이야기가 있다.

"소설은 무엇 때문에 읽을까? 아무개가 태어났다. 그리고 누군가를 사랑했다. 그 다음 결국 죽었다. 이렇게 세 마디의 동사만 있으면 될 터인데……"

이런 식으로 이 세상의 모든 일을 단순화하면 언어의 기능에 대해서도 사람의 사상과 감정을 전달하는 것이라는 간단한 한 마디로 만족할 수도 있다. 그러나 이 세상 일을 그렇게 간단하게 설명해 버리고 만다면 우리가 얻고자 하는 사물의 참 모습은 영영 찾아보지 못하고 말 것이다. 가령 한 자루의 연필을 두고도 우리는 여러 각도에서 바라보아야만 그 연필의 제 모습을 바르게 파악할 수 있다. 한 쪽에서는 단지 육각형, 혹은 원형의 중심부에 까만 연필심이 작은 원형으로 박혀 있는 것이 보일 것이요, 또 한 쪽에서는 길다란 직사각형이 보일 것이다. 또 다른 각도에서 보면 쉽게 설명하기 힘든 다른 모양으로 보일 것이다. 연필의 참 모습은 이 모든 모양을 전부 이야기했을 때에 완전하게 설명된다고 말할 수 있다. 우리들 사람도 마찬가지이다. '김철수'라는 청년의 이름은 하나이지만 그는 자기 아버지나 어머니에게는 아들의 구실을 하고 선생님에 대해서는 제자의 구실을 하며 동생들에게는 형님 노릇을 하고 친구들에게는 친구 노릇을 수행한다. '김철수'라는 하나의 이름으로 불리는 인물이 대상이 달라짐에 따라 해야 하는 역할도 달라지는 것이다.

이렇게 볼 때, '언어'도 간단히 '사상 감정의 전달'이라는 말로 그 기능을 뭉뚱그려 표현할 수는 있겠지만 그것을 보다 자세히 분석 검토한다면 그렇게 간단한 것만은 아닐 것이라는 느낌이 든다. 자, 그러면 언어는 몇 가지의 기능을 수행하는가? 이 문제를 해결하기 위하여 우리는 먼저 한 마디 말이 사용되기 위하여 그 자리에 등장하는 요소는 몇 개나 되는가를 알아보자.

첫째, 말하는 사람이 있어야 한다. 흔히 화자話者라고 한다.

둘째, 그 말을 듣는 사람이 있어야 한다. 청자聽者라고도 한다.

셋째, 무엇에 대해서 말하느냐 하는 것을 생각할 수 있다. 다시 말하면, 말거리, 말의 소재, 말의 대상이라고 바꿔 볼 수 있겠다. 화자가 청자에게 "날씨가 참 좋지요?"라고 말했다면 '날씨'가 곧 그 말의 대상으로 등장한 것이다. 또 만일 화자가 청자에게 "오늘 저녁에 차 한 잔 같이 하십시다."라고 청했다면 이 때에는 그 두 사람이 차를 마시며 이야기를 나눌 만한 특별한 관계가 있을 것이다. 그러므로 이 때에는 화자와 청자와의 관계가 곧 그 말의 대상이었다고 할 수 있다.

넷째, 화자가 사용한 말 자체를 생각하지 않을 수 없다. "우리는 친구 사이 아니니?" 했다든가, "영희 씨만 보면 공연히 가슴이 두근거립니다." 했다든가 하였을 때, 화자가 입으로 소리를 낸 그 말 자체가 없이는 말이 이루어졌다고 할 수 없다. 이것을 메시지message 또는 전언傳言이라고도 한다.

다섯째, 화자와 청자 사이에 어떤 대화가 오고 갈 때, 그런 대화를 가능하게 한 환경·조건을 생각해야 하겠다. 어떤 시간, 어떤 장소, 어떤 분위기에서 화자는 청자에게 "날씨가 참 좋지요?"라고 왜 말했는지를 모른다면 그 말은 바르게 이해될 수 없다. 따라서 말의 환경도 하나의 말, 하나의 대화가 이루어질 때, 고려하지 않을 수 없는 중요한 요소의 하나이다.

여섯째, 이번에는 말 자체, 즉 전언傳言이 어떤 종류의 말이었는가를 생각해 보아야 한다. 화자와 청자가 한국 사람이라면 그들이 사용한 말은 특별한 사정이 고려되지 않는 한 두말할 것도 없이 한국말이겠고, 그들이 영국 사람이라면 영어일 것이다. 그러나 좀 더 세밀하게 생각할 경우, 화자가 경기도 사람이라면 경기도 말을 했을 것이고, 경상도 사람이라면 경상도 사투리를 사용했을 것이다. 이처럼 화자가 사용한 말이 어떤 종류의 것이냐 하는 것도 한 마디의 말이 오고 가는 장면에서 고려해야 할 요소이다.

이와 같이 말 한 마디가 오고 가는 데에 동원되는 요소로는 적어도 여섯 가지가 있다는 것을 알 수 있다. ① 말하는 사람화자, ② 듣는 사람청자, ③ 말의 대상, ④ 말 자체전언, ⑤ 말이 사용된 환경말의 경로, ⑥ 말의 종류. 이 때에 말 자체전언와 말의 종류는 결국 같은 것이 아닌가 하는 의문을 가질 수 있다. 물론 같은 것이다. 그러나 여기서는 관점을 달리해서 보는 것이므로 일단 다른 것으로 보고자 한다.

그러면 한 마디 말이 화자의 입에서 나와 청자의 귀에 들렸다고 하자. 그 말은 앞에서 열거한 여섯 가지 요소에 모두 충실해야만 그 말의 값이 제대로 드러나는 것이라 할 수 있다. 사람이 살아가는 이치도 마찬가지이다. 착한 자식 노릇을 하는 청년은 동시에 우애 깊은 형제 노릇도 하며 믿음성 있는 친구 노릇도 하게 마련이다. 좋은 남편이기는 한데 좋은 아버지가 아니라고 하면 무언가 잘못된 인생이라 하겠다. 이와 같이 언어도 그 언어가 사용될 때에는 당연히 그 장면에 등장하는 모든 요소에 골고루 충실한 역할을 해야만 그 언어가 바르게 사용된 것이라 할 수 있다. 이제 말이 사용될 때 동원되는 여섯 가지 요소 하나하나에 초점을 맞추어 가며 말이 하는 일이 무엇인가를 항목별로 정리해 보기로 한다.

첫째, 말하는 사람, 화자에게 충실한 언어의 기능에 대하여 생각해 보자. 말은 말하는 이의 생각과 느낌을 듣는 이에게 전달하는 것을 목적으로 한다. 그런데 말하는 이의 생각과 느낌이 듣는 사람과 똑같다고 화자가 생각한다면, 화자는 특별한 신경을 쓰지 않고 청자에게 자기의 말을 할 것이다. 그러나 화자가 생각하기에 청자는 자기와는 다른 생각과 느낌을 가지고 있다고 판단되면 화자는 그러한 자기의 생각과 느낌을 청자가 꼭 이해하고 더 나아가 같은 생각과 느낌을 갖게 하려고 특별한 주의를 기울일 것이다. 말은 이처럼 화자의 생각과 느낌을 보다 충실하게 반영하려고 한다. 이러한 기능을 언어의 정서적 기능情緖的機能 또는 표출적 기능表出的機能이라고 한다. '말 한 마디로 천 냥 빚을 갚는다'는 속담도 있고, '어 해 다르고 아 해 다르다'는 속담도 있다. 이러한 속담은 모두 말이 얼마나 사람의 감정을 잘 나타낼 수 있는가를 표현한 것이다. 사실 우리는 말을 할 때, 어떤 낱말에는 특별히 힘을 주어 강하게도 발음하고 길게도 발음하여, 우리가 그 낱말에 특별한 관심과 의미를 주고 있다는 인상을 전달하려고 한다. 우리 한국 사람들은 대개 "유구한 역사와 전통을 자랑하는 우리 배달민족은……"이라고 말할 경우에 '유우구한'이라고 발음함으로써 우리 역사의 오래됨을 더욱 강조하고자 한다. 비슷한 표현으로 "오천 년의 장구한 역사 속에서"라는 말을 할 때에도 '자앙구한'이라고 '장'을 그야말로 높고 길게 발음한다. 우리 민족이 이 지구상에서 실로 오랜 역사와 전통을 지니고 살아왔다는 우리들의 자긍심이 우리도 모르게 이런 표현에 반영되는 것이라고 하겠다. 그러나 좀 더 냉엄하게 생각해 보자. 우리가 아무리 '자앙구한 오천 년 역사'를 외치며 '장' 소리를 1분쯤 길게 발음한다고 하여도 오천 년이 육천 년이나 칠천 년 또는 일만 년으로 늘어나는 것은 아니다. 그것은 그저 말하는 사람의 느낌이 그렇게 강렬하다는 정서적 가치를 보호하고 존중한다는 역할을 할 뿐이다. 따라서 이러한 정서적 기능은 사용된 말의 기본적이고 객관적 의미를 바꾸어 놓지는 못한다. 그렇다고 정서적 기능이 조금도 덜 중요한 것은 아니다. 어떤 경우에는 화자의 감정을 이해한다는 것이 무엇보다 중요하기 때문이다. 그래서 때로는 화자의 정서를 나타내기 위한 특별한 감탄사가 독립된 낱말로 사용되는 수가 있다. 혀를 찬다든지 신음 소리를 내는 경우 '쯧쯧, 끌끌, 흐음, 흥' 등이 글로 쓸 때에 사용되기는 하지만 실제의 소리는 문자로 표기된 것과는 사뭇 다르다. 이런 말은 순전히 화자의 느낌을 충실히 나타내기 위한 감탄사들이라 하겠다. 가령 김소월의 ≪진달래꽃≫의 한 귀절 '사뿐히 즈려 밟고 가시옵소서'를 짧고 경쾌하게 발음하는데, 이런 것들이 모두 언어의 정서적 기능의 모습들이다.

둘째, 말을 듣는 사람 곧 청자에게 충실한 언어의 기능에 대하여 생각해 보자. 말은 그것을 들은 사람이 생각이나 느낌에 변화가 오고 또 그에 따라 새로운 행동을 하게 될 때 그 효과가 완성되는 것이라고 할 수 있다. 이러한 효과를 직접적으로 요구하는 것이 다름아닌 명령문命令文이거니와 언어는 청자에게 명령하는 기능을 수행한다. 이것을 언어의 명령적 기능이라 한다. 그러면 가만히 생각해 보자. 어떤 말은 청자가 없는 데도 화자가 혼자 중얼거리는 수가 있다. 아무도 없는 빈 방에서 눈송이가 날리고 있는 창밖을 내다보며 "내일 모레면 어느새 성탄절이구나, 성탄절엔 역시 눈이 와야 멋이 있지." 할 수도 있을 것이며, "금년도 이젠 일주일밖에 남지 않았네."하며 흐르는 세월을 한탄할 수도 있을 것이다. 이 때에 그러한 혼잣소리獨白에 무슨 명령적 기능이 작용한다고 할 것인가? 그렇지만 이것은 너무 성급한 판단이다. 독백이란 말하는 사람이 스스로 의식적인 자기 분화自己分化를 하여 화자와 청자로 갈라져서 이루어지는 일종의 변태적인 대화라고 보아야 한다. 그러므로 독백은 자기가 또 하나의 자기에게 말을 건네는 것인 만큼 그것도 그 나름의 명령적 기능을 미약하나마 수행하는 것이라고 생각하여야 한다. 우리는 가끔 다음과 같은 경험을 할 때가 있다. 저녁 늦게 공부를 하다가 혼잣소리로 "어이 출출한데……."라고 중얼거렸다. 그러나 특별히 무엇을 꼭 먹겠다는 생각을 가진 것은 아니었다. 그리고 그대로 공부를 계속하고 있는데 방문이 빠끔히 열리며 어머니가 따뜻한 차 한 잔과 과일 한 접시를 깎아 내오시는 것이 아닌가? 그 때 우리는 "어머니, 밤늦게 웬일이세요? 고맙습니다."라고 말하지 않을 수 없다. 그러면 어머니는 분명히 이렇게 대답하신다. "아니, 네가 출출하다고 하지 않았니? 이제는 잠이 들었나 하고 네 방 앞에 왔다가 네가 하는 말을 듣고 가져왔단다." 우리는 이 때 어머님께서 보살펴 주시는 살뜰한 사랑에 가슴이 콱 메이는 감동을 느낀다. 그와 아울러 아무리 독백이라도 그것이 나 아닌 누구에겐가 들렸다면 그 말은 그 나름의 명령적 기능을 수행한다는 사실도 깨닫게 된다.

우리는 가끔 영원히 아무에게도 말하고 싶지 않은 비밀스런 사연을 일기장에 적는 수가 있다. 이 행위는 실로 역설적逆說的이 아닐 수 없다. 영원히 아무에게도 말하고 싶지 않은 비밀이라면 왜 굳이 일기장에 적어 놓는 것일까? 그러나 이 행위도 언어의 명령적 기능이라는 관점에서 보면 여러 해 후에 자기 자신이 새로운 청자 또는 독자가 되어 그 전에 자기가 한 말을 다시 한 번 듣고 싶은 추억거리를 위한 것이라고 풀어 볼 수 있다. 우리는 스스로 분명하게 의식하지는 못하지만 자기 자신에게도 어떤 행동을 끊임없이 요구하고 있다. 결국 자기가 자기 자신에게 명령을 내리고 있는 것이다. 독백의 경우에도 이렇듯 간접적으로 언어의 명령적 기능이 작용한다면 청자에게 직접 건네는 말은 경우에 따라 정도의 차이는 있겠지만 모두 언어의 명령적 기능이 작용한다고 생각하여야 할 것이다.

셋째, 말의 대상對象에 충실한 언어의 기능에 대하여 생각해 보자. 말은 무엇보다도 무언가를 전달한다는 것이 주목되어야 한다. 앞에서 우리는 언어의 정서적 기능과 명령적 기능에 대해서 살펴보았으나 그것은 언어의 전달기능에 덧붙어서 일어나는 것으로서 순서를 따지자면 무언가를 전달한다는 이 세 번째 기능이 가장 기본이 되는 첫째가는 큰 기능이라고 하겠다. "이것은 할아버님 사진이다."라든가 "여기가 우리 집안이 삼백 년 동안 살아온 고향이다."라든가 하는 말들은 모두 어떤 대상對象을 손가락으로 가리키는 것처럼 지시指示하는 역할을 한다. 한편 청자가 모르던 새로운 정보情報를 알려주는 역할도 한다. 그래서 이러한 기능을 지시적指示的 기능, 또는 정보적情報的 기능이라고 부른다. 이 세상에 새로운 지식이 축적되고 문화가 발전하며, 편리한 문명 생활이 이루어지는 것은 그 바탕에 언어의 지시적 기능이 작용하고 있기 때문이라고 하여도 과언이 아니다. 우리는 세상에 존재하는 사물에 대하여 새로운 이름을 붙인다. 그러면 그 사물은 이름을 얻음과 동시에 인류 문화를 위하여 공헌하기 시작한다. 가령 '원자原子, atom'라는 낱말을 생각해 보자. 사실 '원자'라는 것은 이 세상이 창조될 태초부터 의연히 있었던 것이다. 그러나 사람의 지혜가 발달하여 물질의 가장 작은 단위로서 '원자'라는 것을 사람들이 생각해 내기까지 '원자'는 있었으면서도 사람들에게 있어서 없는 것이나 마찬가지였다. 그런데 '원자'라는 낱말로 그 존재의 이름을 삼자마자 그것은 우리에게 비로소 존재하는 대상으로 우리들 인류와 함께 살기 시작하였다. 이처럼 이름을 붙인다는 것, 그리하여 거기에서 그러한 사물이 있음을 가리킨다는 것, 이것이 언어의 지시적 기능이다. 따라서 언어의 지시적 기능은 인간의 지능, 학문이 발전하고 새로운 명칭, 개념들이 늘어가는 것과 비례하여 점점 더 활발하게 작용하는 기능이라고 볼 수 있다.

그러면 사물의 이름을 붙이는 것만이 언어의 지시적 기능인가? 물론 그렇지 않다. '가다, 오다, 먹다, 뛰다' 같은 동사나, '아름답다, 까다롭다, 수더분하다' 같은 형용사도 결국은 어떤 동작이나 상태를 가리키는 일종의 이름이라고 할 수 있다. 그러니까 언어는 이러한 이름들 즉 지시적 기능을 하는 낱말들의 조직적인 집합체라고 할 수 있다. 다시 말하여 언어가 이 세상 삼라만상 모든 것의 이름이 될 수 있다는 사실은 언어의 지시적 기능을 설명하는 움직일 수 없는 진리이다. 이 기능에 의존하여 인류는 오늘날 우리가 보는 것과 같은 찬란한, 그러나 보기에 따라서는 아주 위험한 문명을 이룩한 것이다.

넷째, 이번에는 말 자체, 즉 메시지 자체에 충실한 언어의 기능에 대하여 생각해 보기로 하자. 우리는 누구든지 자기 모습을 우아하고 아름답게 가꾸고자 한다. 여자라면 더 말할 것이 없거니와 남자라고 하여 자기 몸 매무새를 함부로 하지는 않는다. 가능한 한 점잖게 보이려고 하고 얌전하게 보이려고 하며 때로는 믿음직스럽고 씩씩하게 보이려고 한다. 이 세상에 생명을 가진 모든 존재는 스스로 아름답고자 하는 욕망이 있다. 이렇게 아름답고자 하는 욕망은 언어에서도 발견된다. 언어가 사람이나 동·식물처럼 생명이 있는 유기체有機體냐 하는 데에는 의문의 여지가 있다. 물론 물리·화학적인 차원에서 언어가 생명이 있다고는 말할 수 없으나 인간과 함께 생활한다는 점에서 언어도 분명 생명을 가진 존재다.이 점은 다른 항목에서 또 논의될 것이다. 따라서 언어도 스스로 아름답고자 노력한다. 이 노력을 언어의 미학적 美學的 기능, 또는 시적詩的 기능이라고 한다. 그러니까 언어도 스스로 화장化粧을 하고 싶어한다고 말할 수 있다. 그러면 언어의 화장술은 어떤 것일까? 물론 언어마다 독특한 화장술을 가지고 있을 것이다. 한국어는 한국어 고유의 화장술이 있을 것이고 프랑스 어는 프랑스 어 나름의 화장술이 있을 것이다. 각 나라 말로 된 시詩는 대체로 그 나라 말의 화장술을 최대로 활용하여 만든 언어의 예술 작품이다. 그래서 이 미학적 기능을 시적詩的 기능이라고도 한다.

아직 시詩가 되지는 않았지만 시를 짓는 데 활용됨직한 한두 가지 한국어의 미학적 기능에 어떤 것이 있는가를 살펴보자. 말은 스스로도 편한 자세를 취하고 싶어 한다. 그러므로 말하는 사람이 특별히 의식하여 아름답게 꾸미려고 하지 않아도 말 자체가 될 수 있으면 편한 자세를 갖추고자 한다. 가령 '장미와 해바라기'라는 어구와 '해바라기와 장미'라는 어구를 비교해 보자. 똑같이 꽃 이름 두 개를 나열한 것인데 어쩐지 '해바라기와 장미' 보다는 '장미와 해바라기'가 더 안정감 있는 표현이라는 생각이 든다. 비슷한 예로 '영이와 바둑이', '바둑이와 영이'를 비교해 보자. 이것 역시 '영이와 바둑이'가 더 나은 표현으로 생각된다. 왜 그럴까? 명사가 나열될 경우에 음절수가 적은 것이 음절수가 많은 것보다 앞에 놓여서 청자에게 미리 알려지는 것이 좋겠다고 하는 한국인의 무의식적 말버릇이 반영된 것이 아닐까? 어떤 사람은 혹 이렇게 고집을 부릴 수도 있다. "나는 '영이와 바둑이'보다는 '바둑이와 영이'가 더 말하기 좋은 것 같은데……." 그러나 이런 생각을 하는 사람은 다음 사항을 확인하는 순간 자기의 생각이 반대하고 싶은 부질없는 고집이었음을 깨닫게 될 것이다. 그것은 우리말의 수관형사數冠形詞는 독립형獨立形으로 쓰이는 수사보다 짧은 음절수 내지는 축약형을 가지고 있다는 사실이다. '하나'에 대하여 '한', '둘'에 대하여 '두', '셋'에 대하여 '세' 등이 그러하다. 우리는 '하나 사람'이라고 말하지 않고 '한 사람'이라고 말한다. 또 수사가 두세 개 결합할 경우에는 역시 앞에 놓이는 수사는 축약형으로 사용된다. '다섯 여섯'이라고 말하는 경우는 거의 없고 '대 여섯'이라 하며 '여섯 일곱'이라고 말해야 하는 경우에도 '예닐곱'이라 한다. 이처럼 비슷한 성질의 낱말이 연이어 사용될 경우 앞의 낱말은 보다 간단한 형태를 취하려고 한다. 명사가 나열되는 경우에 앞의 명사의 음절수가 적은 것도 한국어 표현의 같은 현상이라고 보아야 할 것이다. 이런 현상은 궁극적으로는 한국인의 언어 의식에 관계되는 특수한 화장법 곧 미학적 특성이라고 할 수 있다. 물론 한국어의 미학적 특성을 최대한으로 살려 쓴 것은 한국어 서정시에서 보다 많이 발견될 것이다. 시詩는 원래 언어의 미학적 특성을 드러내기 위한 언어 예술이기 때문이다.

다섯째, 말이 사용된 환경·조건에 따라 그 말이 하는 일이 무엇인가를 살펴보기로 한다. 말은 반드시 말이 나타내는 의미를 전달할 목적으로만 기계적으로 사용되는 것은 아니다. 말에는, 말하는 사람과 듣는 사람이 필요하기만 하다면 언제든지 본질적인 의사 소통을 할 수 있지만, 그럴 필요가 없을 때에는 단지 그러한 의사 소통을 할 수 있다는 가능성을 점검하고 확인하는 정도에 머무르는 언어 행위가 있다. 이웃 사람들끼리 주고받는 인사말이나, 여행 중 차칸에서 우연히 한 자리에 앉아 가게 된 사람과의 대화는 사용된 말 자체의 의미가 그렇게 중요하지 않다. 이 때에는 다만 서로 이야기를 주고 받는다는 사실이 더 중요하다. 이것은 마치 앞으로 필요한 방송을 듣기 위하여 라디오의 다이얼이나 텔레비전의 채널을 맞추어 두는 것과도 같은 것이다. 이러한 기능을 언어의 친교적親交的 기능이라고 한다.

서로 모르는 처지의 젊은 남녀 둘이 나란히 앉아 기차 여행을 하게 되었다고 하자. 남자가 여자에게 이렇게 말을 걸었다.

"참 좋은 날씨입니다. 어디까지 가십니까?" 그러면 여자는 어떤 반응을 보일까? 대개는 생긋이 웃으며,

"네, 참 좋은 날씨예요. 저는 대구까지 가요." 이렇게 말할 것이다. 서로 소·닭 쳐다보듯이 물끄러미 바라보기만 한다든가, 아니면 "남이야 어딜 가건 무슨 상관이에요. 사생활을 침범하지 마세요." 이렇게

말할 사람은 없을 것이다. 아마도 처음 만난 젊은 남녀라면 이 우연한 만남이 어쩌면 미래와 연결되는 아름다운 인연의 첫 번째 순간일 수도 있을 것이라는 막연한 기대감까지도 지니면서 될수록 무심한 듯 그러나 겸손과 친절을 갖추어 대화를 나눌 것이다. 이 때에 대화의 내용은 대화를 나눈다는 사실보다는 덜 중요하다. 그래서 이러한 언어의 기능을 친교적 기능이라고 하는 것이다. 동네 골목에서 이웃집 아저씨를 만났다.

"아저씨 안녕하세요? 어디 가세요?" 이런 인사말에,

"응, 철수로구나. 학교 갔다 오니?" 이렇게 이웃집 아저씨가 그 인사말에 응수하였다. 만일 인사말의 의미 내에 충실하게 대답한다면

"오냐, 잘 지낸다. 난 지금 친구네 집엘 가는 길이다." 이런 식으로 대답하여야 할 것이다.

그러나 이미 건강한 모습을 뵈었으니까 "안녕하세요?"라고 여쭙지 않아도 안녕한 줄을 철수는 알면서 드린 말씀이고 어디 가시느냐고 한 것은 다정하게 느낀다는 감정 표현의 역할을 할 뿐이다. 그래서 "학교 갔다 오니?"하는 반문反問을 한 것으로 두 사람은 다정한 미소를 나누며 골목길을 엇갈려 지나갈 수 있는 것이다. 언어의 친교적 기능은 표현된 말이 지닌 의미를 곧이곧대로 나타내는 것이 아니라는 점이 재미있다.

여섯째, 이제 마지막으로 우리는 말의 종류와 관련된 언어의 기능에 대하여 생각할 차례이다. 언어는 세상 사물을 가리키는 구실을 하는 것이 가장 기본적인 기능임을 '지시적 기능' 항목에서 확인하였다. 그런데 언어도 역시 세상 사물의 하나이다. 그러므로 언어는 언어에 대

하여서도 말할 수 있다. 다시 말하면 언어끼리도 서로 상대방을 가리킬 수 있다는 뜻이다. 즉 언어1은 언어2를 설명하는 데 사용되며 언어3은 언어4를 설명하는 데 사용된다. 이 때 '언어1, 언어2'로 표현된 언어들이 반드시 하나는 한국어요, 또 하나는 영어와 같은 외국어이어야 할 필요는 없다. 같은 민족의 같은 말끼리도 경우에 따라 성격이 다른 언어가 되어서 하나의 언어가 다른 언어를 설명할 수 있다. 우리는 모두 초등학교 때에 비슷한 말 찾기 공부를 열심히 했던 경험을 갖고 있다. 이 비슷한 낱말들의 관계가 바로 말이 말에 대하여 말하는 관계임을 증명한다. '춘부장春府丈'은 '아버지'를 뜻하지만 '자기 아버지'를 가리켜 '나의 춘부장'이라는 말을 쓸 수는 없다. 그래서 '춘부장'은 남의 아버지를 높이어 부르는 말이라는 낱말 풀이를 통해서 '아버지'라는 낱말과의 상관관계가 밝혀진다. 이처럼 하나의 말이 다른 말과 관계를 맺는 기능을 언어의 관어적關語的 기능이라고 한다. 새로운 외국어를 배울 때에나 새로운 사상이나 개념槪念을 남이 전혀 사용하지 않던 새로운 낱말로 표현하려고 할 때, 언어의 관어적 기능은 대단히 중요한 역할을 한다. 우리가 영어를 배울 때 '파더father' '마더mother' 같은 낱말을 '아버지' '어머니'라는 우리 한국어 없이 배울 수 있었던가? 하나의 외국어를 나이들어 배울 때에는 자기 모국어가 새로 배우는 외국어의 길잡이 노릇을 한다. 이 길잡이 노릇이 곧 관어적 기능이다. 또 우리가 문법文法 공부를 할 때, '하늘, 땅, 나라, 꽃, 나무'는 명사名詞요, '하나, 둘, 셋'은 수사數詞요, '먹다, 놀다, 사랑하다'는 동사動詞라는 등 문법 용어文法用語를 사용하며 낱말이 문장을 만들 때의 성질에 대하여 검토하였다. 이 때에 명사, 수사, 동사 등의 문법 용어 역시 자연스런 일상의 말을 설명하기 위해 만들어낸 학술적인 말들이다. 이렇듯 학술적인 말은 세상 이치를 바르게 설명하기 위하여 창안한 설명용說明用 언어인데, 설명용 언어가 만들어지는 까닭은 언어의 지시적 기능은 물론이려니와 관어적 기능이 있기 때문에 가능한 것이다. 새로운 지식을 체계화하는 데 언어의 관어적 기능은 없어서는 안 될 중요한 역할을 한다.

이상으로 우리는 언어가 적어도 여섯 가지 기능을 수행하는 다재다능한 존재임을 알았다. 재주가 많은 사람은 한 번 움직여 여러 방면의 효과를 얻는다. 언어는 마치 재주 많은 사람과 같아서 한 번 사용될 때 이 여섯 가지가 동시에 적당한 비중으로 일하는 것이라고 생각할 수 있다. 언어의 기능을 올바로 이해하는 것은 어쩌면 국어 공부뿐만 아니라 참다운 인간이 된다는 점에 있어서도 기본적인 전제 조건일지도 모른다. 우리가 많은 공부를 하여 훌륭한 인간이 되고자 하는 데에는 남을 바르게 이해하자는 것도 중요한 목적이 되기 때문이다.

4. 언어와 민족 · 국가

태어나면서부터 한국어를 듣고, 한국어를 말하며 살아온 우리들은 한국어가 이 세상에서 가장 편한 말이라고 생각한다. 더 나아가 한국어가 가장 좋은 언어라고 생각할 수도 있다. 프랑스에서 태어나 프랑스 말을 사용하며 성장한 프랑스 사람들은 어떤 생각을 할까? 그들은 그들대로 이 세상에서 프랑스 말처럼 아름답고 훌륭한 말이 없다는 자부심을 가지고 있을 것이다. 이 세상에는 수백의 나라가 있고 수천의 종족이 있으며 또 그 종족마다 자기네들 고유의 언어가 있는데, 그렇다면 이 많은 언어 가운데서 정말로 어떤 언어가 가장 좋은 언어일까? 누구든지 이런 의문을 갖고 가장 좋은 언어를 찾아보려는 생각을 해 봄직하다. 그러나 이 세상에서 가장 좋은 언어를 찾으려는 노력은 이 세상에서 가장 맛있는 음식을 찾으려는 노력처럼 무모하고 어리석은 일이다. '맛있다'는 것은 습관과 기호嗜好에 따라 다르기 때문에 객관적인 기준을 정할 수 없으므로 어떤 음식이 더 맛있고 어떤 음식이 덜 맛있다고 말할 수 없다. 과일의 경우에서도 어떤 사람은 사과를 가장 맛있는 과일이라고 생각하고 어떤 사람은 배를 가장 맛있는 과일이라고 생각할 수 있다. 한국 사람은 된장찌개와 김치를 좋아하는데, 그런 음식을 한 번도 먹어 보지 못한 아프리카 인디언이 그런 것들을 맛있는 음식이라고 생각할 리가 없다.

그러므로 한국어가 이 세상에서 가장 좋은 언어라고 생각하는 것은 한국 사람의 자유이지만, 그것은 한국 사람이 한국어를 사용하며 생활하는 데에 아무런 불편을 느끼지 않을 뿐 아니라 조상 대대로 사용해 온 모국어이기 때문에 한국어를 극진히 사랑한다는 의미 이상을 갖고 있는 것이 아니다. 모든 언어는 그 언어를 사용하는 사람들의 생활 감정을 가장 잘 나타내도록 오랜 세월 길들여진 것이다. 미얀마의 가로Garo 지방 사람들은 러시아 사람들보다 더 많은 종류의 쌀을 구별할 필요가 있기 때문에 그들의 언어에는 러시아 말보다 쌀에 대한 낱말이 더 많이 있다. 에스키모들은 눈雪을 표현하는 낱말이 여럿 있다. 어떤 것은 지금 막 공중에서 땅으로 떨어져 쌓이는 '눈'을 가리키고 어떤 것은 이미 땅에 떨어져 쌓여 있는 '눈'을 가리키며 또 어떤 것은 얼음집을 짓기 위하여 얼음 벽돌용으로 쓸 수 있는 눈을 가리킨다. 그러나 한국어를 위시하여 대부분의 언어에는 '눈'을 가리키는 낱말이 하나밖에 없다. 아마 열대 지방의 어떤 언어에는 '눈'을 가리키는 낱말이 전혀 없는 경우도 있을 것이다.

한 언어의 훌륭함을 입증하려는 방법 가운데 하나는 그 언어 내에서 식별할 수 있는 말소리가 다른 언어보다 많다든가 더 세밀하게 구분되었다는 것을 내세우는 수가 있다. 가령 우리 한국 사람들은 누구나 '달' '탈' '딸'을 쉽게 구분하여 발음한다. 그런데 서양 사람들에게 이 세 낱말을 구분하여 발음해 보라고 하면 그 소리가 그 소리로 잘 구분이 안 된다. 이런 것을 보고 한국어가 더 훌륭하다고 말하는 사람이 있다. 그러나 이와 같은 생각은 크게 잘못된 것이다. 한국 사람은 한국어의 발음 체계 속에서 'ㄷ' 'ㅌ' 'ㄸ'을 잘 구분하지만 영어나 일본어를 사용하는 사람들이 잘 구분하는 유성자음有聲子音과 무성자음無聲子音을 제대로 식별하지 못한다. 이처럼 하나의 언어는 그 언어에 고유한 발음 체계가 있어서 다른 언어에서는 잘 못하는 발음을 아주 잘 구분하여 사용한다. 각 언어는 이처럼 저마다 고유한 발음 체계를 가지고 있는데 이것이 그 언어만의 우수성이라고 말할 수는 없는 것이다. 정확하게 말한다면 이러한 발음의 체계나, 또는 문법적인 특성 같은 것은 그 언어의 개성個性이라고 생각하는 것은 온당할 것이다. 우리는 영어를 배울 때 r 발음과 l 발음의 구별이 어려워 애태운 적이 있다. 그때 우리가 영어에는 r과 l을 구분할 수 있으니까 훌륭한 언어라고 생각한 적이 있는가? 오히려 그런 것을 구분하여 말하는 까다로운 말이라고 불만을 털어놓았을 것이다.

그렇다면 우리는 왜 한국어를 가장 좋은 언어라고 생각하며 사랑하는가? 또 설혹 가장 좋은 언어라고는 생각하지 않지만 적어도 가장 편한 언어라고 생각하며 사랑하는가? 그 해답은 아주 간단하다. 한국어가 우리들 한국사람 한 사람 한 사람의 존재를 증명해 주는 가장 확실한 것이기 때문이다. 다시 말하면 '나' 김철수가 다른 사람 아닌 바로 '나' 김철수임을 확인하는 데 한국어가 아주 중요한 구실을 하기 때문이다. 자기 동일성同一性을 증명하는 데 없어서는 아니 될 것 가운데 한국어는 가장 큰 몫을 한다.

어떤 사람은 다른 사람이 보기에 하찮아 보이는 돌멩이 하나를 금은 보화보다도 더 소중히 간수한다. 그것을 보고 친구가 까닭을 물었다 하자. 그러면 이런 대답을 할 것이다.

"응, 이 돌멩이는 돌아가신 선친先親께서 평생을 지니고 다니시던 것이야. 일제 강점기 시절 만주를 유랑하시면서도 고향집 앞 냇가에서 골라낸 이 돌멩이는 꼭 간직하고 다니셨대. 내가 한참 말썽을 부릴 때 아버님은 회복하실 수 없는 병을 앓고 계셨거든. 어느 날 아버님이 누워 계신 사랑방에 들어갔더니 앓으시는 분 같지 않게 큰 소리로 나를 꾸짖으시며 '이젠 좀 정신을 차려라.' 하시면서 당신이 돌아가신 뒤에라도 당신의 분신分身으로 생각하며 이 돌멩이를 간직하라고 하셨어."

자, 이쯤 되면 그 돌멩이는 옛날 고향집 냇가에 굴러다니던 평범한 조약돌이 아니라 바로 그 주인공의 아버님이 아니겠는가? 우리는 모두 남들이 보기에는 하찮은 물건으로 보이는 종이쪽지나 빛바랜 사진 한 장을 그야말로 자기 생명 못지않게 아끼고 사랑한다. 그 물건에는 자기만 아는, 그리고 자기 생애에 더없이 소중한 사건이나 인물과 동일하게 여겨야 하는 이유가 숨어 있기 때문이다.

한국인에게 있어서 한국어는 다른 민족이나 다른 나라 사람은 감히 짐작도 할 수 없는 깊은 사연을 감추고 있다. 그 사연은 우리가 한국 사람임을 증명하는 것과 동시에 한국 사람으로 살아온 것이 가장 귀중한 사건이었음을 알려 준다. 그래서 우리는 한국어를 사랑하는 것이다.

한 나라의 언어가 어떻게 그 민족 그 국민의 동일성과 역사를 알려주는가 하는 얘기는 한둘이 아니다. 당장 생각나는 한두 가지를 살펴보자.

여러 해 전 미국의 흑인 작가 앨릭스 헤일리는 ≪뿌리≫라는 소설을 써서 미국뿐 아니라 온 세계를 떠들썩하게 했었다. 자기 조상이 아프리카에서 잡혀온 노예였는데 그 조상의 원래 고향이 아프리카 서해안에 위치한 '감비아'라는 것, 그리고 조상의 부족部族은 만딩가 족이라는 것을 밝힌 소설이었다. 미국으로 잡혀온 지 이백 년, 7대에 걸친 옛날 일을 어떻게 족보를 거슬러 올라가면서 파헤칠 수 있었는가? 그것은 7대에 걸쳐 집안 대대로 전해 내려온 만딩가 부족의 낱말 세 개 때문이었다. 이백 년이 흐르는 동안 미국식 영어 발음으로 이상하게 변질이 되었지만 그래도 그 낱말 셋은 헤일리 집안의 핏줄이 아프리카 감비아에서 근원이 되었음을 지켜 주고 있었던 것이다. 그것은 '킨데'라는 만딩가 부족의 성씨姓氏를 가리키는 말, '캄비 볼롱고'라는 강江 이름, '코'라고 하는 아프리카 키타의 이름. 이 셋이었다. 이 낱말이 자기 종족의 뿌리를 찾게 한 열쇠였던 것이다. 이렇듯 한 종족의 언어는 그 종족의 뿌리를 밝히는 열쇠 구실을 한다.

우리는 모두 프랑스 작가 알퐁스 도데의 ≪마지막 수업≫이란 짤막한 이야기를 읽고 감동했던 추억을 간직하고 있다. 알사스는 독일과 프랑스를 경계 짓는 지역에 위치하고 있다. 독불전쟁에 패한 프랑스는 알사스 지역을 독일 측에 넘겨줄 수밖에 없는 지경에 이르렀다. 그때 알사스 지방 어느 초등학교의 마지막 프랑스 말 시간의 광경을 그리고 있는 이 이야기에서 작가가 하려고 했던 말은 오직 한 마디 "한 민족이 다른 나라에 노예가 되어 끌려가더라도, 제 민족의 말을 잘 보존한다면, 이것은 감옥의 열쇠를 쥐고 있는 것이나 마찬가지입니다."라는 것이었다.

우리나라의 초대 대통령이었던 이승만 박사는 오랜 미국 생활로 말미암아 영어를 한국어보다 더 잘하는 분으로 평판이 높은 분이었다. 그런데 그 분이 말년에 하와이에서 임종할 무렵 잠시 실어증失語症에 빠져서 아무 말도 못한 때가 있었다 한다. 그런데 병세가 호전되어 약간의 말을 다시 할 수 있게 되었을 때 그 분이 사용한 말은 어눌한 한국어뿐이었다고 한다. 모국어의 힘은 이처럼 무섭고 끈끈한 것이다.

한 민족의 언어가 그 민족의 동일성을 증명한다는 것은 언어가 지닌 특성 가운데 매우 특이한 것이다. 언어의 기본 기능은 두말할 것도 없이 사상과 감정을 전달하는 도구로서의 기능이다. 그런데 감정 전달은 모국어만이 완전에 가깝게 할 수 있다. 제2 외국어를 아무리 잘해도 그 제2 외국어로 된 시詩를 읽을 경우, 그것을 모국어로 하는 사람의 섬세한 느낌을 다 알 수 있다고 할 수 있는가? 그렇지는 않을 것이다. 그러므로 적어도 감정 소통의 면에서 볼 때 모국어는 그 민족의 동일성을 증명하는 무형의 재산이다.

모국어에 대한 인식과 관련하여 생각나는 일이 하나 더 있다. 1985년

초에 있었던 일이다.

　서울의 어느 초등학교 선생님이 정년 퇴임을 하셨다. 이 분은 평생 동안 틈만 나면 동네 주변과 학교 근처에 흩어진 쓰레기를 청소해 오신 분이었다. 학교 교무실 한쪽 구석과 집에는 언제나 양동이 하나와 집게가 준비되어 있었다. 집무 틈틈이 쉬는 시간이면 이 양동이를 들고 나가 휴지며 담배 꽁초 같은 쓰레기를 양동이에 담는 것이었다. 학교는 물론 동네에서도 청소 할아버지로 소문이 났다. 사람들은 이 선생님이 성품이 청결하셔서 이웃이나 학생들에게 청소하는 모범을 보이려는 것뿐이거니 생각했었다 한다. 좀 지나칠 정도의 열성이므로 '참 특별하신 분이구나.' 하는 생각들을 했지만 청소가 그 선생님에게 어떤 의미를 지니는 것인지는 알 수 없었다. 그런데 정년 퇴임을 하던 날, 교내 마이크를 통한 인사말에서 그 분이 평생토록 청소한 것은 자기가 솔선수범하는 좋은 표양을 보이려고 한 것이 아니라 속죄하는 의미에서 용서를 청하는 행위였다고 고백을 하였다. 무슨 죄를 지었기에 그런 말씀을 하셨는가? 그것은 바로 모국어, 우리 한국말에 대한 것이었다. 약관의 젊은 시절, 함경도에서 국민 학교 교사 생활을 하던 때, 그 때는 일본의 식민지 치하에 있었고 모든 국민 학교 학생들은 언제나 일본어를 사용하라는 강압을 받고 있었다. 어쩌다 학교에서 한국말을 사용하면 벌을 주고 때리기까지 하였다. 그런 상황에서 그 분은 해방이 될 때까지 우리 한국말을 사용하는 학생을 적발하여 벌을 주는 책임을 충실하게 지켜 왔다고 한다. 해방이 되자 공산 치하를 피하여 월남하여 경기도의 여러 곳에서 다시 국민 학교 교사 생활을 시작하였으나 자기가 얼마나 엄청난 민족의 죄인인가를 깨닫고는 자신을 죽이고 싶도록 부끄러움을 느꼈다고 한다. 그리하여 민족에 대한 속죄의 뜻으로 무슨 일을 할까 하고 궁리하던 중 간디의 자서전에 나오는 다음 구절이 가슴에 와 박히더라는 것이다. '큰 사람일수록 집안 청소 같은 작은 일은 손수 해야 한다.'

이 때부터 선생님의 동네 청소와 학교 청소, 특히 양동이에 휴지 주워담기가 시작된 것이었다고 한다. 인생의 반평생을 오직 민족과 모국어에 대해 지은 죄를 조금이라도 씻어 갚기 위하여 애써 오신 이 선생님의 갸륵한 행동은 모국어가 바로 민족혼을 담고 있는 그릇임을 웅변으로 증명하는 것이다.

5. 언어와 정신

옛날 성현들의 말씀과 행동을 조용히 묵상할 적이면 우리는 자신도 모르게 몸을 바르게 갖고 마음을 경건하게 다스리게 된다. 우리 마음속에 숨어 있던 곱고 아름다운 심성이 우리를 거룩하게 만들기 때문이다.

일찍이 퇴계 이황李滉 선생은 연곡燕谷이라는 마을에 사신 적이 있었다. 거기에는 작은 연못이 있었는데 그 연못가를 거닐다가 다음과 같은 시를 읊으셨다.

이슬 젖은 꽃풀은 물가에 곱고
모래 없는 연못은 물도 맑구나.
구름과 새 그림자는 원래 비치는 것이나

때때로 제비 날아 물결 찰까 두렵네.

露草夭夭繞水涯 노초요요요수애
小塘淸活淨無沙 소당청활정무사
雲飛鳥過元相管 운비조과원상관
只怕時時燕蹴波 지박시시연축파

이것은 하늘의 이치가 맑고 깨끗하게 운행되는 곳에 속된 인간의 욕심이 끼어드는 것을 두려워한 도학道學의 시라고 일컬어져 온다. 순수한 마음으로 하늘과 대면하여 우주의 원리를 궁리하고자 하는 퇴계 선생의 높은 뜻을 짐작할 만하다. 이러한 마음의 자세를 가졌던 분이기에 그 분의 말씀과 행동에 대한 글들을 읽을 적마다 우리의 가슴을 감동으로 채운다.

퇴계 선생은 학자들과 더불어 강론을 하실 때에도 의심나는 곳에 이르면 자기의 의견을 고집하지 않으시고 반드시 여러 사람의 의견을 들으셨다. 비록 성현의 말씀 한두 마디에 대한 비속한 선비의 의견이라 할지라도 귀 기울여 들으시고 마음속을 비워 궁리하고 또 궁리해 보며 참고하고 수정하여 올바른 결론에 이르시어야 그만두었다. 그가 이론을 펴서 말씀하실 때에는 기운이 부드럽고 말은 온화하며 이치가 밝고 정당하여 여러 가지 다른 의견이 다투어 일어나더라도 거기에 조금도 휩쓸리지 않았다. 이야기할 때에는 반드시 상대방의 말이 다 끝난 뒤를 기다려 천천히 한 마디로 조리를 따지어 해석하시면서도 꼭 자기의 의견이 옳다고 하지 않으시고 '내 의견은 이러하지만 다른 분들은 어떻게 생각할지 모르겠다.'고 겸양하시는 말씀을 잊지 않으셨다.

이 글은 퇴계 선생의 토론하시는 모습을 적은 그의 제자 김성일金誠一이라는 분의 글이다.

퇴계 선생의 행동이 그처럼 온화하고 깨끗하며 그 말씀이 바르고 담담하였던 까닭은 그 분의 학문이 세상의 이치를 정확하게 꿰뚫었기 때문이다. 그러나 그 분이 돌아가신 지 4백 년이 넘는 오늘날 우리가 그 분을 흠모하며 추앙하여 마지않는 까닭은 감히 우리가 그 분과 같은 학문과 인격의 경지에 오르고자 하는 욕심이 있어서가 아니다. 설사 그러한 욕심을 갖고 있다고 하여도 세속의 변화는 새로운 퇴계를 용납하지 않을지도 모른다. 우리의 욕심은 그것보다는 아주 작고 미천한 것이다. 그것은 그 분이 말을 아끼고 조심한 이유가 말 속에 감추어져 있는 어떤 신비성 때문이 아닐까 하는 의문이다. 그 신비성의 실체를 깨달을 수만 있다면 우리는 퇴계 선생의 그림자만이라도 먼발치에서 따를 수 있다는 느낌을 가져도 좋을 것이다.

말이 지니고 있는 신비성에는 여러 가지가 있다. 그 첫째가 언어의 정서적 특성이다. 말은 때때로 우리들 영혼의 목소리이고자 한다.

외국인에게 한국어를 가르칠 때의 경험담 한 토막.

얼마쯤 한국어 실력이 쌓인 고급반에서였다. 우리나라 시조時調, 그것도 정몽주의 단심가丹心歌를 가르쳤다. 학생 가운데에는 독일 사람이 한 명 있었다. 그 사람은 그 시를 완전히 이해하고 우리말로 그것을 썩 잘 외웠다. 그러더니 어느 날 그는 그 시를 독일어로 번역을 해 갖고 선생에게 보여주었다. 그런데 그 번역에는 '일백 번 고쳐 죽어'라는 구절이 '일천 번도 더 죽어'라는 독일어로 되어 있었다. 이것은 오역이 아니냐고 질문하는 선생에게 그는 아주 힘찬 어조로 이렇게 대답하였다.

"아닙니다. 선생님, 독일어에는 '일백 번'이라는 숙어가 없습니다. 무한한 죽음의 반복을 뜻하는 말은 아무래도 '일천 번'이라고 해야 독일 사람 감정에 맞습니다. 그리고 이 시는 꼭 임금님을 그리워하여 지은 것이라는 고정 관념에 묶어 놓을 필요는 없습니다. 저는 이 시조를 고향에 있는 애인에게 생일 선물로 보내려고 해요. 한 주일 후에 그녀의 생일이 되는데 오늘 오후에 편지를 부쳐야지요."

그는 다시 그 독일어 번역의 단심가를 웅얼웅얼 외우면서 눈가에 어리는 붉은 빛을 감추려 하지 않았다. 그의 전공은 영문학이지만 그는 늘 "제가 아무리 영어를 잘 해도 독일 시인 하이네의 짧은 서정시 한 수를 외울 때에 가슴을 치는 그런 감동을 영시에서는 느낄 수가 없습니다."하고 고백하였다.

이번에는 어떤 소설가의 이야기를 해야겠다.

그 분은 늘 투르게니에프의 소설이 자기의 마음에 든다고 말씀하시는 분이었는데, 어느 좌석에서 또 투르게니에프가 화제에 올랐다.

"투르게니에프는 정말 나를 매료시킨단 말이야."

"또 그 이야기인가?"

"아니야, 이번엔 다른 이야기이지. 자네는 그 사람이 얼마나 모국어를 사랑했는지 알아? 그가 이런 말을 한 적이 있어. '이렇게 아름다운 러시아 어를 모국어로 주신 하느님에게 감사합니다.'라고 했거든. 아마 러시아 어도 우리 한국어만큼이나 훌륭한가 보지?"

이 소설가는 사실 누구에게나 한국어의 아름다움을 강조하는 것으로 즐거움을 삼는 분이어서 자기가 소설을 쓰는 이유 중의 하나는 그 한국어의 아름다움을 증명하는 작업이라고 말씀하신다.

말은 이처럼 우리들의 영혼이 뿌리를 내리고 있는 온상이다. 우리가 울고 웃을 수 있는 것은 바로 이 말 때문이요, 더욱 정확하게 표현하면 우리들의 모국어 때문이다. 한국어는 한국 사람의 영혼이요, 그 영혼의 목소리이다. 우리들은 아무도 우리의 영혼을 가볍게 생각하거나 천시하지 않는다. 따라서 우리는 아무도 한국어를 아무렇게 사용하여 천박하게 만들려고 하지 않는다.

말이 지닌 두 번째의 신비성은 윤리적 관점에서 검토되어야 한다. 언어는 한 민족, 한 국가의 넋을 보호하고 있는 만큼 그 민족과 국가의 한 사람 한 사람의 인격을 지켜 주는 방패의 구실도 하게 된다. 이것은 언어가 원래 인간의 양심을 지키기 위해 사용되어야 함을 암시하는 것이다. 그렇기 때문에 한국 사람은 한국어로 존중되고 독일 사람은 독일어로 존중된다. 우리가 해외여행 중 낯선 곳에서 낯선 외국인을 만났을 때 그가 우리를 한국 사람으로 알아보고 한국어로 "안녕하십니까? 한국에서 오셨습니까?"하고 서투른 발음으로라도 우리에게 인사하였을 경우를 생각하여 보자. 우리는 어떤 기분을 갖게 되는가? 그것은 한국 사람이 한국어에 의하여 대우받을 때가 어떠한 다른 언어로 대우받는 것보다 지극한 대접이 된다는 것을 입증해 준다. 그러한 이유에서인가? 한국어는 일찍부터 대화중에 상대방이나 웃어른을 공경하는 표현법이 까다로울 정도로 발달되어 있었다. 시대가 아무리 변하고 민주, 평등사상의 물결이 한국 사람을 휩쓸어도 상대방을 높이고 말하는 사람 자신을 낮추는 겸양의 미덕은 한국어의 표현 속에 영원히 남을 것을 우리는 예측해도 좋을 것이다.

한국어에서 제1인칭인 '나, 저, 우리' 따위의 주어를 빼놓고도 훌륭하게 말하고 글도 쓸 수 있는 이유를 우리는 이 겸양의 미덕으로 풀어야 하겠다. 나쁘게 말하는 사람들은 '나'를 내세우지 않는 표현상의 특징이 책임 회피 또는 책임 전가에 있다고 말한다. 그러나 그것은 잘못된 견해다. 한국 사람은 나를 낮추고 상대방을 높이는 습성에서 한 걸음 더 나아가 '나'와 '너'가 모두 포함되는 우리를 사용함으로써 상호 존중과 공동 의식의 의리를 더욱 굳게 하려 한다고 해석할 수는 없을 것인가? '우리나라'를 영어로 번역하고자 할 때에 '나의 나라my country'로 바뀌는 야박한 자아의식 앞에서 한국 사람들은 부끄럽고 민망하여 언제나 얼굴을 붉힌다. 한국 사람들은 항상 전체 속에 숨겨져 있는 '나'에 만족하였고 또 그것으로 충분히 행복할 수 있었다. 그렇기 때문에 한국어에는 할 말과 못 할 말이 엄격히 구분되어 있다. 남의 인격에 손상이 오는 경우, 남의 감정에 상처를 입힐 염려가 있을 때, 한국 사람들은 말을 모르는 벙어리가 된다. 그러면 어떤 사람은 아마 이런 의문을 품을 것이다. '그렇다면 못 할 말은 왜 있어야 하는가?' 우리는 이런 의문에 대해서도 충분히 설명할 수 있다. 아무리 못 할 말이라도 사람과 때와 장소를 달리하면 그것은 또한 반드시 해야 할 말이 되기 때문이다.

할 말과 못 할 말을 분명히 구별해 썼던 선현先賢의 다음과 같은 일화가 전해 온다.

충무공 이순신李舜臣 장군은 무과에 급제하였으나 권세 있는 집을 찾아다니며 벼슬자리를 구하려고 하는 사람이 아니었다. 마침 율곡 이이李珥 선생이 이조판서가 되었을 때에, 장군의 사람됨을 전하여 들은 율곡 선생은 일가간의 정의를 생각하여 사람을 시켜 한 번 만나

볼 것을 청하였다. 그들 두 사람은 모두 같은 집안인 덕수德水 이씨李氏요, 그들의 나이 차는 율곡 선생이 아홉 해 위이었다. 선조 대왕 9년1579 A.D. 식년 무과武科에서 병과丙科에 급제한 뒤로 이순신 장군은 권관權管, 수군만호水軍萬戶, 참군參軍, 주부主簿, 선전관宣傳官 같은 미관 말직에 있었으나 판서인 율곡 선생의 부름을 받고도 의연히 사양하여 말하기를, "일가간이라 서로 만나는 것이 오죽 좋을까마는 지금 그 분이 판서로 있기 때문에 만날 수 없소."라 하였다.

하찮은 연줄이라도 붙들어 권세 있는 집안에 줄을 대는 소인의 무리들과는 판연하게 다른 모습을 충무공은 보이셨던 것이다. 충무공이 그후에 전라 좌도 수군절도사에 임명되어 임진왜란을 극복한 기둥이 되었던 것은 서애西涯 유성룡柳成龍 선생의 천거에 말미암은 것이었다.

할 말과 못 할 말에 뚜렷한 판별력을 가지고 민족의 정기를 지켜온 분들은 그토록 이름난 몇 분 선현에게 한정되는 것이 아니라 조선 왕조 시대의 모든 이름없는 선비들 대부분이 말을 사용함에 뚜렷한 기준이 있어서 웬만한 일에는 입을 다물다가도 해야 할 말이 있을 때에는 목에 칼이 들어가도 주저하지 않는 용기를 보이셨다.

다음에, 세종대왕의 실수를 바로잡은 맹사성孟思誠 정승의 이야기 하나를 더 해 보자.

영명과 예지로 민족 문화에 찬란한 금자탑을 쌓아올린 세종대왕도 인간인지라 전제 군주로서의 월권을 행사하려 한 적이 있었다. 세종대왕 13년이었다. 임금님은 말씀하기를 "태종실록이 이제 거의 완성되었다 하니 내가 한 번 보고 싶구나." 하였다. 이때에 모시고 있던 우의정 맹사성이 아뢰기를,

"실록에 기재된 것은 당대의 일로서 후세에 대대로 전하여 보일 것이니 모두가 사실의 일을 적었습니다. 전하께서 보시더라도 또한 태종대왕을 위하여 실록을 고치지는 못하실 것이요, 또 지금 한 번 보기 시작하오면 후세의 임금들이 전하의 일을 선례로 삼아 본받고자 할 것이니 사관史官이 의구심을 내어 반드시 그 직책을 제대로 수행하지 못할 것입니다. 그러면 어찌 그 기록을 후세에 전하여 보일 수 있겠습니까? 거두어 주소서."라고 하였다. 이에 세종대왕은 그 말을 쫓아 다시는 실록을 보겠다고 거론하지 않았다 한다.

우리는 흔히 언어의 드러난 기능에만 집착하여 언어를 효율적으로만 생각하기 쉽다. 그러나 언어는 위에 이야기한 바를 통해서도 알 수 있듯이 숨겨진 신비성도 아울러 가지고 있는 것이다. 그래서 서양에서는 일찍이 '말'을 '진리'나 '하느님'에 비유하는 경우가 많았다. 즉 말은 신성한 것이요, 두려운 것이며 따라서 조심스럽게 다루어야 한다. 이렇게 생각할 때 요즈음 거론되는 국어 순화의 목적과 방법론은 스스로 분명해지는 것이다. 누가 자신의 인격을 모독하고 자신의 품성을 비속하게 만들려 하겠는가? 그런 사람은 할 말과 못 할 말을 구별하지 않아도 괜찮다. 어느 누가 남의 의견을 존중하려 하지 않으며 자기의 주장과 이익만을 내세워 공동 사회의 화목한 분위기를 파괴하려 하겠는가? 그런 사람은 국어 순화의 문제 따위는 아랑곳없이 함부로 말하고 지껄여서 자기와 그 주위의 사람들을 동시에 파멸시켜도 상관이 없다. 그러나 우리는 모두 현명한 한국 사람이다. 그리고 현명했던 우리 조상의 후예들이다. 이제 우리는 마음을 가다듬고 퇴계 선생의 다음과 같은 언행을 귀감으로 삼아 국어 순화의 실천 방안이 어디에 있는지를 생각해 보기로 하자.

　'선생께서 거처하시는 곳은 조용하고 정돈되었으며 책상은 반드시 말끔하게 치우고 벽장에 가득한 책은 가지런히 순서대로 놓여 있어서 어지럽지 않았다. 새벽에 일어나면 반드시 향불을 피우고 고요히 앉아 온종일 책을 읽어도 나태한 모습을 보인 적이 없었다.

　평상시에는 날이 새기 전에 일어나서 금침을 정돈하고 세수하고 의관을 바로 잡은 뒤에 소학小學에 쓰인 대로 행동하셨다. 여러 사람들과 함께 쉬실 때에도 반드시 얼굴빛을 가다듬어 단정히 앉았고 옷이나 띠도 바르게 하였으며 말과 행동은 지극히 정중하였다. 그래서 사람들은 모두 사랑하고 공경하여 감히 거만하게 대하거나 업신여기지 아니하였다. 하루 종일 책을 읽다가 때로는 고요히 앉아 생각에 잠기기도 하고 시를 읊조리기도 해서 세속 사람이 즐기는 바는 한 번도 그의 마음을 스쳐가는 일이 없었다.'

생각해 볼 과제

· 인간의 심오한 깨달음은 언어를 방편으로 하지 않고도 이루어질 수 있으며, 또 그 깨달음은 언어로 통하지 않고서도 다른 사람에게 전달될 수 있다고 한다. 그럼에도 불구하고 여전히 언어의 중요성이 강조되는 이유가 어디에 있을까? 이에 대하여 친구들과 의견을 나누어 보자.

· 어떤 사람의 말을 완전하게 이해하려면 언어의 여섯 가지 기능을 종합적으로 검토하지 않으면 바르게 이해되지 않는다고 한다. 그 이유를 검토해 보고 언어의 기능과 의미의 상관 관계를 쉽게 설명해 보자.

· 언어와 민족·국가가 필연적으로 묶여 있는 것은 아니지만, 한국어가 한민족의 정신을 담고 있고, 개인의 말씨가 그 개인의 정신을 반영한다는 점에는 그럴 만한 이유가 있을 것이다. 그 이유를 생각해 보자.

2장 한국어의 흐름

1. 한국어의 기원과 형성

한국어는 언제부터 이 세상에서 사용되기 시작했을까? 이 문제를 해결하려면, 한국 사람은 언제부터 다른 민족과는 구별되면서 한 민족이라는 하나의 민족의식을 지닌 집단으로 살아왔는가 하는 문제가 해결되어야 한다. 이처럼 한국어 기원의 문제는 한국인의 기원 문제와 안팎의 관계를 가지고 있다. 그런데 한국 사람이 언제부터 한민족이라는 하나의 울타리 의식을 가지고 살아왔는가를 정확하게 말할 수는 없다. 현재 고고인류학考古人類學의 연구 결과는 막연한 연대 추정을 할 뿐, 아득한 옛날에 대해서는 아무런 해답을 전해 주지 않는다.

우리가 지금 알 수 있는 사실은 단지 지금부터 약 2천여 년 전에 한반도와 만주에 걸쳐 우리 조상이 흩어져 살았다는 것뿐이다. 부여, 옥저, 예, 고구려, 마한, 진한, 변한 같은 나라가 바로 2천여 년 전에 우리 조상들이 세웠던 부족 국가의 이름들이다. 그러면 이들 조상들은 어떤 말을 사용하였을까? 그리고 그 말들은 서로 얼마나 비슷했을까? 현재 이런 문제를 알기는 매우 힘들다. 2천 년 전에는 우리 민족과 이웃하여 살던 중국 민족과 한자漢字를 사용하고 있었을 뿐, 우리 조상들은 문자를 가지고 있지 않았으므로 그 당시의 언어 모습을 알 길이 없다. 다행히 그 중국 사람들의 극히 단편적인 기록이 있어서 아주 희미하기는 하지만 그 당시의 언어 모습을 약간 전해 준다. 그 기록에 따르면 만주 지역에는 우리 민족 이외에도 다른 민족이 섞여 살았으며 우리 민족, 크게는 부여족夫餘族이라는 이름 밑에 작은 부족 국가들을 만들며 살아가고 있었고, 한반도에는 한족韓族이라는 이름 밑에 역시 작은 부족 국가들이 옹기종기 모여 살았음을 알 수 있다. 그러면 그들의 언어는 서로 얼마나 같고 얼마나 달랐을까? 전체로 보아서 부여족이나 한족이나 다 우리의 조상이므로 언어가 상당히 다르지는 않았겠지만 오늘날의 지역 방언 즉 함경도 사투리와 전라도 사투리 정도의 차이는 있었을 것으로 짐작된다. 어쩌면 그것보다도 더 큰 차이가 있었을 것이다. 그렇지만 그 구체적인 모습은 알 길이 없다.

≪삼국지三國志 위지魏志 동이전東夷傳≫이라는 중국 역사책에는 부여족에 속한 부족 국가들의 언어에 대하여 다음과 같은 기록을 남기고 있다.

[고구려] 동이東夷의 오래된 말을 사용한다. 이 말은 부여족이 쓰는 말 가운데 특별한 것으로 생각된다. 언어뿐만 아니라 다른 여러 가지도 대개 부여와 같다. 그런데 성품이나 기질, 그리고 의복

에는 다른 점이 있다.

[동옥저] 이들의 언어는 고구려와 대체로 비슷하며 때때로 약간씩 다른
점이 보인다.

[예] 이 나라의 나이 많은 노인네들은 스스로 자기네가 고구려와 같은
종족이라고 말한다. …그래서 그런지 언어와 풍속 습관이 거의 고
구려와 비슷하며 옷 입는 것만 다른 점이 있다.

이 기록을 보면 고구려의 말은 부여와 같고, 동옥저와 예는 고구려와
같으므로 결국 부여·고구려·동옥저·예는 모두 같은 계통의 언어를
사용한 것이라고 하겠다.

한편 한반도 중부와 남부에 퍼져 살던 삼한三韓의 언어에 대한 기록
을 보면 아주 재미있는 면이 보인다. 앞에 나왔던 ≪삼국지 위지 동이
전≫은 진한辰韓에 대하여 다음과 같이 적어 놓았다.

[진한] 진한은 마한의 동쪽에 있다. 이 나라의 노인네들은 대대로 전해
내려온 말이라고 하면서 이르기를 아주 옛날 중국 진秦 나라의
피난민이 진시황秦始皇의 학정에 못 견디어 한국으로 도망쳐와
서 살았는데 그 나라가 바로 진한이다. …언어는 마한의 말과
같지 아니하다.

이 기록을 보면서 역사책이라고 하여 무조건 믿을 수 있는 것이
아님을 깨닫게 된다. 우선 이 기록의 부당함은 중국 황하黃河 유역의
진秦 나라 백성이 만주와 한반도를 거쳐 어떻게 지금의 경상도 지역인

진한 지역으로 올 수 있었는지를 설명할 수 없다는 점이다. 또 뱃길로 왔다고 해도 황해黃海 바다를 건너 곧바로 지금의 충청도 지역이나 마한 지방, 곧 지금의 전라도 지역으로 왔다면 모르겠지만 어떻게 한반도 남단을 돌아 경상도 지역에 자리를 잡을 수 있었는지 도무지 설명할 재간이 없다. 또 학정에 시달려 도망 나온 사람이 얼마나 많기에 그들이 하나의 부족을 형성할 만큼 되었는지 터무니없다는 생각이 든다. 아마 그 역사책을 기록한 사람이 중국의 '진秦' 나라와 한국의 '진한辰韓'의 '진'이란 글자의 음이 같으니까 끌어다 붙인 억측이 아닌가 싶다. 그 당시 중국 사람들은 일찍이 문화가 발달하여 문자를 발명하고 그 문자곧 한자漢字로 역사책을 쓸 정도로 문화 수준이 높았으므로 주위에 있는 다른 민족도 모두 자기네 민족의 한 지파로 생각하려는 자만심이 있었다. 이 자만심이 이와 같은 기록을 남기게 된 원인이라고 생각된다. 이쯤 되면 그 역사책을 믿기 어렵지만 옛날 삼한에 대한 기록이 거기에밖에 없으니 부득이 조심하면서 참고할 수밖에 없다. 이 ≪위지 동이전≫은 변한弁韓에 대하여는 다음과 같이 적어 놓고 있다.

[변한] 변한은 진한과 섞여 살고 있다. 그리고 그들의 언어와 풍속은 서로 비슷하다.

그런가 하면 ≪후한서後漢書 동이전東夷傳≫이란 책에는

변한과 진한은 언어와 풍속이 서로 다른 점이 있다.

고 기록하였다.

이 두 가지 기록을 놓고 우리는 어느 것이 옳은지 고민에 빠지게 된다. 그런데 문제는 그들 역사책이 순수하게 믿을 것이 못 된다는 점과 또 이런 기록을 한 사람들이 그 당시의 진한이나 변한의 언어에 대하여 얼마나 자세히 알고 있느냐를 헤아려 보아야 한다. 가령 한국 어도 모르고 일본어도 모르는 서양 사람이 프랑스 파리의 어느 음식점 에서 한쪽은 한국인 가족이 식사를 하고, 또 다른 한쪽엔 일본인 가족 이 식사를 하는 장면을 보았다고 하자. 그 두 가족은 모두 자기네 모국 어로 이야기하며 즐거운 식사 시간을 보내고 있다. 이 때 한국어도 일본어도 모르는 서양 사람은 '저 사람들은 동양에서 온 같은 나라 사람들이구나. 말 소리가 아주 똑같은데…….' 라고 지레짐작을 해 버 릴 수 있다.

그러므로 ≪후한서 동이전≫이나 ≪위지 동이전≫의 저자가 삼한 의 언어에 대해 기록한 것은 단지 하나의 참고 사항일 뿐, 실제의 언어 현실과는 거리가 있는 기록임을 명심해야겠다. 우리가 오늘날 추측하 기로는 마한·진한·변한 모두가 아주 비슷한 말을 사용했을 가능성 이 높다. 그리고 그것은 삼한어라는 하나의 큰 테두리의 언어로 묶이 는 것이었다고 생각하는 것이 좋겠다. 더 나아가서 북쪽에 자리 잡고 사는 부여족 계통의 언어와도 서로 상당히 비슷해서, 의사 소통이 가능 하였을 것이라고 보아야 할 것이다.

이들 언어는 그 후에 고구려高句麗·백제百濟·신라新羅의 언어가 되 어 우리나라 역사 속에 뚜렷한 모습으로 등장한다. 이 때부터는 중국이나 우리나라 역사책물론 한문으로 적혀 있다에 사람 이름이나 땅 이름, 또는 벼슬 이름이 적혀 있어서 그 당시 낱말이 어떠했는지를 살펴볼 수 있다. 그러나 그 당시에 그런 낱말이 정확하게 어떻게 발음되었는지를 안다는 것은 지극히 어려운 일이다. 왜냐하면 한자음漢字音이 시대를 따라 변해 왔으므로 그 당시의 한자음을 정확하게 추정할 수가 없기 때문이다. 그렇지만 어렴풋하게나마 짐작할 수 있다는 것만도 여간 다행스러운 것이 아니다.

이렇듯 역사책에 적혀 있는 고구려 단어들은 약 80여 개가 되는데 어떤 언어이었는지를 추측할 수 있다. 재미있는 사실은 고구려어가 세 갈래의 다른 언어와 비슷하다는 점이다.

첫째로는 반도 남쪽에 자리 잡고 사는 신라어와 비슷하다는 점이다. 이것이야말로 북방의 부여족에 속한 고구려와 남쪽 삼한족의 진한에서 나타난 신라가 동일한 민족이라는 움직일 수 없는 증거가 된다. 가령 오늘날 '바위巖·골谷·물水' 같은 낱말은 물론 발음이 오늘날과 꼭 같지는 않고, 옛 모습을 띤 것이긴 했지만 고구려와 신라가 같은 것이었다.

둘째로는 고구려어와 고대 일본어와 비슷한 모습을 보인다는 점이다. 특히 숫자를 헤아리는 수사數詞에서 아주 신기한 일치를 보인다. 그것도 일상에서 자주 쓰이는 '3, 5, 7, 10'이라는 낱말이 그러하다. 우리가 오늘날 사용하는 '셋, 다섯, 일곱, 열'은 분명히 신라 계통의 수사인데 고구려의 수사는 신라어와는 다른 것이었고 오히려 고대 일본어와 같았다는 사실은 우리에게 여러 가지 상상을 하게 한다. 일본인 조상의 일부는 어쩌면 고구려족의 일파였으리라는 추정도 가능하다. 언어에 관한 한, 현재까지의 일본어의 기원은 세계 학자들이 꼭 집어 어느 것이라고 말하지 못하는 형편이지만 적어도 우리 한국어의 사촌쯤 되는 요소가 들어 있다는 생각들을 한다.

셋째로 고구려어는 퉁구스어와 비슷한 점도 보여주고 있다. 이 점은 고구려어가 퉁구스어를 포함하는 알타이 어족Altai語族의 하나임을 증명하는 것이다. 알타이 어족에는 몽고어, 터키어, 퉁구스만주어가 중심이 되는 어족인데 고구려어가 퉁구스 어와 매우 비슷하다면 결국 한국어도 알타이 어족의 하나일 수밖에 없는 것이다. 이와 같이 고구려어 낱말들은 한편으로는 한국어의 계통을 알려 주며 또 한편으로는 그 한국어 속에 고구려어와 신라어가 그 중에서도 가장 친숙한 관계에 있다는 것을 밝혀 주고 있다.

그러면 백제어는 어떠한가? 우리가 다 아는 바와 같이 백제는 한반도 서남단에 건설된 부족 국가로 역사책의 기록에 따르면 고구려나 신라보다 늦게 일어난 나라이다. 또 그 지배층은 고구려에서 내려온 사람들이었다. 만일 고구려어와 백제어가 다른 언어였다면 백제의 지배층 언어와 일반 백성의 언어는 다른 것이었을 것이다. 그러나 그 차이는 앞에서도 짐작한 바와 같이 지방간 사투리의 차이보다 약간 정도가 심했을 것으로 보지만 의사 소통에 장애가 오지는 않았으리라 생각된다. 따라서 구체적인 낱말에서는 고구려어 계통과 백제어 계통이 다른 것이 많았을 것이다.

그 증거가 ≪주서周書 이역전異域傳≫에 다음과 같이 적혀 있다.

[백제] 왕의 성姓은 부여씨夫餘氏이다. 그런데 그 왕을 '어라하'라고 부르고 백성들은 '건길지'라고 부른다. 둘 다 왕이라는 뜻이다. 왕의 아내는 '어륙'이라고 부르는데 왕비라는 뜻이다.

이 기록에 따르면 백제의 귀족들은 왕을 '어라하'라고 불렀으며 일반 백성들은 '건길지'라고 했다는 것이다. '어라하'가 반드시 고구려 계통의 말이고 '건길지'가 꼭 마한 계통의 말이라고 단정할 수는 없지만 그렇게 생각할 가능성은 있으며 적어도 백제의 귀족과 일반 백성이 임금을 서로 다른 호칭으로 불렀다고 하는 것만은 분명하다. 백제라는 나라의 구성이 북방 부족과 남방 부족으로 이루어졌음을 짐작하게 해 주는 것이다.

마한과 진한 사이에 있었던 변한은 그 후 여러 개의 '가야'라는 나라를 세웠다. 이 '가야'의 언어는 어떤 것이었을까? 오늘날 역사책에 유일하게 남아 있는 낱말이 하나 있다. ≪삼국사기三國史記≫권44, 열전 사다함숨多숨조에 '전단돌旃檀梁:여기서 梁은 돌로 읽음'을 풀이한 구절이 나온다.

전단돌, 이것은 성문城門의 이름이다. 가야말로 문門을 돌梁이라 한다.

이 기록은 우리에게 재미있는 상상을 하게 한다. 김부식이 ≪삼국사기≫를 쓰던 당시에 김부식은 분명 고려 말을 사용하고 있었을 것이다. 그 고려 말에는 분명히 '문'을 '돌'이라고 하지 않았음이 분명하다. 만일 고려어로 '문'이 '돌'이라면 책을 쓰다가 가야 말로 '문'을 '돌'이라 한다는 풀이를 덧붙일 필요성을 느끼지 않았을 것이기 때문이다. 오늘날 우리 한국어로 '문門'을 가리키는 고유한 낱말이 없어지고 한자어인 '문'을 사용하고 있는 처지에서 옛날 가야 말에 '문'을 '돌'이라 한다는 구절을 발견하는 기쁨은 진실로 각별한 것이 아닐 수 없다. 이 낱말은 그 후 언제쯤 없어졌을까? 또 이와 관련하여 가야어는 진한어나 마한어와 얼마나 달랐을까? 혹시 '문'을 '돌'이라고 하는 흔적이 오늘에는 남아 있지 않을까? 문짝을 여닫게 하기 위하여 하나는 문설주에 하나는 문짝에 박아 맞추어 꽂는 '돌쩌귀'라는 낱말에 '돌'이라는 소리가 들어 있는데 그것은 혹시 문을 여닫기 위하여 '돌린다回'는 뜻이 아니라 가야 말의 문 자체를 가리키던 '돌'과는 관계가 없는 것일까? 이처럼 옛날 낱말 하나를 놓고 우리는 아주 재미있는 상상을 펼 수 있는데 이 상상에 조금만 더 분명한 증거를 제시할 다른 자료가 있다면 그것은 상상이 아니라 착실한 학구적 노력으로 평가될 수도 있는 것이다.

그러면 신라의 말은 어떤 것이었을까? 한반도 동남쪽 진한의 옛터에 '사로斯盧'라고 하는 조그마한 부족이 점점 강성하여지면서 6세기경에는 낙동강 유역의 가야를 병합하고 7세기 후반에 이르러서는 백제와 고구려를 차례로 멸망시키고 드디어 한반도의 통일을 이룩한 신라의 말은 어떤 것이었을까? 삼국 가운데 가장 많은 언어 자료가 남아 있으므로 그 구체적인 자료의 검토는 다음 장으로 미루고 여기서는 국어의 형성과 관계되는 신라어의 변천만 훑어보기로 하자.

하나의 나라가 힘을 키워 세력을 확산시켜 나아갈 때 그 중심부에서 사용하던 언어는 그러한 정치·군사적 세력을 따라 퍼져 나갔다는 것은 의심할 여지가 없다. 신라의 출발점은 오늘날 경주慶州 지방이었다.

그러므로 신라가 한반도 전체를 통일하여 이른바 통일 신라를 형성하였을 때에는 그 신라의 정치적 중심지인 경주 지방의 말이 상당한 세력으로 온 나라에 파급되었을 것이다. 그렇다고 고구려나 백제의 고장에서 그 전부터 쓰던 말을 버리고 신라의 서울인 경주 말로 완전히 바꾸었다고 생각하는 것은 잘못이다. 다만 신라 경주의 말이 오늘날 표준어라고 부르는 서울말의 행세를 하면서 온 나라에 큰 세력을 떨치게 되었다는 것을 주의 깊게 보아야 한다. 왜냐하면 이 경주의 말이 현대 한국어가 시대를 거슬러 올라가면서 찾아낼 수 있는 가장 분명한 직계 할아버지 말이 되기 때문이다. 따라서 오늘날 우리가 사용하는 한국어의 분명한 기원은 신라어라고 할 수 있다. 신라어 이전의 언어 자료가 없는 현재의 형편에서 신라어만이 현대 한국어의 가장 오래된 모습을 보여준다.

통일 신라의 뒤를 이어 고려高麗가 개성開城에 도읍을 정하여 오백 년을 내려왔으므로 경주 지방의 말을 근간으로 하였던 신라어는 신라가 망한 것과 동시에 세력을 잃어버렸다고 보아야 하지 않겠는가? 이렇게 의문을 품을 수도 있다. 이것은 당연한 의문이다. 그러나 고려가 개성에 도읍하여 한반도의 중앙 지대에 나라의 중심을 둔 것도 사실이고 나라 이름도 고구려高句麗의 기상을 이어받는다는 의미에서 '고려'라 한 것도 사실이지만 고려의 모든 문화적 전통은 신라에 뿌리를 둔 것이었다. 그 뚜렷한 증거를 신라의 마지막 임금이었던 경순왕敬順王의 행적에서 발견할 수 있다. 우리가 다 아는 바와 같이 고려를 세운 왕건王建은 후고구려를 세웠던 궁예의 휘하 장수였다. 궁예가 말년에 포악한 짓을 많이 하였으므로 덕망이 높은 왕건이 부하들의 추대를 받아 임금이 되었다. 오늘날 경기도와 강원도 지역을 본거지로 하고 활동한 고려 태조 왕건은 비록 그의 용맹과 덕성으로 말미암아 임금의 자리에 오르기는 했으나 신라의 천 년 문화가 무르녹은 경주의 문화 풍습에 익숙하였다고는 볼 수 없다. 후삼국 시대의 정치적 혼란 속에서도 문화의 중심은 여전히 신라의 서울인 경주였고 동시에 경주의 말이 그 당시의 표준어요, 외교어의 구실을 하였을 것이다. 이러한 시대 상황에서 경순왕 9년서기 934년에 경순왕은 나라를 고려 왕건에게 바치고 스스로는 왕건의 딸 낙랑 공주와 결혼하여 왕건의 사위가 되었다. 경순왕이 신라의 임금 경순왕으로서가 아니라, 고려 태조 왕건의 사위가 되기 위하여 김부金傅라는 본명을 찾은 평범한 고려 귀족의 신분으로 경주에서 개성으로 이사할 때에 그 이삿짐의 행렬이 30여 리에 뻗쳤다는 기록이 삼국사기에 보인다. 이것은 단순히 망한 신라의 임금이 고려의 사위가 되어 움직이는 이사 행렬이 아니라 천 년 신라 문화의 중심이 경주에서 개성으로 옮겨 가는 행렬이었음을 뜻한다. 그리하여 개성 지방에서는 여전히 경주 지방의 말이 문화적 우월성을 지니고 모든 귀족과 평민들 사이에 사랑을 받는 처지에 머물렀던 것이다. 경순왕의 이사 행렬은 곧 경주 중심의 신라 말이 개성 중심의 신라 말 곧, 고려 말이 되는 행렬이었다. 물론 경주 신라어의 뒤를 이은 개성 신라어정확하게는 고려어가 개성 지방 본래의 언어, 그러니까 고구려 남쪽 지역에 해당되었던 그 본래의 언어를 갑자기 송두리째 잃은 것은 아니었을 것이다. 다만 경주에서 올라온 말에 세력을 점차 잃어 가면서 고려어를 만들어 갔을 것으로 생각된다.

여기에서 우리가 주목할 것은 고려어의 핵심은 여전히 경주에서 올라온 신라어였다는 점이다. 이것은 경순왕의 행적뿐 아니라 왕건의 행적에서도 찾을 수 있다. 왕건은 경순왕의 백부伯父의 딸과 결혼하여 아들을 낳았는데 그가 고려 현종顯宗의 아버지였고 현종 이후의 고려 임금은 모두 현종의 후손들이므로 고려 임금들은 결국 신라 왕족의 외손外孫이 되는 셈이다. 이와 같이 고려는 언어 문화와 혈통의 뿌리를 신라에 두었다.

고려가 조선 왕조로 이어져 언어의 중심이 개성에서 서울로 옮겨 오지만 이것은 새로운 언어로의 변화를 예상할 수 있는 것이 아니다. 따라서 한국어의 형성은 '사로어'가 중심이 된 통일 신라의 팽창에서 일단락지어지고, 그 언어의 중심이 개성으로 옮겨 온 고려 초기에 마무리된 것으로 보아야 할 것이다.

2. 신라어의 모습과 한자 이용의 이모저모

신라는 삼국 시대 세 나라 가운데서 가장 일찍 형성되어 가장 늦게까지 남아 있었던 나라요, 그렇기 때문에, 언어 자료도 세 나라 중 가장 많이 남아 있다. 더구나 신라어는 현대 한국어의 가장 분명하고도 오래된 직계 조상의 언어라는 점에서 우리의 관심을 크게 집중시킨다.

오늘날까지 남아 있는 신라어 자료는 두 가지 형태로 나누어 볼 수 있다.

첫째는 금석문金石文으로 남아 있는 것이고 둘째는 문헌文獻에 기록되어 남아 있는 것이다. 칼·창 같은 무기나 솥·거울 같은 쇠붙이 그릇, 그리고 비석碑石에 새겨져 있는 글을 금석문이라 하는데, 여러 단계의 이두문吏讀文 형식으로 새겨진 꽤 많은 신라 시대 금석문이 신라어의 모습을 보여준다. 문헌에 기록되어 남아 있는 신라어는 다시 몇 종류로 나누어 살펴보는 것이 좋다.

첫째, ≪삼국사기≫나 ≪삼국유사三國遺事≫를 비롯한 나라 안팎 역사책에 실려 있는 고유명사 자료들이다. 이것들은 사람 이름, 땅 이름, 벼슬 이름들로서, 한자로 적혀 있는데, 그 한자의 표기 방식이 두 가지로 되어 있어서 당시의 언어 사실을 짐작할 수 있게 한다.이에 대해서도 뒤에 따로 얘기하겠다.

둘째, 신라 시대 이후 고려와 조선 왕조 대에까지 사용된 이두吏讀자료이다. 이 이두 자료는 한글이 창제된 후에도 갑오경장이 일어난 19세기 말까지 한문 문헌에 꾸준히 사용되어 온 것이라 어느 것이 신라 시대에 만들어진 것인지 분별하기가 어려워서 특별히 신라 시대 이두 자료를 말하려면 연대가 분명한 금석문 자료를 근거로 하는 것이 좋다.

셋째, 신라어 어휘를 기록한 단편적인 자료들이다. 가령 중국의 역사책 ≪양서梁書≫〈신라전新羅傳〉에는 다음과 같은 기록이 보인다.

> [신라] 그 나라 사람들이 성城을 '건모라健牟羅'라 하는데 마을이 성안에 있으면 '탁평啄評'이라 하고 성 밖에 있으면 '읍륵邑勒'이라 한다. 중국말로는 군현郡縣을 뜻하는 것이다. …머리에 쓰는 관冠을 '유자례遺子禮', 웃옷을 '울해蔚解', 아래옷을 '가반柯半', 신발을 '세洗'라 한다.

이 기록은 무엇보다 한자음을 오늘날의 한국 한자음으로 읽었기 때문에 신라어의 원모습을 전혀 짐작할 수 없다. 아마도 '울해蔚解'는 16세기 국어의 '우틔'라는 저고리를 나타내는 낱말일 듯하고 '가반柯半'은 16세기 국어의 'ᄀ외', 오늘날 '고의'라는 바지를 나타내는 낱말일 듯하며, '세洗'는 그 한자음 가운데 '선'이라는 발음도 있으므로 '신'을 나타낸 것이 아닌가 추측해 볼 수 있다. 그 외에는 전혀 짐작이 되지 않는 신라 말들인데 이처럼 한자로 적힌 옛날 말을 연구한다는 것은 지극히 어려운 일이다. 이 외에 단편적인 신라어 자료로 손꼽히는 것으로는 일본에 넘어가 보존되어 있는 ≪신라장적新羅帳籍≫이 있다. ≪신라장적≫은 신라의 왕실에서 일본 왕실로 보낸 선물 가운데 현재까지 보존된 서류를 통틀어 일컫는 말이다. 일본 동대사東大寺의 부속 기관인 정창원正倉院에 보존되어 있다. 대체로 8세기 중반기에 신라에서 건너간 물건인데 어떤 것은 아직까지 풀어보지도 않은 채 보관되어 있다 한다. 그 선물을 포장한 종이가 우리나라 신라의 관공서에서 쓰던 공문서 조각이어서 거기에 적힌 글자가 신라어를 적은 것으로 추정되고 있다.

넷째, 가장 완벽한 신라어 문장을 보여주는 향가鄕歌 자료이다. ≪삼국유사≫에 전하는 14수와 ≪균여전均如傳≫에 전하는 11수, 도합 25수의 향가 자료는 신라어 자료로서 뿐만 아니라 우리나라 고대 국어 자료로서 어디에도 비길 수 없는 귀중한 언어 재산이다. 이 향가의 해독을 위해서 그 동안 실로 수십 명의 학자가 상당한 노력을 기울였지만 그것의 완전한 해독은 아직도 요원하다. 정확하게 말한다면 영원히 백 퍼센트 완벽한 해독은 불가능하다고 보아야 한다. 왜냐하면, 신라어를 한자로 적어 놓았기 때문이다. 그것도 한자를 이용하는 방법이 크게 두 가지로 갈라져 하나는 뜻을 이용했고, 또 하나는 소리를 이용했는데, 그나마 한자를 빌어 적을 때의 정확한 한자음이 무엇인지를 안다는 것이 지극한 어려움에 속한다.

　그러면, 신라어의 참 모습 몇 가지를 살펴보기로 하자.

　【바들】 신라 시대에는 아직 한글이 창제되기 전이었으므로 신라어를 한글로 적는 것은 무리라고 할 수 있으나 만일 적는다면 현대어의 '바다海'를 가리키는 낱말을 '바들'이라 할 수 있겠다. ≪삼국사기≫에 '파진찬 혹운해간破珍湌或云海干'이란 벼슬 이름이 보인다. '破珍'과 '海'가 짝지은 표기이고 '湌'과 '干'이 짝지은 표기이다. '海'는 오늘날의 '바다'이며 15세기 국어로는 '바들'이다. 그런데 '보배 진珍'은 옥구슬을 뜻하는 것으로 '돌 진珍'이라고도 한다. 그러므로, '破珍'은 '바돌' 정확하게는 '바들'이었을 것이고, 그것은 15세기 '바를'보다 앞선 시기의 모습이 아닌가 추측된다.

　'湌'과 '干'은 '한' 또는 '간'이란 발음을 지니고 높은 벼슬아치를 가리키는 말로 사용되지 않았나 싶다.

　【한】 신라 시대에서 조선 왕조 시대까지 줄곧 '크다'는 뜻의 관형어 '큰'을 가리키는 낱말이었다. ≪삼국사기≫에 적힌 '대사 혹운한사大舍或云韓舍'라는 말은 '大'를 뜻으로 읽으면 '한'이 되고 '韓'은 그대로 소리대로 읽어 '한'으로 읽힌다는 것을 보여준다. 이와 같이 우리말을 한자로 적을 때는 언제나 뜻 적기 방식과 소리 적기 방식의 두 가지가 두루 사용되었다. 뜻 적기 방식을 훈독표기訓讀表記 또는 석독표기釋讀表記라 하며 소리 적기 방식을 음독표기音讀表記라고 한다.

이제 신라의 첫 임금이었던 '박혁거세朴赫居世'를 어떻게 읽을 것인지에 대하여 잠시 생각해 보기로 하자. 우리는 신라의 시조는 '박혁거세'라고 거침없이 말한다. 그러나 '박혁거세'라고 말할 때에, 그것을 현대의 한국 한자음으로 읽어서 한 분의 역사적 인물을 가리킨다는 사실에는 틀림이 없으나 신라 당시에 우리 조상이 부르던 발음과는 사뭇 다르다는 사실을 염두에 두어야 한다. ≪삼국유사≫의 다음 구절을 읽어 보자.

전한前漢 지절地節 원년 임자서력 기원전 69년 3월 1일에 육부의 조상들이 각기 자제를 거느리고 알천閼川 언덕 위에 모여서 의논하였다.

"우리는 위로는 백성을 다스릴 군주가 없으므로 백성들이 모두 방자하여 제 마음대로 하니 어찌 덕 있는 사람을 찾아 임금으로 삼아 나라를 세우고 도읍을 정하지 아니하겠는가?" 이에 높은 곳에 올라 남쪽을 바라보니 양산楊山 밑 나정蘿井 곁에 이상스러운 기운이 번개꽃과 같이 땅에 비치더니 거기에 백마白馬 한 마리가 꿇어앉아 절하는 형상을 하고 있었다. 그곳을 찾아가 보니 붉은 알혹은 푸른 알이라고도 한다이 하나 있는데, 말은 사람을 보고 길게 울다가 하늘로 올라가 버렸다. 그 알을 깨어 보니 용모가 단정한 아름다운 동자童子가 나왔다. 놀랍고도 이상스러워 그 아이를 동천東泉에서 목욕시키니 몸에서 광채가 나고 새와 짐승이 따라 춤추며 천지가 진동하고 해와 달이 청명해지므로 그를 혁거세왕赫居世王이라 하였다. 이 말은 향언鄕言일 듯하다. 혹은 불구내왕弗矩內王이라고도 하니 밝게 세상을 다스린다는 뜻이다.

여기에서 우리는 신라 시조의 이름을 '혁거세赫居世'와 '불구내弗矩內'의 두 가지 한자로 적었음을 주의해 보아야 한다. 옛날 신라 사람들이

한자로 우리나라 말을 적을 때에는 뜻 적기 방식과 소리 적기 방식의
두 가지를 사용했음을 앞에서 말한 바 있다. 그러면 ‘赫居世’와 ‘弗矩內’
의 둘은 어느 것이 뜻 적기 방식이고 어느 것이 소리 적기 방식을
따른 것일까? 일단 ‘赫居世’를 뜻 적기 방식 곧 석독표기로 보자. 그러
면 ‘밝을 혁赫’ ‘있을 거居’이 풀이에는 문제점이 없지 않다. ‘누리세世’에서
‘밝을’, ‘있을’, ‘누리’라는 소리를 얻을 수 있다. 이것을 우리가 아는 가장
오래된 15세기 표기법으로 바꾸면 ‘붉 을’, ‘이실’, ‘누리’라는 소리를 얻
게 된다. 그리고 다시 이것들의 첫 음절만 따로 모아놓고 보자. 그러면,
‘붉이누’라는 소리를 얻게 된다. 이 ‘붉이누’는 그냥 소리 적기 방식을
따라 적은 것으로 보이는 ‘불구내’와 얼마나 비슷한가? 그렇다면 ‘赫居
世’는 석독표기이고 ‘弗矩內’는 음독표기임이 분명하다. 따라서 이 두
가지 표기는 신라 당시의 사람들에겐 똑같은 발음을 하는 하나의 낱말
에 대한 각기 다른 표기 방법이었음을 분명히 깨닫게 된다. 그렇다면
신라의 첫째 임금을 ‘혁거세왕’이라고 부르기보다는 ‘불구내왕’이라고
부르는 것이 더 정확하다는 것도 깨닫게 된다. 그 뜻이 밝게 세상을
다스린다는 것이었다고 하니 요즘 말로 바꾸면 ‘밝은 누리’쯤 되는 낱
말이 아니었을까 생각된다. 결국 ‘혁거세’라는 말은 ‘밝은 세상’이라는
보통명사이었는데, 그것이 사람의 이름, 특히 새로운 시대가 시작된다
는 의미의 첫 번째 임금의 이름으로 굳어진 것임을 알 수 있다. 그
‘혁거세’라는 이름 앞에 ‘박朴’이 다시 덧붙었는데 어쩌면 이것도 ‘붉’을
뜻하는 소리 적기 방식의 글자가 덧붙으면서 성姓으로 고정된 것인지
도 모르겠다.

　삼국 시대의 모든 고유명사의 표기 방식이 이렇듯 석독표기와 음독

표기를 아울러 가지고 있었고 이것이 ≪삼국사기≫와 ≪삼국유사≫같은 책에 나란히 적혀 있기 때문에 이 시대의 언어 연구가 비로소 구체성을 띠고 진행되었던 것이다.

3. 향가를 통해 본 신라의 언어 문화

앞에서도 말한 바와 같이 신라어 문장으로 적혀 있는 향가는 그 참 모습을 영원히 드러내지 않을는지 모른다. '향가의 참 모습'이라는 말이 뜻하는 것은 향가를 신라 사람들이 그 당시에 말하던 대로 재구성하고 그 뜻을 완벽하게 이해한다는 것이다. '시간을 거슬러 올라가는 자동차흔히 타임머신이라고 한다'를 타고 천삼백 년 전이나 천오백 년 전 서라벌 거리를 찾아가 향가를 노래하는 신라 사람의 노래 가락을 녹음기에 담아 오지 못하는 한, 향가의 참 모습은 우리의 연구가 아무리 정교하게 진행된다 할지라도 안개 속에 감추어진 보물일 수밖에 없다. 그렇다고 우리가 향가의 참 모습에 접근하려는 노력을 포기할 수도 없는 것이다. 무엇보다도 25수밖에 안 되는 빈약한 문학 재산이지만 그 속에 신라인의 숨결, 신라인의 정신이 깃들어 있기 때문이다. 그래서 향가는 국어학이나 국문학을 공부하는 사람들이 도전하는 가장 험난한 과제의 하나가 되어 있다.

그 동안 많은 학자들이 향가의 보다 완벽한 풀이를 위하여 노력하였다. 불행하게도 향가의 풀이를 첫 번째로 시도한 사람은 우리나라 사람이 아니라 일본 학자였다. 1929년에 소창진평小倉進平이라는 경성제

국대학 교수가 ≪향가 및 이두의 연구≫라는 책을 간행할 때까지 우리나라 사람들은 사실상 향가와 우리나라 옛날 언어에 대한 연구가 얼마나 중요한 것인지를 잘 모르고 있었다. 또 역사학을 연구하는 일부 민족주의 학자들, 가령 단재丹齋 신채호申采浩나 위당爲堂 정인보鄭寅普 같은 분들이 그 중요성을 깨닫고 있었다 해도 향가를 비롯한 우리나라 옛날 연구에 몸 바칠 사람을 구할 수가 없었다. 학자는 뜻이 있다고 하여 하루 아침에 만들어지는 것이 아니기 때문이다. 그만큼 우리나라의 20세기 초반은 모든 면에서 일본에 뒤떨어지고 있었다.

　≪향가 및 이두의 연구≫라는 책이 세상에 나오자 뜻있는 우리나라 학자들은 부끄러움을 느끼고 분발하기 시작하였다. 그 최초의 성과가 양주동梁主東이 1935년에 발표한 〈향가의 해독, 특히 원왕생가願往生歌에 대하여〉라는 논문이었다. 양주동은 원래 영문학자로서 그 당시 어느 전문학교에서 영문학을 가르치고 있었는데, 향가 연구가 일본 사람에 의해 착수되었다는 사실에 민족적 의분을 느끼고 육당六堂 최남선崔南善 같은 학자의 책을 빌어다가 향가 연구를 시작하였다고 한다. 한국 사람이 예민한 한국어의 언어 감각을 가지고 신라 시대의 향가를 연구한 것과 일본 사람이 외국어로서 이해하는 한국어 실력을 가지고 향가를 연구한 것은 그 기본부터 다른 것이었다. 그리하여 양주동은 여러 해의 각고 끝에 1942년 ≪조선 고가 연구朝鮮古歌研究≫라는 향가 풀이 책을 간행하였다. 이 무렵에 와서야 향가 풀이의 본격적인 연구에 불이 붙은 것이라고 할 수 있다. 양주동의 ≪조선 고가 연구≫는 소창의 향가 풀이에서 저지른 많은 잘못을 바로잡아 놓았으나 아직도 미해결의 문제가 상당히 많이 남아 있었기 때문이다. 그로부터 반세기의 세

월이 흐르는 동안 향가 연구에 정성을 쏟은 학자는 수십 명에 이르게 되었다. 지금 이 순간에도 어디에선가 남모르게 미해결의 향가 구절을 앞에 놓고 고민하는 학자가 있을 것이다.

향가 25수는 한마디로 신라 불교 문화의 꽃이다. ≪삼국유사≫에 실려 있는 14수 가운데 절반인 7수가 불교 신앙을 주제로 하여 애절하고 경건한 믿음을 노래하고 있다. 「혜성가彗星歌」, 「풍요風謠」, 「원왕생가願往生歌」, 「도솔가兜率歌」, 「제망매가祭亡妹歌」, 「천수대비가千手大悲歌」, 「우적가遇賊歌」가 불교 신앙에 바탕을 둔 노래이며, ≪균여전均如傳≫에 전하는 「보현십원가普賢十願歌」 11수는 모두 ≪화엄경華嚴經≫의 〈보현행원품普賢行願品〉에 있는 수도의 단계를 차례대로 노래한 것이다.

그러면, 이들 향가는 비록 현재의 단계에서 완벽한 풀이가 불가능하다고 할지라도 그 목표를 향하여 나아가려면 어떤 방법론을 써야 할까? 그 기본 원칙 몇 가지를 알아둘 필요가 있겠다. 한자를 빌어 적은 것이라 할지라도 그 당시 사람들이 누가 보아도 알 수 있는 표기 원칙이 있었을 것으로 생각되기 때문이다.

첫째, 하나의 글자는 하나의 음으로 읽어야 한다.

둘째, 뜻 적기 방식, 곧 석독표기가 먼저이고 소리 적기 방식, 곧 음독표기가 뒤따르는 방식으로 읽어야 한다.

셋째, 문맥이 통하는 방향으로 풀이하면서 읽어야 한다.

넷째, 향가는 시詩이므로 시가 지니는 특이한 율조律調를 생각하면서 읽어야 한다.

다섯째, 문헌에 적혀 전해 내려오는 동안 여러 차례 옮겨적는 가운데 혹 글자가 잘못 전해 왔거나 빠진 것도 있을 것이므로 이 점도 주의하며 읽어야 한다.

이와 같은 다섯 가지 원칙을 지켜 가면서 향가는 비록 완벽에는 미치지 못하지만 상당히 믿을 만한 정도의 풀이에 도달하였다.

향가 중 가장 일찍이 풀이가 된 「처용가處容歌」를 읽어 보기로 하자. 이해를 돕기 위하여 한자와 그 풀이된 것을 나란히 적기로 한다.

東京明期月良　　　동경블기드라라
夜入伊遊行如可　　밤드리노니다가
入良沙寢矣見昆　　드러사자리보곤
脚烏伊四是良羅　　가로리네히러라.
二肹隱吾下於叱古　두브른내해엇고
二肹隱誰支下焉古　두브른누기핸고
本矣吾下是如馬於隱　본딘내해 다마르는
奪叱良 乙何如爲理　아사늘 엇디흐릿고.

먼저 적은 한자와 그 오른 편에 적은 우리말 풀이를 대비해 보면서 앞에 말한 향가 풀이의 원칙이 어떻게 지켜지고 있는지 검토하면 이 풀이가 얼마나 정확을 기하려고 했는지 짐작이 될 것이다. 이것을 다시 현대어로 쉽게 풀어 보면 다음과 같다.

동경 밝은 달에
밤들이 노니다가
들어 자리를 보니
다리가 넷이러라.
둘은 내해었고

둘은 누구핸고
본디 내해다마는
빼앗은 것을 어찌하리오.

이 노래의 사연은 이러하다. 신라 49대 헌강왕憲康王 시대에 서울로부터 지방에 이르기까지 집과 담이 연이어져 있고 초가집은 한 채도 없었다. 풍악과 노래가 길거리에 끊이지 않고 비바람은 사철 순조로웠다. 이 때 대왕이 개운포에 놀러 나갔다가 곧 돌아오려 하면서 물가에 쉬고 있는데 갑자기 구름과 안개가 자욱하여 길을 잃을 정도였다. 괴상히 여겨 좌우에 물으니 일관日官이 아뢰기를 "이것은 동해용의 조화이므로 좋은 일을 해 주어야 할 것입니다."하였다. 이에 관원에게 명하여 용을 위하여 근처에 절을 세우도록 하였다. 왕령이 이미 내려지자 구름이 개고 안개가 흩어졌다. 그래서 개운포開雲浦라 이름 지었다. 동해의 용이 기뻐하여 아들 일곱을 데리고 임금 앞에 나타나서 덕을 찬양하여 춤을 추며 음악을 연주하였다. 그 가운데 자식 하나는 임금을 따라 서울에 와서 정사를 보좌하였는데, 이름을 처용이라 하였다. 왕이 미녀로서 아내를 삼게 하여 그를 머물게 하고 또 급간級干이란 벼슬도 주었다. 이 처용의 아내가 매우 아름다웠으므로 역신疫神이 흠모하여 사람으로 변하여 밤에 그 집을 찾아가 몰래 동침하였다. 처용이 밖에서 놀다가 집에 와 보니 자리에 두 사람이 누었음을 보고 이 노래를 부르며 집 밖으로 나가려 하였다. 그랬더니 그 역신이 처용 앞에 꿇어앉아 말하기를 "내가 공의 아내를 사모하여 지금 잘못을 범하였는데, 공께서 노하지 아니하시고 노래 불러 물러나시니 감격하고 아름답게 여기는 바입니다. 앞으로는 공의 형용을 그린 것만 보아도 들어가지 않겠습니다." 하였다.

이 이야기를 어떻게 현실적으로 이해하느냐 하는 것은 우리에게 남겨진 또 다른 문제이다. 아내와 외간 남자의 부정한 행위를 너그럽게 용서하려는 처용의 행동에서 신라인의 여유 있는 생활상을 짐작해도 좋을 것이다. 어찌 보면 음란한 사랑 노래일 수도 있겠는데, 이러한 노래의 배경에는 반드시 불교 이야기용을 위해 절을 세운다는 것가 끼어 있다는 것도 주목해 보아야 한다.

다음은 「원왕생가願往生歌」다. 역시 원문과 풀이를 짝지어 적는다.

月下伊底亦	ᄃᆞ라리엇뎨역
西方念丁去賜里遣	서방ᄉᆞᆫ장가시리고
無量壽佛前乃	무량수불전의
惱叱古音多可支白遣賜立	ᄀᆞᆺ 곰 함ᄌᆞᆨ ᄉᆞᆲ고쇼셔
誓音深史隱尊衣希仰支	다딤기프신ᄆᆞᆯ옷ᄇᆞ라울워러
兩手集刀花乎白良	두손모도고조ᄉᆞᆯ바
願往生願往生	원왕생원왕생
慕人有如白遣賜立	그리리잇다ᄉᆞᆲ고쇼셔
阿邪此身遺也置遣	이야이모마 기텨두고
四十八大願成遣賜去	사십팔대원일고실가.

현대어로 바꾸어 보면 다음과 같다.

달님이 어찌하여
서녘가지 가시겠습니까?
무량수불전에
보고의 말씀 빠짐없이 사뢰소서
서원 깊으신 부처님을 우러러 바라보며
두 손 곧추 모아
원왕생 원왕생(원컨대 돌아가 살겠나이다)
그리워하는 사람 있다고 사뢰어 주소서
아아 이 몸 남겨두고
사십팔대원 이루실까?

오늘날 불교의 믿음을 이해하지 못하는 사람들에겐 이 노래의 참맛은 이해되지 않을는지 모른다. 그러나 그 사연을 이러하다.

문무왕文武王 시절에 광덕廣德과 엄장嚴莊이란 중 두 사람이 살고 있었다. 이들은 서로 다정한 친구 사이였다. 그래서, 그들은 이런 약속을 하기까지 하였다. "우리 두 사람 중 누가 먼저 극락으로 가게 되면 반드시 남은 사람에게 그 사실을 알리도록 하세."죽은 사람이 어떻게 자기의 죽음을 친구에게 알릴 것인가? 그들은 이렇게 약속을 하였다. 광덕은 분황사 서쪽 마을에 숨어 살면서 신 삼는 것을 직업으로 하였는데, 아내를 데리고 있었다. 엄장은 남산에 암자를 짓고 살면서 숲속의 나무도 베어다 팔고 밭갈이도 하면서 생계를 이었다. 어느 날 석양 무렵, 소나무 그늘이 고요히 저물었는데, 창 밖에서 소리가 났다. "나는 이미 서쪽으로 갔으니 그대는 잘 있다가 속히 나를 따라오도록 하게." 엄장이 문을 열고 나가 보니 구름 밖에서 하늘의 음악 소리가 나고 광명이 땅에 뻗쳐 있었다. 이튿날 광덕이 살던 곳을 찾아가 보니 과연 광덕은 죽어 있었다. 이에 엄장은 광덕의 아내와 함께 유해를 거두어 장사를 지내고 나서 그 아내에게 말하였다. "이제 남편이 죽었으니 나와 함께 사는 것이 어떠하오." 광덕의 아내가 좋다고 하므로 드디어 엄장은 그 집에 머물기로 하였다. 밤이 되어 잠자리에 들 때 엄장이 광덕의 아내와 관계하려 하니 그 부인은 깜짝 놀라 부끄러움을 감추지 못하면서 "스님이 서방 극락을 구하려 하는 것은 나무에 올라가 물고기를 얻으려 하는 것과 같습니다."하였다. 엄장이 의아해 하면서 말하였다. "광덕도 이미 그렇게 하며 살다 갔는데 난들 어찌 아니 된단 말씀이오?" 부인이 다시 정색을 하며 말하였다. "남편은 저와 십여 년이나 같이 살았으나 단 하루 저녁도 잠자리를 같이 하지 않았습니다. 하물며 추한 행동을 하였겠습니까? 다만 밤마다 단정히 앉아 한결같이 아미타불의 이름을 외우고 혹은 극락왕생할 생각으로 참선하여 어리석음을 깨뜨리고 진리를 깨닫고자 하는 데에만 힘을 썼습니다. 그래서 밝은 달이 창에 비치면 그 빛에 올라 정좌하였습니다. 그 정성이 이와 같았으니 비록 서방 극락으로 가지 않으려고 한들 어디로 갔겠습니까? 대개 천 리를 가는 사람은 그 첫걸음으로써 알 수 있는 것인데, 지금 스님의 하는 일은 동쪽으로 간다 할지언정 서쪽 극락 세계와는 거리가 먼 것입니다." 엄장은 부끄러워 즉시 그 집을 떠나 원효 법사를 찾아가 열심히 불법을 닦았다. 일찍이 광덕이 그 아내와 더불어 밝은 달이 창문에 비칠 때 부른 노래가 바로 「원왕생가」이다.

　이 노래와 그에 얽힌 이야기가 모두 지극한 불교 신앙을 말해 준다. 부부의 인연을 맺고 살면서도 하룻밤도 동침하지 않았다고 하는 재가승

니在家僧尼들의 수도하는 모습이 눈에 선하다. 신라 시대에는 타락한 일부의 사람들이 없지 않았겠지만 광덕이나 광덕의 아내와 같은 남녀가 상당히 많이 살았던 것으로 생각할 수 있다. 그들의 고결한 수도 생활은 신라 사회를 건전하게 이끌어간 보이지 않는 힘이 되었을 것이다.

신라인의 불교 신앙을 짐작하기 좋은 또 하나의 노래가 있다.

월명사月明師라는 스님이 지은 「제망매가祭亡妹歌」이다. 경덕왕景德王 시절, 어느 해에 하늘에 해가 둘이 나타나 열흘 동안이나 없어지지 않은 적이 있었다. 이것을 보고 일관日官은 인연 있는 스님을 청하여, 꽃을 뿌리며 정성을 드리면 그 재앙을 물리칠 것이라 하였다. 이에 궁궐 앞에 깨끗한 단을 만들고 인연 있는 스님이 나타나기를 기다렸다. 그 때 마침 월명사가 남쪽을 향해 길을 지나가고 있었다. 임금이 심부름하는 사자를 보내 그를 청하여 기도문을 짓게 하니, 월명사는 「도솔가」를 지어 바쳤다. 그랬더니 신기하게도 조금 있다가 해의 괴변이 사라졌다. 이렇듯 노래를 잘 지어 천지 자연까지도 감동시키는 월명사는 일찍이 죽은 누이동생을 위해서 재齋를 올리고 역시 향가를 지어 제사를 지냈다. 이것이 「제망매가」로서, 그 노래는 다음과 같다.

生死路隱	생사길흔
此矣有阿米次肹伊遣	이에이샤매 머믓그리고
吾隱去內如辭叱都	나는 가는다 말ㅅ도
毛如云遣去乃尼叱古	몯다니르고 가는닛고
於內秋察早隱風未	어느ㄱ슬 이른 ㅂㄹ매
此矣彼矣浮良落尸葉如	이에뎌에 뜨러딜 닙ㄹ
一等隱枝良出古	ㅎᄃ 가지라 나고

去奴隱處毛冬乎丁　　　가논 곧 모두론뎌
阿也彌陀刹良逢乎吾　　아야 미타찰아맛보올 나
道修良待是古如　　　　도닷가 기드리고다.

현대어로 쉽게 풀어 다시 읽어 보자.

생사 길은
여기 있으매 머뭇거리고
나는 간다는 말도
못 다 이르고 어찌 갑니까?
어느 가을 이른 바람에
이에 저에 떨어질 잎처럼
한 가지에 나고
가는 곳 모르온저.
아아, 미타찰에서 만날 나
도 닦으며 기다리겠노라.

　인생이 어차피 뜬 구름 같은 것이므로 비록 사랑하는 가족, 형제를 두고 이 세상을 떠나는 것이 애달프고 서글픈 일이기는 하지만, 결국은 저 세상 미타찰에서는 다시 만날 수 있으니 부지런히 도를 닦으며 슬픔을 삭이겠다는 이 노래에서 우리는 신라인들의 돈독한 불교 신앙, 미래에 대한 확고한 믿음을 발견한다. 이러한 믿음을 가진 사람들이라면 이 세상의 부귀영화를 위해서 남을 모함하거나 헐뜯는 짓은 결코 하지 않을 것이다. 그리고, 어떻게 아름다운 인연을 만들며 도타운 정을 나눌 것인가에 보다 큰 관심을 기울이지 않았을까 싶다. 죽음을 애절하게, 그러나 순수하게 받아들이는 마음의 자세는 세상살이를 고결하고 청순하게 만드는 법이다. 월명사의 신앙심이 오늘날 모든 사람에게 되살아난다면 분명코 이 세상은 한결 밝고 명랑하게 될 것이다.

이상으로 우리는 몇 수의 향가를 통하여 신라인의 마음가짐, 정신적 깊이, 그리고 그들의 생활상을 짐작해 보았다. 몇 편의 노래로 신라인의 생활을 전부 헤아려 볼 수 있는 것은 아니지만, 이 노래에서 신라인이 지닌 심성이 비교적 온건하고 견실하였다는 것만은 확실히 믿을 수 있었다. 끝으로 신라 시대의 언어에 대해 한 가지만 더 정리해 보자.

앞의 노래의 풀이를 통해서 신라 시대의 언어가 오늘의 언어와는 사뭇 달랐다는 사실을 확인하였다. 그러나, 그 다름이 전혀 엉뚱한 것이 아니고 거슬러 올라가면 그럴 것이라는 합당한 근거를 찾을 수 있으리라는 인상을 받았을 것이다. 가령 현대어에서 '들野'은 15세기 훈민정음 창제 당시에는 '드르ㅎ'였으며, 현대에서 '거울鏡'은 15세기에는 '거우루'였다. 그러니까, 오백 년 전에 2음절, 3음절짜리 낱말이 현대어에서는 음절수가 하나씩 줄어서 1음절, 2음절의 낱말이 되었다. 같은 방법으로 이미 15세기에 1음절이나 2음절로 구성된 낱말이 7세기나 8세기 경의 신라어에서는 각각 2음절이나 3음절은 아니었을까 추정해 볼 수 있다. 앞의 향가 풀이에서는 '달月'을 'ᄃ랄', '둘二'을 '부블', '몸身'을 '모마'로 풀이한 것이 그러한 예이다. 언어의 변천에 대해서는 다음에 더 자세히 논의하기로 한다.

4. 청자 비색에 숨어 있는 고려 언어

신라보다 뒤에 생긴 나라이면서도 고려에 대하여는 무언가 더 멀고 오래된 나라인 것 같은 착각에 빠진다. 그것은 고려 문화에 대한 우리의 애정과 이해가 모자라기 때문이다. 삼국 통일의 위업과 찬란한 불교문화에 대한 그리움이 신라를 보다 아름다운 환상의 세계로 만드는 반면, 고려는 원元 나라의 지배를 받은 쓰라린 역사가 두드러져 보인다. 어느 왕조의 역사라고 영화와 굴욕이 엇갈리지 않았으랴. 고려를 깊이 이해하는 사람이라면 마땅히 고려자기와 금속활자로 대표되는 깊이 있는 문화를 생각하지 않을 수 없을 것이다. 이러한 고려의 언어는 어떤 것이었을까?

앞에서 잠시 언급한 바와 같이 10세기 초에 고려 왕조는 오늘의 개성 開城을 중심으로 세워졌다. 정치적·군사적 목표는 고구려의 웅혼한 기상을 다시 펼쳐 보이려는 것이었고, 문화적·사회적 목표는 신라의 찬란한 불교 유산을 계승 발전시키려는 것이었다. 따라서, 언어 역시 경주를 중심으로 했던 신라어를 고려의 공용어말하자면 표준어로 받아들였다. 그리하여, 비로소 한반도 동남쪽 경주 지역에 치우쳐 있던 언어가 한반도의 중심부 개성에 진출하게 된 것이다. 이 고려 중앙어의 확립은 그 후 천 년이 지난 오늘날까지 우리나라 표준어의 온상이 경기도를 벗어나지 않게 한 사건으로 주목된다. 그러면 그와 같은 고려어의 모습은 어디에서 찾을 수 있는가? 그러나, 고려 시대엔 아직 훈민정음이 창제되지 않았었다. 그러므로 고려의 언어 자료로 믿을 만한 것은 하나도 없다고 해도 과언이 아니다. 아쉬운 대로 손꼽을 수 있는 몇 가지를 살펴보자.

12세기 초엽 중국 송末 나라 사람 손목孫穆이라 하는 이가 고려에 사신으로 왔다가 고려의 풍물, 자연, 제도, 언어를 보고 듣고 쓴 책에 ≪계림유사鷄林類事≫라는 것이 있다. 여기에 고려어의 낱말 또는 어구 350여 항목이 적혀 있다. '천왈한날天曰漢捺: 天은 한날이라고 한다'과 같은 형식으로 고려 단어와 어구를 소개한 것이다. 이 때에 '한날漢捺'을 어떻게 읽을 것이냐가 큰 문제다. 오늘의 한국 한자음으로 읽으면 '한날'이니까 이것이 15세기 훈민정음 창제 후에 표기된 '하늘'의 앞선 형태를 적은 것으로 이해되기는 하지만 정확하게 어떻게 한글로 표기할 것인지는 송나라 사람 손목에게 발음을 시켜 볼 수 없는 한, 불완전한 추정을 할 수 있을 뿐이다. 그러나 이 ≪계림유사≫가 있기 때문에 향가의 풀이가 조금 더 정확을 기할 수 있게 되었다. 가령 「제망매가」에 '일등은一等隱'을 'ᄒᆞᄃᆞᆫ'으로 풀이하여 읽었는데 그 까닭은 ≪계림유사≫에 '일왈하둔一曰河屯: 一은 하둔이라 한다'이란 기록이 있기 때문이다. '河屯'을 정확하게 어떻게 읽어야 옳은지 알 수 없지만 'ᄒᆞᄃᆞᆫ'으로 읽는다면, 그것이 향가에 바로 연결될 수 있을 것이 아니겠는가? 물론 향가의 언어가 ≪계림유사≫의 언어보다 앞선 시기의 것이지만 그 정도의 기간에는 아무 변화가 없다가 그 후 어느 시기에 'ᄒᆞᄂ'가 되었다고 추측할 수 있기 때문이다. 이처럼 ≪계림유사≫는 구체적인 고려의 언어 자료가 없는 형편에서 신라의 향가와 조선 왕조 시대의 훈민정음으로 표기된 문헌 사이의 징검다리 역할을 해 준다. 그 징검다리가 너무 엉성해서 불만스럽기는 하지만 아주 없는 것보다는 한결 다행스러운 것이다.

그 다음으로 13세기 중엽 고려의 대장경을 찍은 대장도감에서 간행된 ≪향약구급방鄕藥救急方≫이란 책이 있다. 그러나 처음에 찍은 책은 전하지 않고 조선 왕조 초기, 아직 훈민정음이 나오기 전에 간행된 책이 지금 전해지고 있는데, 여기에 약의 재료로 사용되는 우리나라 식물, 동물, 광물의 이름 180여 종이 한자를 빌어 적혀 있다. '桔梗鄕名道羅次, 俗云刀ㅅ次' 길경향명도라차, 속운도라차: 길경을 우리나라 이름으로 도라차라 한다' 이 기록을 통하여 '도라지' 나물이 일찍이 약으로 쓰인 식물이었음과 '도라지'는 고려 시대에 15세기와 마찬가지로 '도랏'이라 했음도 짐작할 수 있다. 이 책은 순수한 우리 고유어가 어떻게 한자로 적혔는가 하는 한자 차용의 방법을 연구하는 데에 귀중한 자료가 되고 있다.

다음으로 중요한 자료는 ≪악학궤범樂學軌範≫과 ≪악장가사樂章歌詞≫에 실린 고려 가요이다. 그러나 이들 노래는 훈민정음이 창제된 15세기 후반에 와서 훈민정음으로 적혔으므로 고려어의 모습은 대부분 사라져 버린 것이다. 그렇지만 고려어의 흔적은 다소 남아 있다고 보아야 한다.

이제 ≪악학궤범≫에 실려 있는 월령체 노래 「동동動動」의 앞부분을 옮겨 보자.

德으란 곰비예 받줍고	덕일랑 뒤로 받들고
福으란 림비예 받줍고	복일랑 앞으로 받들고
德이여 福이여 호늘	덕이여 복이여 하는 것을
나ᅀᆞ라 오소이다.	드리려고 옵니다.
아으 動動다리	아으 동동다리

正月ㅅ 나릿 므른   정월달 시냇물은
아으 어져 녹져 ᄒᆞ논ᄃᆡ   아아 얼려고도 녹으려고도 하는데.
누릿 가온ᄃᆡ 나곤   세상 가운데 태어나서는
몸하 ᄒᆞ올로 녈셔   몸이여 외롭게 살아야 하나.
아으 動動다리   아으 동동다리

二月ㅅ 보로매   이월 보름날에
아으 노피 현 燈ㅅ불 다호라   아아 높이 켠 연등회燃燈會의 등불 같
                            으셔라.
萬人 비춰실 즈ᅀᅵ샷다.   만인을 비추시는 모습이시로다.
아으 動動다리   아으 동동다리

三月ㅅ 나며 開ᄒᆞᆫ   삼월달 되면서 핀
아으 滿春 ᄃᆞᆯ욋고지여   아아 한봄의 진달래꽃이여
ᄂᆞ믜 브롤 즈슬   남이 부러워할 모습을
디뎌 나샷다.   지니고 나왔구나.
아으 動動다리   아으 동동다리

四月 아니 니저   사월달 잊지 않고
아으 오실셔 곳고리 새여   아아 왔구나 꾀꼬리 새여
므슴다 錄事니믄   어찌하여(나의 애인) 녹사님은
녯나ᄅᆞᆯ 닛고신뎌.   옛날을 잊고 계신가.
아으 動動다리   아으 동동다리

五月 五日애   오월 오일
아으 수릿날 아ᄎᆞᆷ藥은   아 단오날 아침 약은
즈믄 힐 長存ᄒᆞ샬   천 년을 사실 수 있는

藥이라 받줍노이다.	약이기 때문에 드리옵니다.
아으 動動다리	아으 동동다리
六月ㅅ 보로매	유월 보름 유두날에
아으 별해 ㅂ론 빗 다호라.	아아 벼랑애 버린 머리빗 같아라.
도라보실 니믈	행여 돌아보실까 하여 님을
젹 곰 좃니노이다.	조금 뒤쫓아 갔었습니다.
아으 動動다리	아으 동동다리

이 노래를 읽으면 고려 사람들의 남녀 간 사랑이 얼마나 애틋하고 아기자기했었는가를 헤아려 볼 수 있다. 매달 절기가 바뀜에 따라 변화하는 자연 경물에 맞추어 사랑하는 님에 대한 간절한 심사를 그토록 간결하게 나타낼 수 있었다는 것은 진정 고려인이 정열과 낭만의 포로가 아니고서는 불가능하였을 것으로 생각된다. 그러면 여기에 나온 고려어의 모습은 어떤 것인가? 정확하게 해석하기 어려운 '곰비, 림비' 같은 낱말도 있지만 '시내川'를 '나리'라 하고 '세상世'을 '누리'라 한 것은 분명 고려어의 모습이다. 또 '천千'을 '즈믄'이라 한 것도 주목해야 한다. ≪계림유사≫에 보면 '백왈온百曰醞: 즙을 온'이라 한다'이라 하여 '백'은 '온'이라는 낱말이 많이 쓰인 반면 '천'은 이미 한자어의 침식으로 '즈믄'이 잘 안 쓰이었음을 짐작케 하는데, 「동동」에는 '즈믄'이 아주 자연스럽게 쓰이고 있다. 이것으로 미루어 보면 고려 시대에 이미 '천'과 '즈믄'이 함께 쓰이면서 어쩌면 '즈믄'이 점차 세력을 잃어 가고 있었던 것이 아닌가 싶다.

고려 시대 낱말로 우리의 관심을 끄는 것은 몽고어로부터 차용해

온 관직의 이름, 말馬과 매鷹의 이름, 군사 용어 및 음식 이름들이다. 문화의 접촉은 언어의 접촉을 뜻하는 것이므로 몽고 문화와의 접촉은 몽고어로부터 차용어를 받아들이게 하였다. 우리가 잘 아는 '보라매'는 공군을 가리키는 별명쯤으로 알고 있지만 사실은 '매'의 일종으로 '보라'색을 띤 것이다. 그러니까 '보라'도 물론 몽고어로부터 차용된 말이다. 조선조 때에도 임금의 '진지'를 더욱 높여서 '수라'라 하였는데 이 낱말도 몽고어의 차용어로 생각된다.

고려 사람들은 아름다움을 추구하는 데 특별한 재능을 발휘하였다. 고려자기에 배어있는 그 은은한 가을 하늘빛은 천하에 짝이 없는 신비의 색으로 이름이 나 있거니와 그 청자 술잔에 받쳐 술을 마시고 읊었을 노래는 또 얼마나 탐미주의적인가?

> 어름우희 댓닙자리 보와 님과 나와 어러주글만뎡
> 어름우희 댓닙자리 보와 님과 나와 어러주글만뎡
> 정 둔 오ᄂᆞᆳ밤 더듸 새오시라. 더듸 새오시라.

이렇게 정염을 불태우며 사랑을 속삭인 고려 사람들, 그러나 고려 사람들은 사랑 타령만 한 것은 아니었다. 몽고 군사의 말발굽이 삼천리 방방곡곡을 누비고 다니는 동안에도 그 국난을 부처님의 위력으로 이겨 보고자 하는 갸륵한 불심으로 《팔만대장경》을 새겼고, 금속활자를 만들어 책을 찍어 낼 만큼 슬기롭고 강인하였다. 13세기 후반, 30여 년에 걸친 대 몽고 항쟁에 기진맥진한 고려 조정이 원나라에 항복하였을 때, 삼별초군은 항복을 거부하고 고려의 독립을 주장하며 지금의 진도珍島를 그리고 나중에는 제주도를 거점으로 항쟁을 계속하기도 하였다. 이와 같이 고려인에게는 고구려적인 기질과 신라적인 기질이 조화를 이룬 모습을 볼 수 있다.

그러므로 고려어 가운데에는 고구려어의 잔재가 남아 있을 가능성이 있다. 더구나 개성 지방은 고구려의 옛터이므로 그 가능성은 더욱 높다고 하겠다. 고구려에서는 산골짜기, 또는 산골에 형성된 마을을 '탄呑, 단旦, 돈頓'이란 글자로 표현하였다.(참고, 수곡성현일운매단홀水谷城縣一云買旦忽: 수곡성현은 다른 이름으로 매단홀이라 한다. 여기에서 '수곡성'은 뜻 적기 방식이고 '매단홀'은 소리 적기 방식에 따른 표기이다.) 그런데 ≪조선관역어朝鮮館譯語≫라는 조선조 초에 중국에서 한국 관계 통역관을 양성하기 위하여 만든 교재에 '村曰呑촌완탈: 촌을 탄이라 한다'이란 기록이 보인다. 우리가 지금 흔히 쓰고 있는 '마을'이란 낱말이 신라 계통의 것이라면 그 마을을 나타내는 '村'을 '呑'이라 한 것은 골짜기谷를 '탄'이라 한 고구려의 계통의 것과 일치한다고 볼 수밖에 없다. 혹시 이 '탄'이라는 낱말이 지금도 더러 '웃마을' '아랫마을'이라고 할 때에 사용되는 '웃뜸' '아랫뜸'과 관련이 있는지 더 궁리하고 조사할 필요가 있겠다.

고려어의 조각들을 살펴보면서 우리가 놓쳐서는 안 될 고려의 노래는 「청산별곡靑山別曲」일 것이다. 이제 이 노래를 읊조리며 청자 비색에 스며 있을 고려 사람들의 감정을 헤아려 보기로 하자.

살어리 살어리랏다.
청산에 살어리랏다.
멀위랑 ᄃ래랑 먹고

청산에 살어리랏다.
얄리얄리 얄랑셩 얄라리 얄라.

우러라 우러라 새여
자고 니러 우러라 새여
널라와 시름 한 나도
자고 니러 우니노라.
얄리얄리 얄라셩 얄라리 얄라.

가던 새 가던 새 본다.
믈 아래 가던 새 본다.
잉무든 장글란 가지고
믈 아래 가던 새 본다.
얄리얄리 얄라셩 얄라리 얄라.

이링공 뎌링공 ᄒᆞ야
나즈란 디내와손뎌
오리도 가리도 업슨
바므란 쏘 엇디 호리라.
얄리얄리 얄라셩 얄라리 얄라.

어듸라 더디던 돌코
누리라 마치던 돌코
믜리도 괴리도 업시
마자셔 우니노라.
얄리얄리 얄라셩 얄라리 얄라.

살어리 살어리랏다.
ᄇᆞ르래 살어리랏다.
ᄂᆞᄆᆞ자기 구조개랑 먹고
ᄇᆞ르래 살어리랏다.
얄리얄리 얄라셩 얄라리 얄라.

가다가 가다가 드로라.
에졍지 가다가 드로라.
사ᄉᆞ미 짒대예 올아셔
ᄒᆡ금을 혀거를 드로라.
얄리얄리 얄라셩 얄라리 얄라.

가다니 빅브른 도긔
설긴 강수를 비조라
조롱콧 누로기 ᄆᆡ와
잡ᄉᆞ와니 내 엇디 ᄒᆞ리잇고
얄리얄리 얄라셩 얄라리 얄라.

아직도 풀이할 수 없는 어려운 낱말이 있으니 해석해 볼 생각은 말고 그냥 암송하는 것이 가장 좋은 감상의 방법일 수가 있다. '널라와'에서 '−라와'가 비교의 뜻을 나타내는 '-보다'라는 것, '돌코'가 '돌인고'의 뜻이라면 '돌ㅎ고'로 보아야 하고, 결국 '돌멩이'는 '돌ㅎ'이라는 형태를 취했다는 것, 'ᄆᆡ다' '괴다'가 '미워하다' '사랑하다'의 뜻이라는 것 등의 단편적인 지식은 이 노래가 지닌 높은 상징적 수법에 비긴다면 아주 얄팍한 표면적인 지식에 불과하다.

이 노래 속에 스민 그윽한 애수가 개인의 것이기에는 너무나 서러운 것이 아닌가? 그런데 이 노래는 개인의 것이라기보다는 고려 시대 전반을 나타내는 것이니, 그렇다면 고려 사람들은 이 서러움을 씹어 삼키기 위하여 얼마나 끈질긴 투쟁을 지속하였을 것인가? 오늘을 사는 우리에게도 고려의 조상들은 이 노래를 통하여 전해 주는 메시지가 있으리라. 귀 기울여 들을 일이다.

5. 한글이 나오기까지 일천 오백 년

황하 유역에서 발생한 중국 문명이 적어도 서력 기원전 15세기 경즉, 지금부터 3500여 년 전에는 갑골문자甲骨文字를 쓰는 상당 수준의 정신문화를 형성하였을 무렵, 한반도와 만주에 흩어져 살던 우리 조상들은 어떤 정도의 문화생활을 누리고 있었을까? 우거진 밀림 여기저기에 아직도 석기石器와 즐문토기櫛文土器를 쓰면서 수렵을 즐기고 있었는지 모른다. 좀 더 시대를 따라 내려오면서 생각해 보자. 중국의 서주西周 시대1027~771 B.C.쯤이면 우리 조상은 어떤 모습으로 살고 있었을까? 이 무렵만 해도 우리 조상이 어떤 형태의 마을을 형성하며 무슨 말을 쓰며 살았는지 기록에 전하는 것이 전혀 없다. 더 시대를 내려와 본다. 춘추 전국 시대770~221 B.C.의 중국은 공자 · 맹자를 위시하여 오늘날 손꼽히는 성현들이 나타나고, 또 현대의 관점으로 보아도 중국의 문화는 어떤 의미에서건 일단 완성된 최고도의 정신적 깊이를 보여주는 찬란한 문화를 수립한다. 공자 · 맹자의 기록소위 ≪사서삼경(四書三經)≫

에 적혀 있는 것에 따른다면 서주 시대西周時代에 이미 중국으로서는 인류가 쌓을 수 있는 상당히 정비된 상태의 사회적 질서와 인간 양심의 승리를 노래하였다고 말한다. 다시 또 공자·맹자의 기록을 믿어 본다면 그들이 말하는 주周나라 시대 이래 인간 사회는 말세적 징후들을 계속 확대하여 오고 있다고 개탄한다. 이 무렵 우리 한반도와 만주 일부에는 우리들의 직계 조상인 부여계 여러 부족과 한계의 여러 부족이 중국에 비교한다면 훨씬 뒤떨어진 단계의 취락 생활을 하고 있었던 것으로 되어 있다.

지리적 여건으로 보아 중국의 한자 문화와 가장 일찍 관계를 맺은 나라는 고구려일 것이다. 그 다음이 백제이고 신라는 중국 문화와 교섭을 맺은 마지막 나라였다. 우선 불교의 전래 과정을 보면불교의 전래와 한자의 보급은 매우 밀접한 관계에 있다. 한자로 적힌 불경이 들어오기 때문이다. 고구려는 서기 372년소수림왕 2년, 백제는 서기 384년침류왕 1년, 신라는 이보다 훨씬 늦은 눌지왕 때417~457에 고구려를 통해 민간에 전파되기는 했으나 이차돈의 순교가 있은 527년법흥왕 14년에 가서야 공인된 종교로 인정받는다. 대체로 불교가 들어오고 좀 지난 때부터 우리 조상들은 한자를 이용하기 시작하였다.

고유한 문자를 가지지 못하였던 우리 조상들이 한자를 접하고 학습하게 되었을 때의 심경은 어떤 것이었을까? 한문화에 대한 동경과 선망은 형언할 수 없을 만큼 큰 것이었으리라. 그러나 한자와 한문화에 대한 찬탄과 부러움이 크면 클수록 고유 문자가 없다는 안타까운 마음도 비례하였을 것은 상상하기 어렵지 않다. 그리하여 그 압도된 한자 문화의 분위기 속에서 우리 선조들이 취했던 문자 문화 활동은 다음과 같은 두 가지 반응으로 나타났다.

그 첫째는 한자로 쓰인 문헌을 어떻게 올바로 이해하느냐 하는 것이요, 둘째는 한자를 갖고 어떻게 하면 우리말을 적을 수 있느냐 하는 것이었다. 첫 번째 목적을 위해서는 문장 구조가 다른 두 언어 사이의 간격을 메우기 위한 번역의 방편이 고안되었을 것이요, 두 번째 목적, 즉 우리말을 적기 위해서는 한자의 두 가지 특성즉, 뜻과 소리를 가지고 있는 것을 이용하여 어떤 때는 뜻을 빌어 적는 뜻 적기 방식을 쓰고, 어떤 때는 소리를 빌어 적는 소리 적기 방식을 써서 우리말을 적는 방안이 고안되었을 것이다. 그러나 이러한 방안들이 하루 아침에 갑자기 이루어지지는 않았을 것이고 여러 해에 걸쳐 점진적인 발전을 하였으리라고 생각된다. 그 발전의 단계를 다음과 같이 추정해 볼 수 있다.

첫째 단계 : 중국에서 사용하는 한문의 문장 구조를 그대로 답습하였을 것이다. 읽는 방법도 음독音讀하였으리라 짐작된다. 중국에서 사용하는 것과 다를 것이 없다. 이것이야말로 외국 문물이 수입된 첫 번째의 가장 순수한 모습이다. 그러므로 백제 개로왕 18년472 A.D.에 백제가 위魏 나라로 보낸 국서나 일본 나라奈良의 「칠지도명문七支刀銘文」이 완벽한 한문으로 되었다는 것은 그 당시에 한문에 능통했다는 관점에서보다는 아직 한문을 우리말과 관련시켜 활용할 여유가 없었던 것이라고 보아야 한다.

일본의 석상신궁石上神宮에 소장되어 있는 「칠지도명문」은 다음과 같다.

泰和四年九月十六日丙午正陽 造百鍊鐵鐵七支刀 世𤨒百兵 宜供候王
□□□□作, 先世以來未有此刀, 百濟王世子奇生聖音 故爲倭王旨造 傳
示後世.

태화 4년369 A.D. 병오 한낮에 백련 강철의 칠지도를 만들었다. 이는
백병을 물리칠 수 있는 것이므로, 마땅히 왜왕에게 줄 만하다. □□□□
가 만들었다. 선세 이래로 아직 이 칼이 없었던 바, 백제 왕세자 기생
성음이 짐짓 왜왕 '지'를 위하여 만들었으니 후세에 전하여 보일지로다.

둘째 단계 : 여기에 이르러 한자의 차용이 이루어진다. 그 첫 단계로
한자음으로 우리말 이름을 적는 방안이 나타난다. 즉, 음독소리 읽기에
의한 고유명사의 표시 방식이 생긴 것이다. 땅 이름의 예로 아차성阿且
城, 임나가라任那伽羅, 미구루味仇婁, 비자대比子代, 비리非里, 아랑촌阿良
村 같은 것을 들 수 있겠고 사람 이름의 예로 추모왕鄒牟王, 거칠부居七
夫, 내부內夫, 비지부比知夫 같은 것을 들 수 있으며 벼슬 이름의 예로
급간及干 내말奈末 같은 것을 들 수 있다.

셋째 단계 : 한자 차용의 두 번째 단계로서 한자를 뜻읽기석독釋讀,
훈독訓讀에 따라 적어 나가되 우리말 순서에 따르는 방법이 고안되었
다. 그 대표적인 예로는 임신서기석壬申誓記石을 손꼽을 수 있다. 임신
서기석은 1940년 5월 경주군 견곡면 금척리 석장사 절터에서 발견된
돌 위에 새겨진 것으로, 그 원문을 옮겨 보면 다음과 같다.

壬申年六月十六日 二人并誓記 天前誓今自三年以後 忠道執持 過失
无誓 若此事失 天大罪得誓 若國不安大亂世可容行誓之 又別先辛未年

七月二十二日大誓 詩尙書禮傳倫得誓三年.

　임신년 6월 16일 둘이 함께 맹서하여 기록한다. 하늘 앞에 맹서한다. 지금부터 3년 이후 충도를 집지하여 과실이 없기를 맹서한다. 만일 이 일을 어기면 하늘에 큰 죄를 얻을 것이라고 맹서한다. 만일　나라가 편안치 않고 크게 어지러우면 가히 모름지기 충도를 행할 것을 맹서한다. 또 따로 앞서 신미년 칠월 이십이일에 크게 맹서하였다. 시, 상서, 예기, 좌전을 차례로 공부하기를 맹서하되 삼 년으로 하였다.

　넷째 단계 : 한자의 음과 뜻을 빌어서 우리말을 적는 표기법을 생각할 수 있다. 앞의 첫째와 둘째 단계가 결합된 것으로 흔히 이두문吏讀文이라 하는 것이 여기에 해당한다. 한문이라고 하기에는 우리말의 조사助詞 어미語尾 등 토가 들어 있으며, 또 순수히 우리말이라고는 할 수 없는 한문 요소가 들어 있는 것으로서 한문 문장과 우리말 문장의 중간 형태를 나타내는 표기 방식이다. 멀리는 5세기 중엽부터 가까이로는 조선 시대 끝무렵까지 이런 형태의 글은 우리 민족에게 있어서 매우 중요한 표기 방식이었다. 특히 지방 관청에서 하급 관리들이 사용하는 공문서, 재산권을 표시하는 땅문서, 집문서, 노비문서 등은 모두 이두문으로 작성되었다. 다음 예를 보기로 하자.

　남산신성비문南山新城碑文

　南山新城作節(디위) 如法以(으로)作 後三年崩破者(는) 罪敎(이신) 事爲
(하야) 聞敎(이샤) 令(시겨) 誓事之(이오)

　남산신성을 만들 제 법대로 만들었다. 이후로 삼 년 무너지거나 파괴

되는 것은 죄 주실 것임을 명령하였으므로 이를 맹서합니다.

위의 남산신성비는 진평왕眞平王 13년591 A.D.에 세운 것이므로 6세기 말의 기록이다.

다섯째 단계 : 위와 같은 네 가지 단계를 거쳐 마지막 단계에 와서는 두 가지 방향으로 한자를 이용한 우리말 표기 방안이 완성되는데, 그 하나는 노래를 적는 향찰표기鄕札表記이며, 다른 하나는 한문을 우리말로 번역하는 데 쓰이는 구결표기口訣表記이다.

향찰표기가 문장 전체를 한자를 빌어 적기는 하되 우리말 문장을 적는 것임에 반하여 구결표기는 한문 원문을 우리말로 바꿀 때에 더 들어가는 조사助詞 어미語尾 등을 덧붙임으로써 가능한 한 우리말로 바꾸는 것이다. 향찰표기가 통째로 우리말을 적은 것이라 한다면, 구결표기는 한문 원문을 그대로 두고 번역에 필요하여 덧붙인 토만을 구결표기라고 하는 점이 향찰표기와 다른 점이다. 따라서 구결은 번역의 정도에 따라 절반 정도만 번역을 해 놓은 구결표기에 이르기까지 그 수준이 다양하다. 그렇지만 오늘날 우리가 알고 있는 대부분의 구결표기는 절반 정도만 번역해 놓은 구결표기들이다. 자세한 구결표기의 예로는 1975년에 세상에 알려진 ≪구역인왕경舊譯仁王經≫의 구결인데, 여기에 적힌 구결은 한자의 약자略字로 되어 있고 워낙 자료가 제한되어 있어서 그 풀이가 향가의 경우처럼 만족스러운 상태에 있지 못하다. 절반 정도만 번역해 놓은 보통의 구결표기의 예는 다음과 같다.

天地之間 萬物之衆涯(애) 唯人伊(이) 最貴爲尼(하니) 所貴乎人者隱
(는) 以其有五倫也羅(라).

　천지지간 만물의 무리가운데에 오직 사람이 가장 귀하니 사람이 귀
중한 까닭은 사람에게 오륜이 있기 때문이니라.

　이와 같이 훈민정음 곧 한글이 창제되기 이전, 우리 조상들의 문자
생활은 오로지 한자에 의존한 것이었다. 공부할 수 있는 능력과 조건
이 갖추어진 상류 계층의 사람들이 공부한다는 것은 결국 한자를 습득
한다는 것을 의미하였고, 그 한자로 중국 사람처럼 글을 짓는 것이
가장 바람직한 학문의 길인 것처럼 인식되기도 했었다. 그리하여 지식
층이란 한문을 읽고 쓸 줄 아는 사람을 가리키게 되었다. 그러면서도
그러한 문자 생활이 실제 생활에서 사용하는 말과는 다르기 때문에
발생하는 불편은 이만저만 큰 것이 아니었다. 이 불편 즉, 말과 글이
서로 다름으로 말미암아 생기는 불편이것을 언문 불일치를文不一致의 불편
이라 한다을 없애려는 노력이 위에 언급한 바와 같은 한자 빌려 쓰기의
방안을 낳게 한 것이었다. 그러나 남의 돈을 꾸어 쓰면 언젠가는 갚아
야 마음이 편한 것처럼, 남의 글자를 빌려 쓰면 그것은 언젠가는 되돌
려주고 우리 것을 사용해야 우리의 마음이 평화로울 것은 두말할 필요
도 없는 정한 이치라 하겠다.

　우리 조상들이 신라 천 년, 고려 오백 년, 그 오랜 세월 한자를 빌려
우리말을 표기해 오면서, 어떻게 하면 우리 문자를 가져 볼까 염원했을
것 또한 짐작하기 어려운 일이 아니다. 한자를 배워 중국 사람보다
더 능숙하게 한문을 쓸 줄 안다고 해서 고유한 문자를 가지고자 하는

열망이 없었다고 생각할 수는 없다. 1984년 미국 로스앤젤레스에서 올림픽이 열렸을 때, 그곳을 방문한 우리나라 옛 선수 손기정 선생을 만난 우리 교포가 유창한 영어로 손기정 선수를 환영하면서 오랜 외국 생활로 우리 한국어가 서툴러서 미안해하는 모습이 텔레비전에 소개된 적이 있었다. 그 때 우리나라 사람이라면 어느 누구도 그 교포의 유창한 영어 실력을 장하다고 생각하지는 않았을 것이다. 오히려 서투른 한국어로 환영의 뜻을 표하려는 그 마음가짐을 장하다고 여기며 좀 더 우리말을 부드럽게 하면 얼마나 좋을까 하고 안타까워했을 것이다. 이와 비슷한 현상이 고려 시대 문자 생활의 경우에서도 발견된다.

그러므로 적어도 고려 오백 년은 한자와 한문에 능숙한 사람과 함께 그것을 이용해서 우리말을 적는 한자 차용 표기에 능숙한 사람 또는 그런 방안을 개발하는 사람도 상당히 많았던 시대요, 그렇기 때문에 고려 오백 년은 어쩌면 훈민정음이 나오기 위한 몸부림의 시대, 진통의 시대로 보아도 좋을 것이다. 1923년에 ≪조선어문경위朝鮮語文經緯≫라고 하는 책을 쓴 권덕규權悳奎 선생은 고려 시대에 훈민정음을 만들기 위한 진통의 모습을 보다 적극적으로 생각하여 훈민정음이 이미 고려 시대에 어느 정도 만들어진 것이 아닌가 하는 의미의 글을 쓰기도 하였다. 이제 그렇게 해석할 수 있는 구절을 인용해 본다.

훈민정음은 보통 이조 세종 시대에 발명된 것이라 하여 이래의 사씨史氏와 학자들은 정음은 세종조에 창시한 것으로 고성인古聖人이 미처 구득치 못한 것이라고 떠들어 찬송하나 이에 몇 가지 의문을 베풀어 정음이 세종 때에 처음으로 발명된 것이 아님을 증명하건대 활자는 지식을 보급하는 중요한 것으로 우리 인류의 자랑거리로 그 창의자가 누구냐 하면 물론 조선 사람이요, 따라서 그 창의된 시대도 또한 세계에 있어 조선이 가장 오래거니와 조선의 활자는 전언傳言에 신라조에 시始하였다하나 아직 자세치 못한 것이요, 그 실용한 시대는 고려 고종 이전일지니 이상국집李相國集에 보이는 바 고종 22年1235 A.D.에 상정예문詳定禮文을 인쇄하였다 함이 이것이라, 내려와 공양왕 시에는 서적원書籍院을 관설하여 서적 인쇄를 맡게 하도록 그 사용이 성대하였은즉 활자의 기원이 그 이후라고는 말하지 못할지라, 하거늘 조선의 사씨史氏는 태종 3년1403 A.D.에 활자가 창조되었다고 힘써 당조當朝에 납미納媚 : 아첨하여 끌어다 붙임한 것을 보면 정음도 반드시 고려 또는 그 이전에 창조된 것임을 짐작할지니 아뭏든지 그 창조는 세종 이전에 된 것으로 그 때에 비로소 발명한 것처럼 반포한 것이라.

〈조선고대문朝鮮古代文의 유무有無〉라는 이 글에서 권덕규 선생이 주장하고자 한 참내용은 훈민정음이 그렇게 간단히 이루어진 것이 아니고 고려 시대 전반에 걸친 문자 생활이 바탕이 되었다는 것으로 이해하여야 할 것이다.

6. 구결이 적힌 구역인왕경

국어를 공부할 때, 우리는 한두 번쯤은 다음과 같은 허망한 생각을 하는 수가 있다. '888년에 편찬되었다고 전하는 향가집인 ≪삼대목三代目≫이 오늘날까지 전해 온다면 신라 문학의 참 모습을 알 수 있을 터인데…….' 향가를 공부할 때, 혹은 찬란했던 신라 문화에 대하여 공부할 때, 우리는 모두 이러한 공상을 하며 지나간 문화의 진면목을 알아보려는 진지한 마음으로 가슴을 태운 기억을 갖고 있다. 무수히 많은 전쟁에 시달렸고 게다가 과거의 유물 유적을 알뜰하게 보존하려는 마음가짐조차 부족하여, 우리는 비교적 오랜 역사를 지닌 민족이면서 옛날 물건을 그렇게 많이 간수하고 있지 못하다. 고구려·백제·신라의 것이라면 대개 임금의 무덤에서 출토된 유물이 조금 전해 올 뿐이다. 그것은 대체로 그릇이나, 장식류들이 대부분이요, 그 시대의 책이 전해지는 것은 하나도 없다. 다만 일본에 전해 오는 신라장적新羅張籍이란 것이 책은 아니고 몇 장에 불과한 문서 조각이지만 그것이 신라 시대에 유일하게 종이에 적혀 남아 있는 기록물일 뿐, 고구려와 백제의 경우에는 그런 것조차 없다.

그러면, 고려에 내려오면 어떤가? 고려 시대에는 인쇄술이 발달하여 많은 책이 간행되었을 것이므로 오늘날 전해 오는 서적이 꽤 있을 것 같지만 사실에 있어서는 그렇지 못하다. 1377년 흥덕사興德寺라는 절에서 인쇄하여 펴낸 ≪직지심체요절直指心體要節≫이란 책이 오늘날까지 전하는 세계에서 가장 이른 시기에 활자로 인쇄되어 전해 오는 것으로 그나마 프랑스 파리의 국립 도서관에 보관되어 있고 그 외에 몇 권이 있을 뿐이다. 이 ≪직지심체요절≫은 독일사람 구텐베르크 Johann Gutenberg가 1440년대 말에 발명한 금속 활자에 비해 80년을 앞선다.

이러한 형편에 분명히 고려 시대의 책으로 그 일부분이라도 남아 있다면 그것은 필경 나라의 보물이 되고도 남는 것이다. 그런데 아주 우연한 경위로 그러한 보물이 발견되었다. 게다가 거기에는 한문을 우리말로 풀어 읽는 데 중요한 구실을 했던 구결口訣이 적혀 있었다.

1973년 12월, 충청남도 지방 문화재 위원회는 관내에 있는 문화재 조사의 일환으로 서산군 운산면瑞山郡雲山面에 있는 문수사文殊寺를 조사하게 되었다. 그 때 문화재 위원들은 대웅전 한 쪽 구석에 특별한 관심도 두지 않은 채 방치되어 있는 고려 시대의 금동여래좌상金銅如來坐像을 보게 되었다. 자연히 조사 위원들은 그 불상에 관심을 보였고, 주지의 요청에 따라 조사에 착수하게 되었다. 고려 시대의 불상으로서는 드물게 보는 우수한 작품임에도 불구하고 허술하게 보관되어 있는 것에 조사 위원들은 놀라움을 감출 수 없었으나 그런 내색도 비치지 않으면서 복장 유물服藏遺物을 점검하였다고 한다. 불상은 대체로 속이 비어 있는 소상塑像이므로 바닥을 들추면 그 안에 동공洞空이 있게 마련이다. 대개 그 공간에는 불상을 만들 당시 시주施主의 발원문發願文 같은 것을 넣고 한지로 봉해 놓는다. 그 불상도 텅 비어 있는 동공의 배 속에 불상을 만들 당시의 여러 가지 물건이 들어 있었다. 발원문을 적은 비단 조각, 옷, 나무로 만든 그릇, 구슬, 거울 같은 물건과 함께 고려 시대에 간행된 불경 책이 낙장으로 몇 종류가 나왔다. 그 가운에 '구역인왕경 상舊譯仁王經 上'이라 적힌 목판본의 불경 다섯 장이 있었다. 그런데, 한자로 된 불경의 원문만 있었다면 이것은 단지 고려 시대의 불경의 일부라는 것 이외에 다른 가치를 찾을 수 없었을 것이지만, 이 구역인왕경에는 붓으로 원문의 왼쪽과 오른쪽에 한자의 약자로 적어 놓은 구결口訣이 적혀 있었다. 이 구결이야말로 고려 시대 언어 자료가 빈약한 우리에게 고려 때의 언어를 추정하게 하는 또 하나의 자료로서, 그리고 한문을 우리말로 번역하여 읽는 방법이 어떤 것이었는가를 알려 주는 움직일 수 없는 귀중한 증거 자료로서의 가치를 지니는 것이다.

흔히 이두를 설총薛聰이 만들었다 하나, 역사책의 기록을 종합해 보면 설총은 한자를 이용하여 우리말을 적는 능력이 뛰어났고 또 한문을 우리말로 번역하는 능력 또한 특출하였음을 가리키는 것으로 생각된다. 다음 내용을 읽어 보자.

설총의 자字는 총지聰智요, 그의 할아버지는 내마담날奈麻談捺이고 그의 아버지는 원효元曉이다. 원효는 처음에 불가에 들어가 중이 되었는데 불교 서적, 불교 이론에 해박하였으나, 다시 세속에 돌아와서 스스로 소성거사小性居士라 이름하였다.

설총은 성품이 명민하고 나면서부터 도리를 깨달은 인물이었다. 장성한 뒤에는 우리말로 구경九經을 풀어 읽게 하여 후생들을 가르쳤으므로 지금에 이르기까지 학자들이 그를 으뜸으로 모신다. 또 글을 짓는 데 특별한 재주가 있었으나 세상에 전하는 것이 없고 다만 지금 남쪽 지방에 혹 설총이 지었다고 하는 비명碑銘이 있으나, 문자가 희미하여져서 제대로 읽을 수가 없으므로 마침내 그것이 어떤 내용인지를 알 수가 없는 것이 유감스럽다. ≪삼국사기≫권 46, 설총항목

설총은 나면서부터 총명하기가 남다르더니 커서는 경사經史에 널리 통하였으므로 신라의 십현十賢 가운데 한 사람으로 손꼽혔다. 우리말로 중국과 이웃 나라의 풍속 물건 이름들을 풀이하는 데 능하였고 육경六經과 그 외의 책들의 뜻을 우리말로 풀이하였다. 그래서 오늘날에도 경서經書해석을 업으로 하는 사람이 그 방법을 전수하여 끊이지 않고 있다. ≪삼국유사≫권 4, 원효불기항목

위의 내용을 보면 설총은 한자를 빌어 우리말을 적는 재능이 특출하였고 동시에 한문으로 된 경서를 우리말로 번역하는 재주 역시 비상하였음을 알 수 있다. 바꾸어 말하면 향찰식 표기법과 구결口訣에 능통하였다는 말인데, 중국의 문화를 수입하여 소화하는 과정에서 설총과 같은 인물이 나온다는 것은 필연적인 것이라 할 수 있다. 그리하여 설총의 글짓기 방법과, 한문 해석 방법은 하나의 학풍學風을 이루고 그 전통이 확립되어 후세에 전하여졌던 것이다. 그런데 문제는 설총이 총정리하고 확립해 놓은 그 글짓기 방법과, 한문 해석 방법의 실제 모습을 짐작할 수가 없었다는 점이다.

이러한 형편에서 구역인왕경에 나타난 구결, 그것은 바로 설총이 확립해 놓은 한문 해석 방법이었음을 추정하게 하였던 것이다. 한문은 다 아는 바와 같이 영어처럼 동사가 앞에 나오고 목적어가 뒤에 있어서 우리말의 어순과는 다른 구조를 갖고 있다. 따라서, 번역을 할 때에는 중간에 놓인 술어동사述語動詞를 건너뛰었다가, 목적어를 해석한 다음에 끝에 가서 풀이를 해야 하는 번거로움이 따르게 된다. 그 번거로움의 이치를 깨닫는 것이 한문과 우리말영어와 우리말도 마찬가지임의 차이를 바로 이해하는 것이다. 그러면, 구역인왕경에는 이렇게 번거로운 번역의 방법이 어떻게 처리되었는가를 살펴보기로 하자. 원문은 위에서 아래로 적혔으나 여기서는 왼쪽에서 오른쪽으로 옮겼으므로 위쪽이 원문의 오른쪽이 됨을 주의할 것.

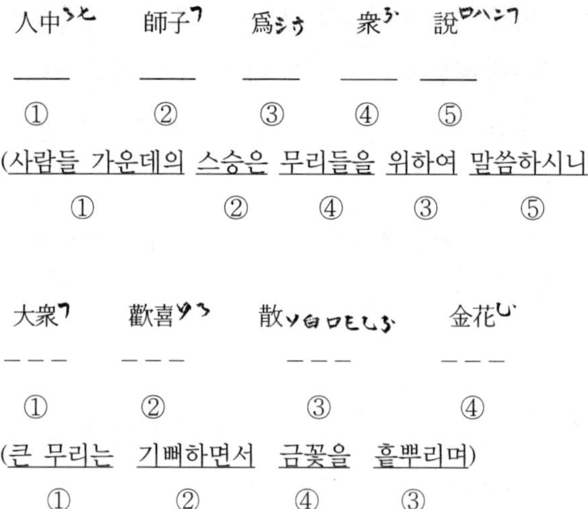

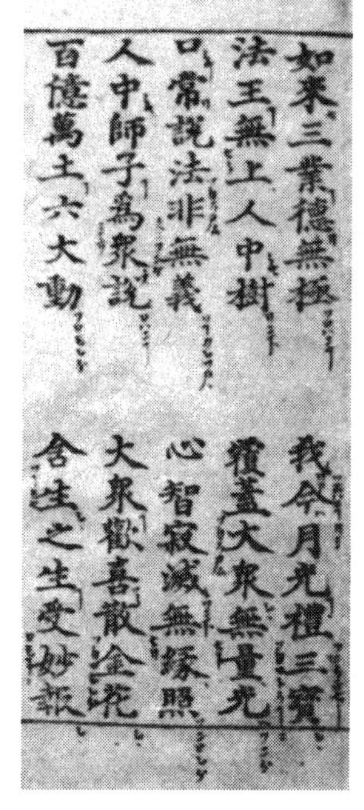

번역된 우리말을 보면 ③과 ④가 바뀌어 있음을 보게 된다. 그런데, 나중에 번역되는 ③번은 예외없이 아래쪽에 구결 약자를 적었고, ④번에는 그 구결 끝에 ·(점)이 찍혀 있음을 볼 수 있다. 그러니까, 구결이 적힌 반대로 위쪽만을 읽어나가다가 ·(점)이 찍힌 자리에서 아래쪽 구결을 찾아 거슬러 올라가 읽고 다시 위쪽을 읽어 나간다면 그것이 그대로 우리말로 번역이 된다는 사실을 알 수 있다. 참으로 절묘한 방법이 아닐 수 없다. 설총은 아마 이러한 방법을 체계적으로 확립해 놓은 분일 것이다.

우리 민족이 한문을 번역하는 데 이처럼 쉬운 방법을 창안하였기 때문에 중국 문화의 토착화가 예상 밖으로 빨리 이루어졌고 결국 우리나라 사람들이 스스로 소중화小中華 곧 '작은 중국'이라고 말하게 된 것이 아닌가 싶다.

구역인왕경의 구결은 이처럼 우리에게 한문 문화의 토착화의 모습을 보여주는 유일한 자료로서 우리의 주목을 모은다.

생각해 볼 과제

- 고대 우리 민족의 삶의 터전은 만주와 한반도 전체에 널리 퍼져 있었다. 이렇게 넓은 곳에 흩어져 사는 사람들이 같은 언어를 사용했지만 서로 상당히 차이가 있는 사투리를 사용했을 것이다. 어느 정도의 의사소통이 가능했는가를 이야기해 보자. 신라 통일의 위업을 달성하는 과정에서 김춘추는 고구려로 외교 여행을 떠난다. 그 때 통역관이 필요했다는 기록은 보이지 않는다. 이 사실은 무엇을 말해 주는가?

- 고구려어의 수를 나타내는 몇 낱말이 고대 일본어와의 유사성을 보여준다고 했다. 그렇다면 일본어와 우리말특히 고구려어과는 어떤 관계가 있는 것일까를 서로 토론하여 보자.

- 설총이 한문을 우리말로 잘 번역했다는 것과 구역인왕경에 나타난 구결과는 어떤 상관관계가 있을까? 이 문제와 관련하여 우리말을 적는 문자가 신라와 고려 시대에 걸쳐 얼마나 절박하게 필요했던가를 생각해 보자.

- 현대 국어의 직계 조상을 신라에 두는 까닭은 무엇인가? 구체적인 예를 제시하면서 이 사실을 증명하여 보자.

3장 훈민정음의 창제

1. 민족 슬기의 금자탑–훈민정음의 창제

만일에 우리 민족이 지금 '한글'이라는 우리의 고유 문자가 없었다면, 우리는 어떤 문자를 사용하고 있을까? 한낱 부질없는 공상이기는 하지만 이런 생각을 해 볼 때, 한글이야말로 우리 민족을 증명하는 가장 강력한 문화유산임을 깨닫게 된다. 이 깨달음이 강렬하면 할수록 우리는 세종대왕에 대한 존경심이 더욱 깊어진다는 것도 숨길 수 없는 사실이다.

그러면, 세종대왕이 훈민정음여기서는 '한글'과 '훈민정음'을 우리 문자의 이름으로 구별없이 쓰기로 하자을 창제하던 당시의 시대적 상황은 어떠했으며 훈민정음을 창제하는 과정에는 어떤 일이 있었는가를 살펴보기로 하자. 앞에서도 여러 번 언급한 바와 같이 고려 왕조 오백 년은 한자를 이용하여 우리말을 적는 기술이 상당히 발달되어 있었다. 그러나, 그것은 한문을 능숙하게 이해하는 사람에게나 통용되는 기술이었으며, 또한 그 글자는 어디까지 한자를 기초로 하는 것이므로 결코 우리 문자라고 할 수는 없는 것이었다. 게다가 고려 시대 후반은 몽고의 침입을 받아 대대로 고려의 임금은 몽고족의 나라인 원元 나라 왕실의 사위가 되어야 하는 굴욕을 감내하여야 했었다. 그러는 동안 오랑캐라고 업수히 여겼던 몽고인들이 자기네 문자를 가지고 있다는 사실도 알게 되었다. 이것은 고려인들에게 엄청난 충격이었다. 민족적 자주성은 정치적으로 힘이 센 나라를 만들어 이웃 나라에 의젓하게 행세하는 것만으로 이룩되는 것이 아니라 고유한 언어를 표기하는 문자를 가지고 문화적으로도 자주성을 얻어야 비로소 완전하다는 것을 고려인들은 뼈아프게 인식하였을 것이다. 이러한 고려 오백 년이 막을 내리고 조선 왕조가 시작되었다. 건국 초기에는 나라의 기틀을 다져야 하는 급한 일들이 많아 문화 사업에 속하는 문자 문제를 생각할 겨를이 없었다. 그리고, 세종대왕 시절에 이르렀다.

세종대왕의 빛나는 치적은 한두 가지가 아니다. 군사적으로는 동북 방면에 육진六鎭을 개척하고 서북 방면에 사군四郡을 차렸으며 경제적·사회적으로는 전제田制와 세제稅制를 개혁하여 나라의 기틀을 다졌다. 신하를 부리되 그 재주와 바탕에 따라 알맞은 자리에서 재능이 빛나게 하였으니 정초鄭招에게 천문을 연구케 하고, 장영실張英實에게 물시계를 만들게 하고, 박연朴堧으로 하여금 음악을 정리하게 하는 등 자연 과학 분야의 업적 또한 놀라운 것이었다. 1442년에 완성된 측우기는 서양보다 200년이나 앞섰다는 것도 잊어서는 아니 된다. 세종대왕의 능력과 수완이 이런 정도이었으니 고유 문자에 대한 착상을 아니했다면 그것이 이상한 일이 될 수밖에 없었을 것이다.

우선 세종대왕은 집현전에 젊고 명민한 학자들을 불러 모았다. 최항崔恒, 박팽년朴彭年, 신숙주申叔舟, 이선노李善老, 이개李塏, 성삼문成三問 등과 동궁뒤에 문종(文宗)이 된 분을 비롯한 여러 대군들이었다. 이들은 세종대왕의 명을 받들어 새로운 고유 문자의 제작을 위한 기초 연구에 들어갔다. 그리고, 훈민정음이 만들어졌던 것이다. 자, 여기에서 우리가 분명히 밝히고 지나가야 할 것이 한 가지 있다. 지금까지 우리는 훈민정음을 세종대왕이 단독으로 창제한 개인적 업적으로 칭송하여 왔는데 사실에 있어서는 집현전 학사들과의 협동 연구의 결과라는 점이다. 여러 가지 정무에 바쁜 임금이 훈민정음 창제에만 오로지 마음을 쏟는다는 것이 현실적으로 가능한 일이었을까를 생각할 필요가 있다. 그러나 훈민정음이 세종대왕과 그 왕자들, 그리고 집현전 학사들과의 협동 연구의 결과라고 하여 우리가 세종대왕께 향하는 존경과 애정이 조금도 줄어들 수가 없는 것이며, 세종대왕의 위대함이 조금도 손상되는 것이 아니다. 훈민정음 창제에 있어서 최대의 공적은 여전히 그 일에 주도적 임무를 수행한 세종대왕에게로 돌아가는 것이기 때문이다.

그리고, 우리들이 그 동안 깊이 생각하지 않았던 또 한 가지 중요한 사항을 짚고 넘어가야 하겠다. 그것은 훈민정음 창제의 목적이 우리가 흔히 알고 있는 바와 같이 단순히 고유 문자의 필요성, 다시 말하면 우리말을 적기 위한 수단으로서만 만들어졌는가 하는 점이다.

한 나라의 문자를 새로 만든다고 하는 엄청난 사건은 그 나라 문화 전반과 긴밀한 관계 속에서 이루어진다는 것은 두말할 필요도 없는 일이다. 그러면, 세종대왕 시절에 세종대왕께서 자주 독립 국가로서 이웃 나라와 대등한 지위를 확보하고 문화적 자주성을 드러내기 위해서만 고유한 문자가 필요했었는지 엄정하게 따져 보아야 한다. 우리들이 다 아는 바와 같이 조선왕조 오백 년은 비록 정치적으로 중국과의 국제 관계에서 독립 국가로서 인정은 받았지만 중국처음엔 명나라, 나중엔 청나라으로부터 다소간의 정치적 간섭에서 벗어나지 못했던 시절이었다. 특히 명나라의 간섭을 받을 때에는 그것이 큰 나라에 대한 정당한 외교적 예의라는 사대 모화事大慕華의 정신이 조선 왕조 양반들 사이에 당연한 것으로 받아들여지고 있었다. 그것은 공자·맹자를 위시하여 많은 중국 성현과 학자들의 사상을 즐겨 받아들인 것과도 관계가 깊은 것이다. 더구나 한자를 사용한다는 것은 문화 민족의 긍지라고까지 생각하는 양반 관리들이 많이 있었다. 이러한 상황에서 세종대왕은 고유 문자의 창제를 구상하였다. 그렇다면 정치 지도자로서 탁월한 역량을 지닌 세종대왕은 분명히 고유 문자가 여러 가지 목적에 부합하여야 창제의 명분이 서리라는 것을 알고 있었을 것이다. 그러던 중 마침 세종대왕은 그 명분을 찾게 되었다. 원래 학문을 좋아하고 특히 중국 운학韻學: 한자음을 연구하는 중국식 음운학에 조예가 깊던 세종대왕은 우리나라의 한자음이 중국의 한자음과 너무나 많은 차이를 보인다는 점에 관심을 갖게 되었다. 한자음의 문제는 중국에서도 오랜 골칫거리의 하나였다. 방대한 중국 전 지역에 시대의 흐름에 따라 하나의 한자가 여러 개의 음으로 읽혀진다는 것은 어쩔 수 없는 자연스런 현상이었다. 그러나 문화적 통일을 염원하는 관점에서는 모든 한자음이 통일되어 하나의 글자는 온 나라가 하나의 음으로 읽히는 것이 좋겠다는 생각을 하게 마련이다. 그리하여 명나라가 자리를 잡자, 한자음의 통일을 이룩하기 위하여 ≪홍무정운洪武正韻≫이라는 책을 만들게 되었다. 이 책은 그 당시 중국 명나라의 통일 한자음 사전이라고 할 수 있는 책이었다. 세종대왕께서는 바로 이 책에 관심을 두신 것이었다. 우리나라는 비록 중국 명나라와는 다른 민족이요, 언어도 다르지만, 같은 한자를 쓰는 처지에서 가능하다면 명나라가 사용하는 한자음과 같거나 비슷한 한자음을 사용한다면 얼마나 국제 문화교류에 편리할까 하는 생각을 하신 것이었다. 그래서 우리 조선도 명나라의 ≪홍무정운≫과 같은 책을 만들면 좋겠다는 착안을 하기에 이르렀다. 그리하여 우리나라의 통일된 한자음 사전이라고 할 수 있는 ≪동국정운東國正韻≫이란 책을 구상하게 되었던 것이다. 그러자니 한자음을 표기할 발음 기호가 필요하게 되었다. 여기에 이르러 세종대왕의 머리속에 떠오른 고유 문자의 필요성은 여러 가지 목적에 부합한다는 명분을 찾기에 이르렀던 것이 아닐까 싶다. 오백여 년이 지난 오늘에 와서 세종대왕께서 마음속에 어떤 결정을 하셨기에 훈민정음이 창제되었던 것일까 하는 것을 가볍게 추측한다는 것은 대단히 경솔한 일임에 틀림없다. 그러나 그 당시에 일어났던 모든 사건을 면밀히 검토하면 세종대왕의 심증에 있었던 탁월한 치세의 경륜을 헤아려 봄직도 한 것이다. 우선 세종대왕의 결의를 우리는 다음과 같이 정리해 보기로 하자.

우리 배달민족은 수천 년 동안 독자적인 나라를 이룩하고 고유한 우리말을 사용하며 우리 나름의 독특한 문화생활을 누려 왔다. 그러므로 우리 민족도 이웃해 있는 중국 민족이나 몽고 민족처럼 고유한 우리말을 적는 우리 민족만의 문자를 가져야 하겠다. 이웃 나라가 모두 자기

네 문자가 있는 터에 우리가 우리의 고유 문자가 없다는 것은 말이 안 된다. 이제 만일 새로운 문자를 만든다면 그것을 훈민정음訓民正音: 백성을 가르치는 바른 소리글자이라고 하자. 그러면 이 문자는 다음의 세 가지 방면으로 활용이 될 수 있을 것이다.

첫째, 한자를 모르는 무식한 일반 백성들이 쉽게 이 글자를 익혀서 자기의 생각과 느낌을 나타낼 수 있을 것이 아닌가. 한자를 배우지 않고도 일반 백성들이 글을 안다는 자부심을 심어 주고 또한 생활에 편의를 준다면 이 얼마나 좋은 일인가?

둘째, 우리나라도 오랜 세월 한자음이 제멋대로 변천해 왔으므로 한자음을 통일할 필요가 있다. 가능한 한 중국 명나라의 한자음과 같게 하되 우리나라 사정에 맞추어 개혁해야겠다. 이때에 새로 만든 훈민정음으로 그 한자음을 적도록 하면 좋을 것이다. 종래에 한자음을 표시하기 위하여 다른 한자를 이용하는 반절법半切法을 써 왔는데, 이런 방법은 부정확을 면하기 어려우니 훈민정음의 필요성은 대단히 시급한 것이다. 이제 그 한자음 사전을 ≪동국정운東國正韻≫이라 하고 거기에는 훈민정음으로 한자의 음을 적도록 해야 하겠다.

셋째, 우리나라도 국제 사회의 일원인 만큼 이웃 나라와의 외교 관계가 원활해야 하고 문화 교류도 활발해야 한다. 우리나라는 중국의 명나라하고만 상대하고 살 수는 없다. 그러므로, 다른 이웃 나라의 말도 배워야 하고 풍습도 익혀야 하겠다. 이 때 그 나라의 말을 새로 지은 훈민정음으로 적는다면 역관譯官: 통역을 맡아 보는 조선 시대의 관리들이 얼마나 쉽게 외국어를 배울 수 있을 것인가?

세종대왕의 이러한 생각은 세종대왕이 아니고서는 상상할 수도 없는 탁견이었다. 간단히 요약하자면 훈민정음을 창제하여 (가) 고유어 (나) 외래어즉, 한자 (다) 외국어의 세 가지를 두루 적자고 하는 것이니

이 얼마나 효율성이 높은 문자인가?

훈민정음이 고유어를 적는다고 하는 것은 훈민정음 창제의 첫 번째 목적이었거니와 그 목적을 분명하게 밝힌 글은 훈민정음 서문을 보면 알 수 있다. 먼저 원문대로 적고 풀이하면 다음과 같다.

> 나랏말ᄊᆞ미 中國에 달아 文字와로 서르 ᄉᆞᄆᆞᆺ디 아니ᄒᆞᆯᄊᆡ 이런 젼ᄎᆞ로 어린 百姓이 니르고져 ᄒᆞᇙ 배 이셔도 ᄆᆞᄎᆞᆷ내 제ᄠᅳ들 시러펴디 몯ᄒᆞᇙ 노미 하니라 내 이ᄅᆞᆯ 爲ᄒᆞ야 어엿비 너겨 새로 스믈여듧字ᄅᆞᆯ ᄆᆡᇰᄀᆞ노니 사ᄅᆞᆷ마다 ᄒᆡᅇᅧ 수ᄫᅵ 니겨 날로 ᄡᅮ메 便安킈 ᄒᆞ고져 ᄒᆞᇙ ᄯᆞᄅᆞ미니라.
>
> (우리나라 말은 중국과는 달라서 중국말을 적는 한자와는 서로 통하지 아니하므로, 이런 까닭으로 배우지 못한 어리석은 백성이 말하고자 할 것이 있어도 결국은 자기 생각을 제대로 나타내지 못하는 사람이 많으니라. 내가 이것을 생각하고 가엾게 여기어 새로 스물 여덟 글자를 만들었으니, 사람마다 하여금 쉽게 익혀 매일같이 사용하기에 편안하게 하고자 할 따름이니라.)

두 번째 목적인 한자음 표기를 위해서는 ≪동국정운≫을 간행한 것이 첫째로 꼽혀야 한다. 이 책은 얼마 전까지만 하여도 첫째 권과 여섯째 권, 두 권만 전해 오고 있었으나 전질 6권이 최근에 발견됨으로써 그 책의 완전한 모습을 알게 되었다. 이 ≪동국정운≫을 간행하는 것과 더불어 중국 운학韻學에 관한 다른 책들도 간행되었다. ≪사성통고四聲通故≫, ≪홍무정운역훈洪武正韻譯訓≫ 같은 책이 모두 ≪동국정운≫이 간행된 뒤에 나온 중국 운학에 관한 책들이다. ≪운해언해韻解諺解≫란 책도 간행하기로 결정하였으나 이 책은 최만리崔萬里의 상소에 부딪쳐 세상에 빛을 보지 못하였다.

　세 번째 목적인 외국어의 표기를 위한 서적의 간행은 세종대왕 당시에는 실현을 보지 못하였다. 아마 뜻만 있었을 뿐 책을 간행하는 데까지는 힘이 미치지 못했던 것이 아닌가 싶다. ≪용비어천가龍飛御天歌≫, ≪석보상절釋譜詳節≫, ≪월인천강지곡月印千江之曲≫과 그 외의 많은 불경 언해들, 그리고 ≪동국정운≫, ≪홍무정운역훈≫같은 책을 간행하기 위해 쏟은 정력이 그 당시로서는 벅찬 사업이 아니었을까 추측된다. 그 후 17세기 이후부터는 ≪어록해語錄解≫, ≪외어유해倭語類解≫, ≪동문유해同文類解≫, ≪몽어유해蒙語類解≫ 등 중국어, 일본어, 만주어, 몽고어 학습서들이 쏟아져 나와 세종대왕의 세 번째 목적이 실현을 보게 되었다.

　그러면 다시 한 번 돌이켜 보자. 세종대왕이 훈민정음을 만들기로 결정한 생각은 오늘날 우리가 한글에 대하여 가지고 있는 생각과 비교해 볼 때 같은 점은 무엇이며 다른 점은 무엇일까? 고유 문자가 없는 우리나라에 문화 민족으로서 긍지를 지닐 수 있는 고유 문자를 가져야겠다는 점에서 있어서는 세종대왕이나 오늘을 사는 우리들이나 다를 바가 없다. 그러나, 분명히 다른 것이 하나 있다. 세종대왕은 훈민정음을 창제함으로써 그 때까지 사용하던 한자를 전면적으로 폐지하려는 생각은 꿈에도 가져 보지 않았다. 그것은 사대 모화의 정신에 위반되어서라기보다 진정한 의미에서의 문자는 한자漢字뿐이라는 고정관념을 벗어나지 못하고 있었기 때문이다. 오히려 세종대왕은 한자 사용을 보다 원활히 하기 위하여 한자음의 통일화 작업을 펴기 위한 수단으로 훈민정음을 이용하려고 하였고 실제로 ≪동국정운≫을 만들면서 훈민정음을 유효적절하게 이용하였다. 그렇다면 세종대왕에게 있어서 한자가 제1문자라면 훈민정음은 제2문자의 역할을 담당하였다고 할 수 있다.

21세기 초에 이른 오늘에 와서 우리들이 한글을 우리 민족의 제1문 자로 삼아 한글만 쓰기 운동을 벌이는 것은 오늘의 시대사상에 맞는 것이요, 역사의 흐름에 따르는 것이지만 이러한 생각이 세종대왕 시절 에도 있었다고 생각하는 것은 잘못이라고 하겠다. 그러면 그렇다고 하여 세종대왕의 위대한 업적이 과소평가되는 것인가? 결코 그렇지는 않다. 그 시대에 이미 민족의 장래를 염려하고 백성들의 불편을 덜어 주기 위하여 비록 제2문자의 자격을 준 훈민정음이지만 그것을 만들었 다는 사실은 우리 민족의 영원한 미래와 함께 길이 기억되어야 할 사건이요 훈민정음은 우리에게 있어 민족 슬기의 금자탑으로 존속한 다는 것은 움직일 수 없는 진리로 남아 있어야 하겠다. 이러한 결론에 도달했을 때, 세종대왕에 대한 애정이 컸던 사람들은 그래도 세종대왕 이 한글 전용주의자이었을 것이라는 착각에서 헤어나지 못하는 수가 있다. 그러나, 그런 생각은 하나의 낭만적인 감상주의이지 역사적 사 실을 냉철하게 바라보는 지성인의 태도가 아니다. 세종대왕 당시에 간행된 어떤 책을 보아도 한자를 내버리고 한글만 쓰기를 주장한 흔적 은 하나도 찾을 수가 없다.

보다 중요한 것은 현재의 시점에서 한글을 더욱 아끼고 사랑하면서 한글과 한자를 조화롭게 활용함으로써 세종대왕의 이상을 한 차원 높이 실현시키는 일이라고 하겠다. 이것이 진정으로 세종대왕을 사랑 하는 바른 길이라고 생각된다.

2. 훈민정음의 제자 원리

한글의 글자 모양은 무엇을 바탕으로 하고 어떤 원리에 의하여 결정된 것일까? 이러한 의문은 한글이 창제된 후로부터 학자들 간에 끊임없이 제기되었던 문제였다. 한글이 만들어진 경위를 소상하게 설명해 주는 기록이 없기 때문에 이 의문은 시대를 내려오면서 계속하여 추측에 추측을 더하여 왔었다. 지금까지의 흐름을 보면 대략 네 가지로 나누어 볼 수 있다.

첫째는, 고전 기원설古篆起源說이다.

이것은 세종실록 25년 12월조에 있는 기록'이 달에 임금께서 친히 언문 28자를 지으셨는데 그 글자는 고전古篆을 본뜬 것이다.'을 근거로 한다. 실록에 적혀 있는 내용이니 가장 신빙성 있는 것이라 할 수 있으나 고전을 도대체 어떻게 본뜬 것인지 알 수가 없어서 의문은 여전히 해결이 되지 않은 채 남아 있는 형편이다. 고전古篆은 옛날 중국 사람들이 사용하던 한자 모양의 한 가지로 글자 모양이 다분히 예술적인 모습을 띠고 있다. 원래 한자는 사물의 모양을 그린 상형象形을 기본으로 하는데, 그 상형에 새로운 조형미를 보태어 변형시킨 것이 '전篆'이라는 글자이다. '고전'은 옛날에 쓰던 '전'이라는 뜻이다. 정인지鄭麟趾도 ≪훈민정음≫ 뒷글에 한글이 고전을 본뜬 것이라 하였고 이덕무李德懋의 ≪청장관전서靑莊館全書≫에도 고전기원설을 주장하였다.

둘째는, 범자 기원설梵字起源說이다.

성현成俔의 ≪용재총화慵齋叢話≫, 이수광李晬光의 ≪지봉유설芝峰類說≫, 황윤석黃胤錫의 ≪운학본원韻學本源≫, 이능화李能和의 ≪조선불교통사朝鮮佛敎通史≫같은 책에는 한결같이 한글이 고대의 인도 문자인 산스크리트sanskrit 문자이것을 범자梵字라 함를 본뜬 것이라고 주장하였다. 이 학설은 19세기에 이르러 서양 학자들에게 인기를 끌었고, 최근에 미국 학자도 여기에 동조하여 상당히 생명력이 질긴 학설이 되었다. 대체로 불교와 관련지었을 때 설정해 볼 수 있는 가설이라고 생각된다. 그러나 우리나라 사람들이 불경의 원문이 산스크리트 경전을 직접 읽고 풀이하는 경우가 없지는 않았을 터이지만 대부분의 경우에 한문으로 번역된 불경을 읽었을 것이므로 산스크리트가 우리나라 사람들에게 널리 알려지지는 않았을 것이다. 비록 승려라 할지라도 산스크리트로 경문을 읽는 예는 극히 제한되어 있었고 그것도 한자나 한글로 음역音譯된 것을 사용하였다. 따라서 우리나라 사람들에게 일반적으로 생소한 문자인 산스크리트 문자 곧 범자가 한글 글자의 본보기가 되었다고 하기에는 많은 무리가 따른다. 물론 한글 문자를 만드는 데 관여한 학자들이 산스크리트 문자를 잘 알고 있었고 또 그것을 참조하였을 가능성은 얼마든지 있을 수 있다. 그러나 한두 글자의 모양이 비슷하다 하여 그것을 모방하였다고 말하는 것은 지나친 비약이 아닐 수 없다.

셋째는 몽고자 기원설蒙古字起源說이다.

이익李翼의 ≪성호새설星湖塞說≫에서 비롯된 설이다. 이 책에는 신숙주가 요동에 귀양 가 있던 명나라 학자 황찬黃瓚에게 찾아간 것은 멸망한 지 얼마 안 되는 원나라의 파스파 문자에 대하여 물으러 갔으리라는 추측을 하고 있다.

유희柳僖의 ≪언문지諺文誌≫에도 '세종대왕 시절에 신하들에게 명하여 몽고 글자를 본떠 언문을 지었다. 이 언문은 비록 몽고에서 시작되었으나 우리나라에 와서 완성되었다.'는 기록이 보인다. 이것이 몽고자 기원설의 시작이다. 그러나 유희의 이 글은 이익의 설을 논증 없이 인용하고 있어서 무책임한 발설이라는 인상을 풍긴다. 혹시 몽고 문자가 소리 글자이고 고려 시대에 우리나라 사람의 상당수가 몽고 문자를 익혔을 것이므로 몽고 문자와 같은 소리 글자에 대한 필요성이 항간에 두루 유포되어 있다가 한글이 창제되자 이것을 몽고 문자에 연관시킨 세간의 속설을 유희가 ≪언문지≫에 적은 것이나 아닌가 짐작하게 한다.

넷째는 그 밖의 여러 가지 설이다.

한글 문자의 기원에 관한 추측은, 서장西藏: 티베트 문자, 팔리Pali 문자와의 관련설까지 낳게 하였다. 심지어 우리나라 한옥韓屋의 창살을 보고 지었을 것이라는 민간의 속설도 어린이들 사이에서는 심심치 않게 전파되던 적이 있었다. 하기는 창살을 부분적으로 끊어 보면 거기에 ㄱㄴㄷㄹㅁㅂ, ㅏㅑㅓㅕㅗㅛㅜㅠ 같은 글자를 찾아낼 수 있는 것은 사실이다. 그러나, 단순히 모양이 비슷하다고 하여 그것이 그대로 문자가 되었다고 할 수 없다. 거기에는 기역자가 'ㄱ'이 되고 '아'자가 'ㅏ'로 되어야 할 필연적인 이유가 있어야 한다.

그러므로, 우리가 현재 가장 신빙성 있는 기원설로 믿어야 할 것은 세종실록에 적혀 있는 대로 고전古篆 기원설밖에 없다. 우리말의 자음훈민정음의 초성과 모음훈민정음의 중성을 올바로 이해하고 그 체계를 수립해 놓은 훈민정음 창제의 종사자들이 그들 각 음소音素: 소리의 단위를 대표할 문자를 정하려 할 때 이미 잘 알고 있는 문자들 속에서 찾으려 하는 것은 가장 자연스런 일이라고 생각된다. 그런데, 그 당시 훈민정

음 창제자들이 가장 잘 아는 문자는 무엇보다도 한자였다. 한자는 상
형象形 초기의 갑골문자甲骨文字: 거북의 등이나, 짐승 뼈에 적힌 초기의 한문
글자로부터 금석문金石文에 새길 때 쓰던 전篆자, 도장을 새길 때나 현판
懸板 같은 데에 쓰이는 예隸자, 그리고, 해서자偕書字: 또박또박 붓글씨 쓸
때 쓰는 글자, 행서자行書字: 반흘림체 글자, 초서자草書字: 완전한 흘림체 글자에
이르기까지 하나의 한자에 수십 가지 글자 모양을 그 분들은 잘 알고
있었다. 그러나, 그러한 글자에서 직접 훈민정음 글자 모양을 쉽게
얻어낼 수 있었던 것은 아니었다. 다만 기본이 되는 글자 형태를 찾으
려고 애썼을 터인데, 이때에 고전古篆자 가운데에 혹 훈민정음의 초성
자나 중성자의 모양과 비슷한 것이 있어서 거기에서 어떤 착상을 얻었
을 가능성이 있다. 그렇지 않다면 다음과 같은 상상도 가능하다.

　우리 인간이 생각할 수 있는 가장 단순한 도형圖形이 무엇일까를
먼저 생각해 본다. 그것은 두 가지 계열이 있다. 하나는 평면성을 띤
것이고 또 하나는 단순히 선으로 된 것이다. 평면성을 띤 것으로 가장
단순한 도형은 동그라미, 네모꼴, 세모꼴(○□△)일 것이며, 선으로
된 것으로 가장 단순한 것은 선의 기초가 되는 점과 수평선, 수직선(·
− ㅣ)일 것이다. 따지고 보면 훈민정음의 글자 모양은 이들 여섯 가지
도형의 다양한 변형과 복합에 지나지 않는다. 동그라미와 네모, 세모
는 훈민정음 초성자의 기초가 되었고, 점, 수평선, 수직선은 훈민정음
중성자의 기초가 되었다. 이들 도형의 여러 가지 변형이 결과적으로
고전古篆자와 비슷하였으므로 훈민정음의 글자 모양이 고전을 닮았다
고 기록했을 것이 아닌가 추측해 볼 수 있다. 그러나, 그 어떠한 것도
단정해서 말할 수는 없다.

근자에도 심심치 않게 훈민정음 초성자가 파스파문자를 본땄다고
주장하는 이야기를 듣는다. 그러나 그것이 얼마나 허망한 소리인가를
증명하기 위하여 다음에 훈민정음 초성자와 파스파 문자의 대비표를
보인다.

한글과 파스파문자의 비교

훈민정음	ㄱ	ㅋ	ㄲ	ㅇ	ㄷ	ㅌ	ㄸ	ㄴ	ㅂ	ㅍ	ㅃ	ㅁ
파스파문자												

	牙音	舌音	脣音		齒音		喉音4)	半舌音	半齒音
			脣重音	脣輕音	齒頭·音	正齒音			
全淸	ㄱ(見)	ㄷ(端)	ㅂ(幫)	ㅸ(非)	ㅈ(精)	ㅈ(照)	ㆆ(影)		
次淸	ㅋ(溪)	ㅌ(透)	ㅍ(滂)	ㆄ(敷)	ㅊ(淸)	ㅊ(穿)	ㅎ(曉)		
全濁	ㄲ(群)	ㄸ(定)	ㅃ(並)	ㅹ(奉)	ㅉ(從)	ㅉ(床)	ㆅ(匣)		
不淸 不濁	ㅇ(疑)	ㄴ(泥) ㄴ(娘)	ㅁ(明)	ㅱ(微)			ㅇ(喩) ㅇ(么)	ㄹ(來)	ㅿ(日)
全淸					ㅅ(心)	ㅅ(審)			
全濁					ㅆ(邪)	ㅆ(禪)			

한편, 훈민정음의 초성자와 중성자들이 각각 그러한 모양을 지니게
된 이론적 배경에 대해서는 1940년에 ≪해례본 훈민정음解例本訓民正
音≫이 발견되기까지 자신 있게 말하는 사람이 없었다. ≪해례본 훈민
정음≫은 서적으로서는 첫손에 꼽히는 국보급 문화재로서 서울 성북
동에 있는 간송澗松 미술관에 소장되어 있는데, 그 내용은 본문, 해례解
例 및 정인지의 뒷글後序로 되어 있다. 본문은 어제 서문御製序文과 예의
例義로 나뉘어있고, 해례는 제자해制字解, 초성해初聲解, 중성해中聲解,
종성해終聲解, 합자해合字解, 용자례用字例의 여섯 부분으로 나뉘어 있으

며 정인지의 후서에는 새 글자를 창제한 이유와 창제자, 그리고 새 글자의 우수성을 밝히고 있다.

이 책에 따르면 훈민정음의 글자를 지은 원리는 상형象形임을 알게 된다. 초성인 자음은 발음 기관을 상형한 것이고, 중성인 모음은 하늘, 땅, 사람을 가리키는 삼재三才를 상형한 것으로 되어 있다. 자음의 기본은 입안에서 소리를 만드는 다섯 개의 기관에 근거하였다.

첫째, 'ㄱ'은 어금니 소리로 혀뿌리가 목구멍을 막는 모양,

둘째, 'ㄴ'은 혀 소리로 혀끝이 위쪽 입천장에 붙는 모양,

셋째, 'ㅁ'은 입술 소리로 입의 모양,

넷째, 'ㅅ'은 잇소리로 이빨 모양,

다섯째, 'ㅇ'은 목구멍 소리로 목구멍 뚫린 모양.

그리고, 이 다섯 개의 기본 자음이 획을 덧보태면서 더 거센 소리로 바뀌는 것을 나타내도록 배려한 것이라 하였다. 한편, 모음의 기본자 'ㆍ'는 둥근 점으로서 하늘의 둥근 모양을 본뜬 것이고, 'ㅡ'는 평평한 선으로 땅의 모양을 본뜬 것이며, 'ㅣ'는 곧게 세운 선으로 사람이 땅 위에 서 있음을 나타낸 것이라 하였다. ≪해례본 훈민정음≫의 제자해制字解에 풀이해 놓은 위의 내용들을 가만히 검토하노라면 훈민정음 창제자들의 심오한 슬기에 저절로 고개가 숙여진다. 그 당시 중국에서 발전한 높은 수준의 음운학과 철학을 유효적절하게 응용하여 이토록 우리말을 거의 완벽하게 적을 수 있도록 했다는 것은 문자 그대로 신령神靈의 능력이지 도저히 인간의 지혜로 이룩된 것이라고 하기 어려울 정도다.

훈민정음은 분명 우리 조상이 지은 것이요, 자손만대에까지 우리

민족과 함께 영속할 우리의 문자이다.

3. 한글날은 언제인가?

한국 사람이라면 10월 9일이 한글날이요, 이 날을 공휴일로 정하고 우리나라가 독자적인 문자를 갖고 있는 문화 민족임을 스스로 축하한다는 것을 모르는 사람은 없다. 그러면, 10월 9일이 정말로 한글날인가? 한글 창제를 기념하기 위하여 어떤 날 하루를 정해 놓고, 그 날 하루를 즐겁고 기쁜 마음으로 쉰다는 것은 어느 모로 보나 합당한 일임에 틀림없다. 그러나, 그렇게 정해 놓은 날이 그럴 만한 충분한 이유가 없을 때에는 그 날짜는 잘못 잡은 것이 된다. 우리의 한글날도 자세히 검토해 보면 잘못 잡았다는 느낌이 들 때가 있다.

불행하게도 우리는 한글이 어떤 과정을 거쳐서 오늘날 우리가 사용하는 한글의 형태를 갖게 되었는지 모른다. 또 불행하게도 우리는 한글이 완성된 날을 알 수 없다. 한글, 즉 훈민정음訓民正音의 창제에 관한 가장 정확하고 믿을 만한 기록은 세종실록世宗實錄에 나오는 다음의 두 가지뿐이다.

첫째, 세종 25년1443 A.D. 12월의 기사.

이 달에 상上, 즉 세종께서 친히 언문 28자를 지으셨다.

둘째, 세종 28년1446 A.D. 9월의 기사.

이 달에 훈민정음이 완성成되었다.

현재의 한글날은 둘째 기록을 근거로 하고 있다. 그런데, 언뜻 보아 이 두 기록은 서로 모순되는 것처럼 보인다. 세종 25년에 세종대왕께서 친히 한글을 지으셨다고 해 놓고, 다시 세종 28년에 훈민정음이 완성되었다고 했으니 이렇게 엇갈리는 기록이 있을 수 있는가? 더구나 세종 27년1445 A.D. 4월 5일자의 실록 기사에는 '용비어천가龍飛御天歌의 원고가 탈고되어 출판할 것을 명하였다.'는 기록이 있고 보면 우리의 혼란은 걷잡을 수가 없게 된다. 그래서, 한 때 이 기록을 합리적으로 해석해 보려는 노력으로 다음과 같은 추정을 했던 적이 있었다.

"훈민정음은 원래 세종 25년 12월에 완성되기는 했으나 아직 고쳐야 할 점이 남아 있었으므로 세종 27년에 용비어천가를 시험 삼아 지어 보기로 하였다. 그랬더니 과연 수정할 점이 많이 있어서 그것을 고치고 다듬어 세종 28년 9월에 드디어 완결된 훈민정음을 세상에 선포하였다."

세종실록에 적혀 있는 세 군데 기사를 꿰어 맞추어 소설을 꾸며 놓은 이 이야기는 한 때 국어 선생님들의 입에서 입으로 전해지면서 움직일 수 없는 정설로 굳어 가는 듯하였다. 그러나, 이 이야기의 잘못됨은 세종 28년 9월의 기사 '이 달에 훈민정음이 완성되었다.是月訓民正音成'는 기록을 잘못 해석함으로써 발생된 것임이 드러났다. 흔히 무엇이 완성되었다고 할 때에 쓰는 이룰 성成자는 책의 원고가 완성되었거나, 책이 다 만들어져서 임금님께 보고하는 뜻에서 그 원고나 책을 바칠 때에 사용한 것임이 밝혀졌기 때문이다. 따라서, 세종 28년 9월에 완성된 것은 ≪훈민정음≫이라는 책, 또는 아직 책이 되기 전에 붓으로 쓴 원고 뭉치였다. 오늘날 이 책은 ≪해례본 훈민정음解例本訓民正音≫이라 하여 훈민정음이 어떤 철학적 배경과 언어학적 이론을 가지고 만들어졌는가를 알려 주는 유일한 근거가 되고 있다. 그러니까, '훈민정음'이란 낱말은 한편으로는 문자의 이름이지만 다른 한편으로는 그 문자의 이론 배경을 해설한 책이기도 하다. 그래서 국어학을 공부하는 사람들은 책을 뜻하는 ≪훈민정음≫을 말할 때에는 반드시 '해례본'이라든가 '언해본'이라는 말을 관형어로 붙여서 그것이 책이라는 점을 분명하게 한다.

그런데, 앞에서도 밝혔듯이 우리가 기념하는 10월 9일 한글날은 세종 28년 9월의 기사와 해례본에 적힌 정인지의 글에 9월 상순10일이라고 한 것에 근거하여 그것을 양력으로 환산하여 정한 것이다. 그렇다면, 이 날은 정확하게 말하면 ≪해례본 훈민정음≫의 원고가 완성되어 세종대왕께 보고한 날을 기념하는 것이 된다. 그래서, 이 날보다는 차라리 세종 25년 12월에 이미 '언문 28자를 임금께서 친히 지으셨다'는 기록이 있으니 그것을 근거로 하여 한글날을 정하는 것이 보다 사실에 가까운 한글날이라고 주장하는 학자도 있다. 만일 이 주장에 따르면 양력으로 1월에 한글날을 두게 된다. 정확을 기하려면 당연히 한글날이 1월로 옮겨져야 할 것이다. 그렇지만 10월 9일도 한글과 관련이 깊은 것이고 또 계절로 보아서 한로寒露 무렵의 삽상한 가을날, 들과 산으로 놀러 나가 우리 민족이 이 세상에서 유일하게 고유문자 제정 기념일을 갖고 있는 문화 민족임을 자각하는 것도 좋으리라는 관점에서 한글날을 옮기자는 논의는 설득력을 잃고 있는 실정이다. 우리는

10월 9일 한글날을 맞을 적마다, 이 사실을 분명하게 알고 지내야 할 것이다.

4. 만일 우리가 세종대왕을 만난다면

갖가지 꽃이 흐드러지게 피어 있는 맑고 따뜻한 어느 봄날, 아니면 소슬한 가을 바람이 옷깃을 여미게 하고 단풍든 나뭇잎이 꽃처럼 아롱진 어느 가을날, 다정한 친구 몇이서 창덕궁의 비원을 거닌다고 상상해 보자. 그러다가 문득 어느 뜨락에서 오백 오십여 년 전의 세종대왕을 뵈었다고 가정해 보자. 세종대왕을 흠모하고 사랑하여 마지않는 우리들은 대왕을 뵙게 된 것이 얼마나 영광스럽고 감격할 일인가! 그래서 우리는 대왕 앞에 부복하며 "전하, 이렇게 지척에서 뵙게 되오니 무한한 광영이옵니다."라고 배알의 인사를 드리게 될 것이다. 자상하신 대왕은 우리를 가까운 정자로 부르실 것이고 즐거운 담소가 시작될 것이다.

그런데, 문제는 여기서부터 비롯한다. 과연 우리는 세종대왕과 불편 없는 대화를 나눌 수 있을 것인가 하는 문제를 생각해 보아야 한다. 다 같은 한국말이지만 15세기의 말과 21세기의 말은 같을 수가 없다. 10년이면 강산도 변한다고 하는데 자그마치 오백 오십여 년의 세월이 흐르는 동안 우리 한국말은 실로 몰라보게 변했을 것임에 틀림없다. 외국어를 배우듯이 몇 년씩 고생할 필요는 없겠지만 그래도 최소한 몇 달 동안의 집중적인 공부를 하지 않는다면, 그토록 존경하는 세종대왕이지만 우리는 그 분과 대화를 나눌 수가 없다.

자, 이제는 세종대왕과 대화를 나누기 위한 수련을 쌓는다는 기분으로 15세기 우리말의 특성을 간략하게 살펴보기로 하자. 하나의 언어를 전반적으로 정리하는 방법은 여러 가지가 있겠지만 전통적으로 말소리, 낱말, 문장 만들기의 세 가지 방면으로 검토하는 것이 일반화되어 있다. 말소리 분야는 음운音韻론이라 하여 한 언어가 지닌 자음과 모음, 그리고 소리의 높낮이와 세고 여림을 따진다. 낱말 분야는 어휘語彙론이라 하여 어떤 낱말이 언제 생기고, 언제 없어졌으며, 그 뜻은 어떻게 변했는가를 따진다. 문장 만들기 분야는 문법文法론이라 하여 어떤 문장이 그 시대 환경에 가장 좋은 문장인가를 따진다.

그러면, 이제 15세기 국어의 음운론 문제를 생각해 보자. 무엇보다도 현대 국어와 비교하여 가장 두드러진 것은 15세기 말에는 성조聲調가 있다는 점이다. 이 성조를 가진 외국어로는 중국어, 월남어 같은 것들이 있는데 우리 한국어도 15세기에는 성조를 가지고 있었다. 물론 현대의 경상도 말에는 이 성조의 흔적이 남아 있으나 서울을 중심으로 한 중부 지방 사람들은 경상도 방언의 성조를 구별하지 못한다. 경상도 사람들이 표준어를 빨리 배우지 못하는 것도 이 성조 때문이 아닌가 싶다. 15세기의 성조는 크게 두 가지가 있었다. 하나는 평성平聲이라고 하는 낮은 소리이고, 또 하나는 거성去聲이라고 하는 높은 소리이다. 그런데 처음에는 낮았다가 나중에는 높은 소리를 가진 복합 성조가 더 있어서 결국은 세 가지 성조가 있었던 셈이다. 처음엔 낮았다가 나중에 높은 소리는 상성上聲이라 하였는데 이런 성조를 가졌던 낱말은 현대어에서 모두 소리가 길게 발음되는 장음을 갖게 되었다. 이 성조의 중요성은 같은 소리라도 그 소리가 낮으냐 높으냐에 따라 뜻이 다른 낱말이 된다는 점이다. 가령 평성의 '손[賓]'은 손님이란 뜻의 낱말이며, 거성의 '손[手]'은 손발의 손을 뜻하는 낱말이다. 거성과 상성의 차이도 평성과 거성의 차이처럼 중요하다. 높은 소리인 거성의 '말[斗]'은 한 말, 두 말하는 분량의 단위이며 긴 소리인 상성의 '말[言]'은 우리가 사용하는 언어를 가리킨다. 15세기 문헌에는 이들 성조가 방점傍點이란 것으로 글자의 왼쪽에 점을 찍어 표시하였다. 점이 없는 것은 평성이었고, 점이 하나면 거성이며, 점이 둘 있으면 상성을 표시하였다.

《해례본 훈민정음》의 예의例義 편에는 이 성조에 대한 설명이 다음과 같이 간결하게 적혀 있다.

> 왼쪽에 점이 하나면 거성이요, 둘이면 상성이고, 점이 없으면 평성이다. 입성入聲은 점 찍는 것은 같으나 그 발음이 급하게 끝난다.

이것을 보면, 성조의 이름으로 거성, 상성, 평성, 입성의 네 가지가 있음을 알 수 있다. 입성은 음절 끝에 'ㄱ' 'ㄷ' 'ㅂ'을 받침으로 가진 모든 소리를 가리키는 것으로서 입성이면서 반드시 거성, 상성, 평성 가운데 하나를 가지게 되어 있으므로 입성은 실질적으로 성조는 아니다. 그런데 '평성, 거성, 상성, 입성'의 네 가지 이름을 만든 것은 그 당시 중국의 표준 성조가 네 개였기 때문에 우리나라의 성조도 명칭으로나마 네 개를 만들어 중국어와 짝을 맞추려 한 때문이다. 문화적으로 독자성을 추구하려고 하면서도 이처럼 중국적인 사고방식에서 과감하게 벗어나지 못한 것은 역시 그 당시 지성인들의 한계라고 하겠다.

15세기 우리말에서 또 한 가지 두드러진 음운 현상은 모음조화母音調

和이다. 현대어에서도 모음조화 현상이 전혀 없는 것은 아니지만 15세기에는 그것이 더욱 엄격하였다. 모음조화는, 밝은 느낌을 주는 양성陽性모음은 양성모음끼리 어울리고, 어두운 느낌을 주는 음성陰性모음은 음성모음끼리 어울리는 현상인데 15세기의 양성모음에는 '·ㅗㅏ'의 세 가지가 있었고 음성모음에는 'ㅡㅜㅓ'의 세 가지가 있었다. 그리고 중성모음에 'ㅣ' 하나가 있어서 단모음單母音; 홀홀소리은 모두 7개였다. 그런데 어떤 낱말의 첫 음절이 양성모음으로 시작되면 그 다음 음절의 모음도 양성이어야 하고 또 그 다음에 오는 조사助詞도 역시 양성 모음이어야 한다. 그러니까 '가슴[胸]'이란 낱말은 'ㅏ와 ·'로 어울린 것이고, 그 다음에 '이'라는 조사가 오는 것은 중성이니까 상관없으나 '은'과 '은' 두 개의 조사 중에서 '가슴'과 결합할 수 있는 것은 '은'뿐이다. 이렇게 엄격하게 지켜지던 모음조화 현상은 그 후 점차 사라지기 시작했는데 그 중요한 원인의 하나는 '·'의 음가소리값가 불안정해졌기 때문이다. 현대어에서는 '부드럽다'는 낱말이 하나뿐이지만 15세기에는 '보드랍다'와 쌍을 이루고 있으면서 각기 다른 느낌을 나타내는 데 사용되었다. 현대어에서의 모음조화는 의성 의태어擬聲擬態語: 소리 시늉말과 태도 시늉말에서 비교적 잘 보존되어 있다. '아장아장'과 '어정어정', '달랑달랑'과 '덜렁덜렁', 그러나 '깡총깡총'은 어느새 부자연스런 표현이 되었고 '깡충깡충'이 자연스럽게 느껴지는 것으로 보아 의성 의태어에서 잘 지켜지던 모음조화도 그 위력을 점차 상실하는 듯한 인상을 준다.

15세기에는 첫소리로 쓰이던 단자음單子音: 홑닿소리이 16개 아니면 17개쯤 되었을 것으로 짐작된다. 'ㄱㅋㅇ, ㄷㅌㄴㄹ, ㅂㅍㅁㅸ, ㅈㅊㅅㅿ, ㆆㅎㅇ'의 17개 중에서 'ㅇ'이 음절 첫소리에 음가가 없는 것이므로 빼 버린다면 16개가 된다. 훈민정음 초성 체계에는 각자 병서各字竝書라 하여 'ㄲ, ㄸ, ㅃ, ㅆ, ㅉ, ㆅ'이 들어 있었으나 이것들의 음가가 정확하게 무엇을 나타내는 것이었는지는 알 수가 없다. 오늘날 우리는 된소리의 표기로 이것들을 사용하지만, 15세기에는 된소리의 표기가 'ᄭ, ᄯ, ᄲ;ᄠ, ᄡ, ᄧ, ᄩ; ᄢ, ᄳ' 같은 것으로 되어 있었다. 음절 끄트머리에 낼 수 있는 소리는 'ㄱㄴㄷㄹㅁㅂㅅㅇ'의 8개가 있었다. 현대어와 비교하여 보면 하나가 더 많은 셈이다. 현대어에서는 '장소'를 나타내는 '곳'과 '즉시'를 뜻하는 '곧'을 똑같이 발음하지만 15세기에는 이들의 발음이 구별되었다는 표기를 보여주고 있어서 결국 현대보다 받침소리가 하나 더 많았다고 할 수 있다. 이것을 ≪해례본 훈민정음≫에는 팔종성八終聲: 여덟 개의 받침소리이라 하였다. 앞에서도 말했지만 15세기의 단모음은 'ㅏㅗㆍㅓㅜㅡㅣ'의 7개였다. 그러니까, 현대어에서 단모음으로 발음되는 'ㅐ,ㅔ' 같은 것은 15세기에는 '아이, 어이'로 발음되었다는 말이 된다. 자, 이 정도의 지식을 갖추고 세종대왕과 이야기를 한다면 우선 발음에 관한 부분에선 대강 알아들을 수 있을 것이다. 그러나 그 다음에는 어휘 문제가 해결해야 할 높은 장애물이다. '강江'을 'ᄀᆞ롬'이라 하고, '저녁'을 '나조ㅎ'라 하며, '원숭이'를 '납'이라 하고, '돈이 많다'를 'ᄀᆞᅀᆞ멸다'라고 할 것이니 갑자기 이렇게 생소한 낱말들을 어떻게 일일이 기억할 것인가? 우리는 할 수 없이 영어 공부를 할 때처럼 단어장을 만들어 놓고 자주 쓰이는 낱말부터 하나하나 외어 나아가야 할 것이다. 이 때에 요즈음엔 거의 사용되지 않거나 아주 안 쓰이는 낱말도 기억해야 하고 어려운 한자말도 알아두어야 한다. 아마 세종대왕께서 쓰시는 한자말의 대부분을 우리는 낯선 외국 낱말처럼 알아듣지 못할 것이다. 그러나 이런 것도 모두 공부해서 알아듣게 되었다고 하자. 그래도 또 문제는 남아 있다. 문장을 만드는 규칙이 현대어와 비교해서 다른 것이 있기 때문이다. 한국어의 문장 구조를 형성하는 기본적인 틀이 달라졌다고는 할 수 없지만 세부적인 항목에서는 엄청난 변화가 계속되었다. 내용은 자세히 언급하지 않더라도 중요한 항목만 몇 가지 들어보기로 하자.

첫째, 특수한 명사가 있어서 조사와 결합할 때에 형태가 두 가지로 갈라진다. 명사의 끝에 'ㅎ'음을 가진 것도 현대의 안목에서 보면 특수 명사이다.

둘째, 격조사格助詞가 현대어와 비교하면 그 수가 엄청나게 많다. 주격 '-가'는 15세기에 아직 나타나지 않았었다.

셋째, 새로운 낱말을 만드는 방법으로는 현대어와 마찬가지로 파생법과 복합법이 있는데 파생법은 접미사의 수도 현대보다 많으며 결합의 방식도 훨씬 까다로웠다. 복합법에서는 이른바 복합동사가 현대어보다 훨씬 풍부하였다. '빌먹다乞食' '딕먹다啄食' '긁쥐다刮掘' '것곶다折揷' '들보다聞見' '죽살다死生' '일쿨다云謂' 등이 모두 복합동사들인데 현대어에서는 '빌어먹다, 찍어먹다'와 같은 형식을 취한다.

넷째, 동사의 활용도 현대어보다 복잡하였다는 느낌을 준다. 특히 보조어간 '오/우'의 기능은 정확하게 무엇이었는지를 지금도 모르고 있는 실정이다.

다섯째, 강조를 나타낼 때에 여러 가지 접미사가 사용되었다.

여섯째, 존경을 뜻하는 데 쓰이는 보조어간에 {-시-}, {-ᄉᆞᆸ/습/줍-}, {-이-} 등이 있었다. 현대어와 비교하여 크게 다른 것만 손꼽아도 이 정도에 이른다.

그러고 보면, 존경하여 마지않는 세종대왕께 문안 인사를 여쭙고 한두 마디 대화를 나눈다는 것이 따지고 보면 쉽게 이루어질 수 있는 꿈이 아니란 것을 우리는 분명하게 깨달은 셈이다. 그러나 더욱 분명한 것은 그 꿈이 불가능한 것은 아니며, 정상적인 교육을 받은 사람이면 노력 여하에 따라 단시일 내에 성취할 수 있다는 점이라 하겠다.

생각해 볼 과제

· 세종대왕께서 생각하고 있었던 훈민정음의 효용 가치와, 오늘날 우리가 생각하고 있는 한글의 효용 가치는 같은가 다른가? 만약 다르다면 어떤 점이 다르며 그 이유는 어디에 있는가를 생각해 보자.

· 우리가 '한글날'을 국경일로 정하고 있는 까닭이 무엇인가를 정리해 보자. 국경일이 많다는 이유로 한글날을 국경일에서 제외한지 여러 해가 되었다. 그리고 요즘은 한글날을 국경일에 포함시키자는 움직임이 다시 일어나고 있다.

· 15세기 국어와 현대 국어를 비교하여 두드러진 차이점이 무엇인가를 정리하여 보자. 음운 · 어휘 · 문법 · 분야별로 변화된 사항을 체계적으로 살펴보는 것이 좋겠다.

4장 한글문화의 발흥

1. 유교의 그늘에서 빛을 본 불경 언해

조선 왕조가 억불 숭유抑佛崇儒: 불교를 억압하고 유교를 존중함를 나라 정책의 으뜸으로 내걸었다는 것은 누구나 다 아는 사실이다. 그러나 조선 왕조 초기부터 왕실이나 일반 백성들은 암암리에 불교를 숭상하여 왔다. 백성들이 일상생활에 깊이 뿌리를 내린 불교문화가 하루아침에 없어진다는 것은 상상할 수 없는 일이다. 더구나, 왕실에서도 비빈妃嬪들 간에는 거의 공공연히 불공을 드렸다는 것은 민속의 전통적인 뿌리가 얼마나 끈질긴 것인가를 잘 말해 준다. 심지어 세종과 세조 같은 임금님은 불교를 내놓고 옹호하였기 때문에 신하들과 이 문제로 사이가 나쁜 적이 한두 번이 아니었다. 세종 30년 7월에는 내불당內佛堂이라는 암자를 궁궐 서북쪽에 짓고 승려 일곱 사람으로 하여금 불공을 드리게까지 하였다. 그래서 성균관과 사부학당의 유생들이 들고 일어나 시위를 벌이고 학업을 중단하는 사건이 생기기도 했었다. 생각해 보면, 훈민정음의 창제 목적에는 불경을 쉬운 우리 글자로 번역하여 한자를 모르는 부녀자들에게 읽힘으로써 부녀자와 일반 백성으로 하여금 독실한 불교 신자가 되게 하려는 것도 들어 있었던 것 같다. 그렇지 아니하면 훈민정음이 창제된 후에 그 훈민정음으로 번역한 책 대부분이 불경일 리가 없지 않은가? 세종 시절에는 ≪석보상절釋譜詳節≫과 ≪월인천강지곡月印千江之曲≫의 두 종류가 불교 관계 서적으로 출간되었으나 세조 시절에 오면 ≪월인석보≫가 간행되고 뒤이어 간경도감刊經都監에서 ≪능엄경언해≫ ≪묘법연화경언해≫ ≪금강경언해≫ ≪불설아미타경언해≫ ≪영가집언해≫ ≪원각경언해≫ ≪목우자수심결≫ 등이 집중적으로 간행되기에 이른다.

사람의 심성을 온유하게 하고 삶의 자세를 경건하게 가다듬는 것으로 종교의 가르침만큼 절실한 것이 또 있을 수는 없을 것이다. 고려 왕조를 뒤엎고 새로운 이씨 왕조가 시작되자 고려를 그리워하는 많은 사람들이 이씨 왕조에 대해 적대 감정을 품고 산골로 피해 가기도 하였고, 대문을 걸어 잠그고 세상과 인연을 끊기도 하였다. 겨우 일부의 동조자를 얻어 나라의 틀거지를 세워 놓기는 했으나, 뒤미처 임금 자리를 놓고 어린 동생을 죽이는 참변이 벌어졌다. 이처럼 연이은 정변의 소용돌이를 치르고 나서야 세종의 시대가 되었다. 영특한 지도자로서 세종대왕은 일반 백성들이 깊은 신앙으로 정서적 안정을 얻어야 한다고 생각했을 듯하다. 불경 언해 사업은 세종대왕의 이와 같은 정치적 문화적 정책의 산물일 가능성이 높다. 세조 때에 이르러서는 부왕인 세종의 유업을 계승한다는 의미 외에도 세조대왕 자신이 많은 살생을 벌인 끝에 임금의 자리에 앉았으므로 스스로 부처를 찾고 가까이 하고자 하는 마음이 컸을 것이다. 이러한 내면적인 사정이 없고서야 그토록 많은 불경이 언해될 수는 없었을 것이다.

그러면, 이제 ≪석보상절≫에 나오는 이야기 하나를 읽어 보기로 하자. 기독교 구약성서에 나오는 아담과 이브의 이야기를 염두에 두면서 읽으면 더욱 흥미 있을 것으로 생각된다.

녯 아승지겁시절阿僧祇劫時節에 흔 보살菩薩이 왕두외야 겨샤 나라흘 아ᅀᆞ 맛디시고 도리道理비호라 나ᅀᅡ가샤 구담파라문瞿曇婆羅門을 맛나샤 ᄌᆞ걋 오ᄉᆞᄅᆞᆯ 밧고 구담瞿曇이 오ᄉᆞᆯ 니브샤 심산深山애 드러 과실果實와 믈와 좌시고 좌선坐禪ᄒᆞ시다가 나라해 빌머그라 오시니 다 몰라보ᅀᆞᆸ더니 소구담小瞿曇이라 ᄒᆞ더라. 보살菩薩이 성城밧 감자원甘蔗園에 정사精舍 밍글오 ᄒᆞ오ᅀᅡ 안자 잇더시니 도죽 오백五百이 그윗거슬 일버ᅀᅥ 정사精舍ㅅ 겨ᄐᆞ로 디나가니 그 도ᄌᆞ기 보살菩薩ㅅ 전세생前世生ㅅ 원수怨讐ㅣ러라. 이틄나래 나라해 이셔 도ᄌᆞ기 자최 바다가아 그 보살菩薩을 자바 남기 모ᄆᆞᆯ 뻬ᅀᆞ바 뒷더시니 대구담大瞿曇이 천안天眼으로 보고 허공虛空애 ᄂᆞ라 와 묻ᄌᆞᄫᅟᆞ듸 그듸 자식子息 업더니 므슷 죄오. 보살菩薩이 대답對答ᄒᆞ샤듸 ᄒᆞ마 주글내어니 자손子孫ᄋᆞᆯ 계론誡論ᄒᆞ리여 그 왕이 사름 브려 쏘아 주기ᅀᆞᄫᆞ니라. 대구담大瞿曇이 슬허 ᄠᅵ리여 관棺애 녀ᅀᆞᆸ고 피무든 흘글 파 가져 정사精舍애 도라와 왼녁 피 ᄠᅡᆯ 담고, 올흔녁 피 ᄠᅡᆯ 다마 두고 닐오듸 이 도사道士ㅣ 정성精誠이 지극至極ᄒᆞ든 디면 하늘히 당다이 이 피를 사름 두외에 ᄒᆞ시리라. 열ᄃᆞᆳ마내 왼녁 피는 남자男子ㅣ 두외오 올흔녁 피는 여자女子ㅣ 두외어늘 성姓을 구담씨瞿曇氏라 ᄒᆞ더니 일로브터 자손이 니ᅀᅳ시니 구담씨瞿曇氏 다시 니러나시니라.

원문에는 한자음이 ≪동국정운≫에 나온 대로 적혀 있으며, 방점도 찍혀 있었으나, 여기서는 한자음을 현행 한자음으로 고치고 방점은 생략하였음.

(옛날 옛날 아득한 옛날에, 한 보살이 원래는 왕이었었는데, 나라를 동생에게 맡기고 자기는 도리를 배우겠다고 왕궁을 버리고 길을 나섰다. 도중에 구담파라문을 만나 자기의 옷을 벗어 구담에게 주고 자기는 구담의 옷으로 바꾸어 입은 뒤에 깊은 산에 들어가 과실과 물만 먹으면서 참선을 하다가 다시 나라에 빌어먹으려 내려오니 아무도 그가 전의 왕이었던 분인 줄을 모르고 작은 구담이라고 하였다. 이 보살은 성 밖 감자원이라 하는 곳에 정사작은 암자 하나를 짓고 혼자 거기서 도를 닦으며 앉아 있었는데, 그 때 마침 도둑놈 오백이 관청의 물건을 도둑질하여 보살이 거처하는 정사 곁으로 지나갔는데, 그 도둑놈은 보살이 전생에 살 때의 원수였다. 그 이튿날 나라에서는 도둑놈이 도망간 자취를 따라가다가 참선하고 있는 보살의 정사에까지 오게 되었다. 그래서, 그 보살을 범인으로 알고 잡아 나무에 묶어 두었었다. 이 때 옷을 바꾸어 입은 큰 구담이 도통한 눈으로 보니 작은 구담이 잡혀있는지라 허공을 타고 날아와 묻기를 "그대는 자식도 없이 이 지경이 되었으니 도대체 무슨 죄를 지으셨오?"하고 물었다. 보살은 대답하기를 "이제 죽을 몸이니, 자식의 있고 없음을 따져야 무엇하겠오."하였다. 보살의 동생인 왕은 사람을 시켜 자기의 형님인 줄도 모르고 그 보살을 활로 쏘아 죽여 버렸다. 큰 구담이 슬퍼하며 시신을 관에 넣고 피 묻은 흙을 파 가지고 돌아와 왼쪽에도 한 그릇 담아 놓고, 오른쪽에도 한 그릇 담아 놓고 말하기를, "이 도사가 지극한 정성으로 도를 닦았으면 하늘이 마땅히 이 피를 사람이 되게 하실 것이다."하였다. 과연 열 달 만에 왼쪽 그릇의 피는 남자가 되고 오른쪽 그릇의 피는 여자가 되었으므로 그 두 남녀를 구담씨라 하였더니 이로부터 자손이 이어나가 구담씨가 번창하게 되었다.)

전생의 원수가 이 세상에 와서도 복수를 하게 되어 인과응보가 줄기차게 이어진다는 사상과 새로운 남녀의 탄생이 죽은 이의 피에서 비롯한다는 생사윤회의 사상을, 우리는 이 이야기를 통해서 아주 쉽게 접해 보게 된다.

다음은 석가모니의 아내 야수耶輸가 아들마저 산으로 들여보내라는 석가의 전갈을 받고, 어찌 그럴 수가 있느냐고 심부름 온 사람에게 하소연하는 구절이다.

야수ㅣ 니ᄅ샤ᄃᆡ 여래 태자ㅅ시절에 나ᄅᆞᆯ 겨집사ᄆᆞ시니 태자ᄅᆞᆯ 셤기ᅀᆞᄫᆡᄃᆡ 하ᄂᆞᆯ 셤기ᅀᆞᆸ듯 ᄒᆞ야 ᄒᆞᆫ번도 디만ᄒᆞᆫ 일 업수니 처권ᄃᆞ외얀디 삼년이 몯 차이셔 세간 ᄇᆞ리시고 셩나마 도망ᄒᆞ샤 차닉이 돌아보내샤 ᄆᆡᆼ셔ᄒᆞ샤ᄃᆡ 도리일워ᅀᅡ 도라오리라ᄒᆞ시고 녹피옷 니브샤 미친사ᄅᆞᆷᄀᆞ티 묏고래 수머겨샤 여슷ᄒᆡᄅᆞᆯ 고행하샤 부텨 ᄃᆞ외야 나라해 도라오샤도 ᄌᆞ올아비 아니ᄒᆞ샤 아랫 은혜ᄅᆞᆯ 니저ᄇᆞ리샤 길넗사람과ᄀᆞ티 너기시니 나ᄂᆞᆫ 어버ᅀᅵ 여희오 ᄂᆞᄆᆡ그에 브터사로ᄃᆡ 우리 어ᅀᅵ아ᄃᆞ리 외롭고 입게 ᄃᆞ외야 인생 즐거ᄫᆞᆫ ᄠᆮ 업고 주구믈 기드리노니 목수미 므거ᄫᆞᆫ 거실ᄊᆞㅣ 손소 죽디 몯ᄒᆞ야 셟고 애왇븐 ᄠᆮ들 머거 갓가ᄉᆞ로 사니노니 비록 사ᄅᆞᄆᆡ 무레 사니고도 중ᄉᆡᆼ마도 몯ᄒᆞ이다. 셜ᄫᆞᆫ 인생이 어딋던 이ᄀᆞᄐᆞ니 이시리잇고. 여기에는 한자, 동국정운식 한자음 표기, 방점을 모두 생략하였음.

(야수가 말씀하시기를, 여래가 태자이시던 때에 나를 아내로 삼으시니 내가 태자를 섬기기를 하늘 받들 듯 하면서도 한 번도 잘못한 일이 없었는데, 아내가 된 지 삼 년이 채 못 되어 태자는 인간 세상을 버리고 성을 넘어 도망하여 차닉이를 심부름시켜 돌려보내어 맹서하시기를 도리를 개달아야 돌아올 것이라고 하시고, 사슴가죽 옷을 입으시고 미친 사람처럼 산골에 숨어 사시기 여섯 해나 힘겨운 생활을 하신 뒤에

부처가 되시어 나라에 도아오신 뒤에도 나를 친근하게 대하지 아니하시어 옛날의 은혜를 잊어버리시고 길 가는 사람처럼 여기시니 나는 어버이를 이별하고 남에게 의지하여 살되 우리 어미와 아들이 외롭고 갈 바를 몰라 인생의 즐거움을 모르고 단지 죽기를 기다릴 뿐이니, 목숨이 무거운 것이므로 손수 죽지도 못하여 서럽고 원통한 마음을 갖고 가까스로 살아가노라니 비록 사람들 가운데에 살고는 있으나 짐승만도 못합니다. 서러운 인생, 어디에 또 이같은 사람이 있겠습니까?)

이러한 글을 읽으면서 조선 왕조 왕실의 부녀자들은 이 세상의 부귀영화를 어떻게 생각하였을까? 곰곰 생각해 볼 일이다.

2. 드디어 꽃피는 한글 문화

앞에서 언급한 바 있거니와 훈민정음의 창제는 돌이켜 보면 그 시대가 당면한 필연적인 요청의 결과로 생각된다. 신라 시대부터 싹터서 고려 오백 년 간 지속적으로 우리말을 적으려고 노력해 온 한자 차용 표기법의 발달. 이웃한 여러 나라들이 모두 자기네 문자를 가지고 있었던 점. 한자를 배울 수 없는 부녀자나 일반 백성들도 간편하게 배워 사용할 수 있는 문자가 절박하게 필요했던 점 등에다가 한자음의 표준화 작업이라는 목적까지 곁들이게 되어 있었으니, 세종과 같이 학문 좋아하고 경륜이 뛰어난 임금이 해박한 음운학 지식을 가지고 훈민정음의 창제를 주도하였다는 것은 너무도 당연한 귀결이었다.

따라서, 훈민정음이 세상에 생겨난 지 30년 정도밖에 안 된 1475년성종 6년에 이르러 왕실의 어른인 인수대비仁粹大妃: 성종 대왕의 어머니가 ≪내훈內訓≫이라 하는 부녀자를 위한 교양 교과서를 훈민정음으로 편찬했다는 것도 마땅히 그럴 만한 일이었다고 받아들여야 할 것이다. 그런데, 인수대비의 ≪내훈≫이 나온 것을 분수령으로 하여 훈민정음앞으로는 '한글'이라고 하자으로 간행되는 책이 질과 양에 있어서 커다란 변화를 갖게 된다. 그 전에는 고작 왕실과 불교 사찰에서 불경 언해를 간행하는 것이었는데, ≪내훈≫이 나온 뒤로는 의약서로서 ≪영험약초靈驗略抄≫, ≪구급간이방救急簡易方≫같은 책이 나왔고 유교의 기본 이념을 생활화하는 데 도움을 주는 ≪삼강행실도三綱行實圖≫, ≪번역소학飜譯小學≫같은 책이 간행되는가 하면 중국 당나라 시인 두보杜甫의 번역 시집인 25권짜리 ≪분류두공부시언해分類杜工部詩諺解≫라는 문학 책까지 나오게 된다. 성종대왕 이후의 시기가 조선 왕조 전반기에서 문화적으로 가장 난만한 성숙성을 보여주었다고 말하는데, 이런 말을 할 수 있는 근거 가운데 이와 같은 한글 출판물의 다양화가 중요한 몫을 하는 것은 두말할 필요가 없다.

그러면, 이제 달리는 말 위에서 산천 구경하듯 하는 것이지만 이들 한글 문헌의 글 내용을 한두 가지씩 음미하여 보기로 하자. 먼저 최초의 한글 문학 작품이라 할 ≪용비어천가龍飛御天歌≫를 살피는 것이 정당한 순서이겠다.

(제1장)

해동육룡海東六龍이 ᄂᆞᄅᆞ샤　　우리나라에 여섯 용이 날으시어 하시는

일마다 천복天福이시니   일마다 하늘에서 복을 내리시고
고성古聖이 동부同符하시니.   옛날 중국의 역대 임금님의 사건과 같
                                      으셨도다.

조선 왕조의 건국은 그 유래가 멀고 오랜 것이었음을 세종 이전의 6대조의 사적事蹟이 증명한다는 내용으로서 ≪용비어천가≫의 서문에 해당한다. 6대조는 목조穆祖, 익조翼祖, 도조度祖, 환조桓祖, 태조, 태종을 가리킨다. 이 책은 세종의 명을 받아 정인지鄭麟趾, 안지安止, 권제權提 등이 세종 27년1445년에 초고가 완성되었으나 그 뒤 수정을 거쳐 세종 29년1447년에 간행되었다. 이씨의 역성易姓 혁명이 단순한 정권 찬탈이 아니라 역사와 시대의 부름에 따른 것이었음을 강조하면서 후세의 왕들은 이 사실을 깊이 이해하고 사직社稷과 자손을 잘 지켜 길이 번영할 것을 당부하는 125장을 마지막으로 삼고 있다. 특히 이 노래의 제 1,2,3,4,125의 5장에는 곡을 붙여 치화평致和平, 취풍형醉豊亨, 봉래의鳳來儀, 여민악與民樂 등의 악보를 만들어 나라에 잔치가 있거나 제사가 있을 때 사용하였다. 이러한 것을 악장樂章이라고 불렀다. 이 노래에서 우리가 요즈음에도 즐겨 암송하는 것은 다음 대목이다.

  (제2장)
불휘 기픈 남군   뿌리가 깊은 나무는
ㅂㄹ매 아니 뮐씨   바람에 아니 움직이므로
곶 됴코 여름 하ᄂ니.   꽃 좋고 열매 많으니.
ᄉᆡ미 기픈 므른   샘이 깊은 물은
ᄀᄆ래 아니 그츨씨   가뭄에 아니 그치므로

내히 이러 바ᄅ래 가ᄂ니.   냇물이 되어 바다로 흘러가느니.

　이 노래를 읊조리면서 우리는 생각하게 된다. 근원이 깊어 좋은 것이 어찌 나무와 냇물뿐이랴. 이 노래는 물론 나라의 기반이 튼튼함을 나무와 냇물에 비유한 것이려니와 이 세상 어느 것인들 근원이 깊어 나쁠 것이 없다. 아니 마땅히 근원을 멀고 오랜 곳에 두고 앞으로 지향해야 할 목표 역시 멀고 높은 곳에 두어야 함을 깨우쳐야 하겠다. 개인·사회·국가 모두 이러한 토대 위에 섰을 때 건전한 발전을 기대할 수 있는 것이다.
　이제 ≪용비어천가≫의 마지막 장을 읽어 보자.

　　천세千世우희 미리 정定ᄒ샨 한수漢水 북北에 누인개국累仁開國ᄒ샤 복년ᅡ年이 ᄀᆞ업스시니, 성신聖神이 니ᅀᆞ샤도 경천근민敬天勤民ᄒ샤ᅀᅡ 더욱 구드시리이다. 님금하 아ᄅᆞ쇼셔, 낙수洛水예 산행山行가 이셔 하나빌 미드니잇가. (제125장)

　신라 말기에 도선道詵이란 승려의 비결에 삼각산 남쪽에 도읍을 정하면 나라가 흥왕하리라 하였다. 또 중국 하夏 나라 우왕禹王의 손자 태강왕太康王은 정사를 돌보지 아니하고 사냥을 즐겼다. 한번은 낙수洛水 남쪽까지 사냥을 나가 백 날이 지나도록 돌아올 줄을 몰랐다. 유궁 후 예羿가 참다 못 하여 하북河北에서 태강왕을 막아 돌아오지 못하게 하고 왕의 자리에서 내몰아 버렸다. 이 두 가지 사건을 알고 나면 제125장은 쉽게 이해된다.

(천세 전 옛날부터 미리 정해 놓은 한강 북쪽 땅에 여러 선조가 어진 덕을 쌓아 나라를 세우시니 이러한 왕조의 운명은 끝이 없으리니, 왕위를 이어받을 거룩한 왕손들이 나라를 계승해 간다 할지라도 하느님을 공경하고 백성을 다스림에 부지런하여야 나라의 기반이 더욱 견고해질 것이옵니다. 앞으로 임금 노릇을 하실 분들이시여! 알아두시옵소서. 낙수 땅에 사냥가 있으면서 옛날 할아버님이 훌륭한 임금이셨던 것만 믿고 계시겠습니까?)

이렇게 경계하였건만 조선 왕조 27대 임금 가운데 자리를 지키지 못하고 쫓겨난 임금이 두 분이나 있었다. 연산군燕山君과 광해군光海君이 바로 태강왕의 전철을 밟은 분들인데 지하에서 세종대왕을 뵙고 무엇이라 여쭈었는지 자못 궁금한 일이다.

≪용비어천가≫ 다음으로 간행된 한글 문헌은 ≪석보상절≫, ≪월인천강지곡≫이고 세조 시절에 와서 ≪월인석보≫를 위시하여 많은 불경이 간경도감에서 인쇄되어 나온다. 앞에서 우리는 ≪석보상절≫의 한 대목을 읽었으므로 여기서는 전통 불경의 언해들을 생략하고 1467년세조 13년에 간행된 ≪목우자수심결牧牛子修心訣≫의 한 대목을 살펴보기로 하자.

목우자牧牛子는 고려 시대 12세기 말, 13세기 초에 걸쳐 우리나라 불교에 일대 혁신을 성취한 보조국사普照國師 지눌知訥의 호이다. 그러므로 ≪목우자수심결≫이란 지눌이 불심을 닦는 요령을 적은 글이다. 지눌은 일곱 살에 출가하여 여러 절을 전전하며 공부하다가 스물다섯 살에 승과僧科에 급제했으나 중으로서의 출세를 단념한 뒤 불경 공부에만 전념하였다. 그러다가 중국 선종禪宗의 새 기풍을 연 혜능惠

能 선사의 이야기를 적은 ≪육조법보단경六祖法寶檀經≫을 읽고 크게 깨달아 중생을 구원한다는 것은 먼저 자기 자신이 부처와 같이 된 후에야 가능함을 깨치고 더욱 더 수도에 힘쓰다가 스물 여덟 살에 ≪권수정혜결사문勸修定慧結社文≫을 발표함으로써 독자적인 사상을 확립하기에 이른다. 그 후로도 뼈를 깎는 참선을 계속하여 선禪의 참다운 경지에 도달하면서 종전까지의 은둔 생활에서 벗어나 현실에 깊이 참여하는 적극적인 보살행을 실천하였다. 43세인 1200년고려 신종 2년에 송광산松廣山 길상사吉祥寺에 자리 잡고 중생을 떠나 따로 부처가 있을 수 없다고 설파하면서 그의 사상의 핵심인 돈오점수頓悟漸修와 정혜쌍수定慧雙修를 주장하기에 이른다. 더 나아가 선禪을 체體로 하고, 교敎를 용用으로 삼는 선교禪敎 합일을 모색하였다. 그 결과 그 때까지 존속해 온 구산선문九山禪門을 조계종曹溪宗으로 통합하여 종단을 이끌어가는 첫 번째 조사祖師가 되었다. 고려 시대 승려로서는 천태종天台宗을 창시한 대각국사大覺國師 의천義天과 함께 고려 불교의 양대 산맥으로 오늘날까지 우리나라 불교계에 지을 수 없는 자취를 남기신 분이다.

　　무로듸 네 니ᄅ시는 돈오頓悟와 점수漸修왓 두 문門이 천성千聖ㅅ 법法이라 ᄒ니 아로미 ᄒ마 믄득 아닌댄 엇뎨 점수漸修를 브트며 닷고미 점점 닷ᄀ린댄 엇뎨 돈오頓悟ㅣ라 니ᄅ리오. 頓과 漸괏 두 ᄠᅳ들 다시 펴 닐어 나ᄆᆫ 의심을 긋게 ᄒ라. 대답호듸 돈오頓悟ᄂ 범부凡夫ㅣ 모론 ᄢᅵ 사대四大로 몸삼고 망상妄想으로 ᄆᆞᄋᆞᆷ사마 자성自性이 이 진실眞實ㅅ 법신法身인들 아디 몯ᄒ며 자기自己 영지靈知ㅣ 이 진실ㅅ 부톈들 아디 몯ᄒ야 심외心外예 부텨를 얻녀 슉졀업시 ᄃᆞ니다가 홀연 선지식善知識의 ᄃᆞ롤길 ᄀᆞᄅ쵸믈 니버 ᄒᆞᆫ 념念애 광光을 두르혀 제 본성本性을 보니 이 성이 본래 번뇌煩惱ㅣ 업서 누漏업슨 지성智性이 본래 제ㄱ자 곧 제불諸佛와 분호分毫도 다ᄅ디 아니ᄒᆞᆯ씨 닐오ᄃᆡ 頓悟라. 漸修ᄂᆞᆫ 비록 본성이 부텨와 다ᄅ디 아니ᄒᆞᆫ들 아나 무시습기無始習氣를 문득 다 니루미 어려운 젼ᄎ로 아로ᄆᆞᆯ브러 닷가 점점 훈수勳修ᄒᆞ야 공功이 이러 셩인聖人ㅅ 태胎를 길어 오라ᅀᅡ 셩인이 다욀씨 날온 漸修ㅣ라. 가ᄌᆞᆯ비건댄 아ᄒᆡ ᄀᆞᆺ난나래 제근諸根이 ᄀᆞ초미 눕과 다ᄅ디 아니컨마른 그러나 그 히미 충실充實티 몯ᄒᆞ야 셰월을 해 디내야ᅀᅡ 비르서 사ᄅᆞᆷᄃᆞ외ᄃᆞᆺ ᄒᆞ니라.

(묻고자 합니다. 당신께서 말씀하시는 '문득 깨닫는다'는 돈오와 '점차로 닦아 간다'는 점수의 두 가지 방법이 모든 성인의 법이라 하니 안다는 것이 이미 갑자기 알게 되는 것이라 한다면 어찌 점차로 닦아 간다는 것을 벗어나지 못하며, 또 닦는다는 것이 순서를 따라 점차로 닦는 것이라면 어찌 문득 깨닫는다고 말씀하십니까. '문득'과 '점차로'의 두 뜻을 다시 자세히 설명하여 나머지 의심을 그치게 하여 주십시오. 대답합니다. '문득 깨닫는다'는 것은 범상한 사람들이 모르는 사이에 손발 몸뚱아리가 우리의 몸이라 생각하며 망녕된 생각을 우리의 마음이라 여기면서 자기 스스로 지니고 있는 본성이 바로 진실된 법신인 줄을 알지 못하며, 자기가 지니고 있는 영험한 슬기가 바로 진실된 부처인 줄을 알지 못하여, 마음 바깥에서 부처를 얻으려고 부질없이 방황하다가 갑자기 올바른 생각으로 들어가도록 가리키는 길로 들어와 한 가지 생각이 빛을 받아 자기의 본성을 보게 되니, 이 본성이라는 것은 원래 번뇌가 없어 빠진 것 없는 앎의 슬기가 본래부터 스스로 갖추어 여러 부처와 조금도 다르지 아니하므로 이것을 '문득 깨닫는다'고 말한 것입니다. '점차로 닦아 간다'는 것은 비록 우리의 본성이 부처와 다르지 아니한 줄을 알지만 처음을 알 수 없이 익힌 것들을 갑자기 다 없애기가 어렵기 때문에, 아는 것부터 수련하면서 점점 깊이 있는 수련을 쌓아 성인의 싹을 길러 오래 되어서야 성인이 될 것이므로 이것을 '점차로 닦아 간다'고 말한

것입니다. 비유하여 말한다면 어린 아이가 갓 태어난 날에는 모든 능력의 잠재력이 제대로 갖추어진 것이 다른 사람들과 다르지 아니하지만 그러나, 그 당장은 어린 아이의 힘이 충실치 못하므로 세월을 많이 지내야 비로소 사람이 되는 것과 같습니다.)

이와 같은 '돈오 점수'의 이론은 현대에 이르기까지 불교 사상계에 커다란 영향을 미치고 있다. 이 ≪목우자수심결≫에도 여전히 한자음은 ≪동국정운≫식 표기를 했으며 방점도 충실하게 찍혀 있다. (頓·돈 悟·옹 漸·쪔 修·슣) 그러나, 동국정운식 한자음 표기라는 것은 우리나라 현실 한자음과는 너무나 동떨어진 가상적인 표기였으므로 현실화하기에는 불가능한 것이었다. 따라서 이러한 표기는 조만간 사라질 운명에 놓인 것이었다. 그래서 결국 1485년성종 16년에 나온 ≪영험약초靈驗略抄≫를 마지막으로 동국정운식 한자음 표기는 사라지고 만다.

이번에는 인수대비의 ≪내훈內訓≫을 살펴보기로 하자. 성종의 어머니인 인수대비 한씨는 세조世祖의 맏며느리로 뒤에 소혜왕후昭惠王后로 추존된 분인데 부덕婦德이 높기로 이름이 났었다. 이러한 분이 동양의 수신 교과서라고 할 수 있는 ≪소학小學≫, ≪열녀烈女≫, ≪여교女敎≫, ≪명감明鑑≫의 네 책에서 부녀자의 덕성에 도움이 되는 요긴한 내용들을 간추려 일곱 장章으로 편집하고, 이것을 다시 우리말로 풀이하여 놓은 책이 ≪내훈≫이다. 궁중에는 항상 많은 비빈妃嬪이 있어 그들 사이에는 엄정한 규율과 법도가 있어야 하는데, 오히려 여인들의 가벼운 성정性情에 이끌려 질투하고 모함하는 일이 잦으므로 이를 경계할 목적으로 지은 것이다. 이 책은 그 후 궁중의 부녀자들뿐 아니라 양반 사대부 집안의 부녀자들에게도 널리 읽히는 책이 되었다.

맹가孟軻ㅅ 어마님이 그 지비 무더메 갓갑더니, 맹자ㅣ 져머 겨실 제 노룻노리를 무덤 서리옛 이를 ᄒᆞ야 봄뇌며 달고질ᄒᆞ야 묻논 양ᄒᆞ신대, 맹모ㅣ 니ᄅᆞ샤ᄃᆡ 이 뼈 아들 살욜 배 아니라 ᄒᆞ시고 가 져제 가 지블 ᄒᆞ야시늘 그 노룻노리를 흥정ᄒᆞ야 ᄑᆞ로ᄆᆞᆯ ᄒᆞ신ᄃᆡ 맹모ㅣ 니ᄅᆞ샤ᄃᆡ 이 뼈 아들 살욜 배 아니라 ᄒᆞ시고 올마 학궁學宮 겨틔 가 지블 ᄒᆞ야시늘 그 노룻노리를 제기祭器 버리고 읍揖ᄒᆞ야 사양辭讓ᄒᆞ며 나ᅀᆞ며 무르신ᄃᆡ 맹모 니ᄅᆞ샤ᄃᆡ 이 진실로 어루 뼈 아들 살욜 ᄃᆡ라 ᄒᆞ시고 인ᄒᆞ야 사ᄅᆞ시니라. 맹자ㅣ 아ᄒᆡᄢᅴ 무르샤ᄃᆡ 동녁 지븨셔 돋 주교믄 므슴ᄒᆞ려 ᄒᆞᄂᆞ뇨 어마님이 니ᄒᆞ샤ᄃᆡ 너를 머교려 ᄒᆞᄂᆞ라 그리코 뉘으쳐 니ᄅᆞ샤ᄃᆡ 나는 드러니 녜는 빈여셔도 ᄀᆞᄅᆞ쵸미 잇거늘 이제 뵈야ᄒᆞ로 아로미 잇거늘 소기면 이ᄂᆞᆫ 유신有信티 아니호ᄆᆞ로 ᄀᆞᄅᆞ치논 디라 ᄒᆞ시고 도틔 고기를 사아 뼈 머기시니 ᄒᆞ마 즈라 글 빈호매 나ᅀᅡ가 ᄆᆞᄎᆞ매 큰 션빈 ᄃᆞ외시니라.

(맹가의 어머님이 그 집이 무덤에 가깝더니, 맹자가 어렸을 때에 흉내 하며 노는 놀이를 좋아하는데, 무덤 사이에서 벌어지는 일을 흉내내어 뛰놀며 달고질하여 땅에 시체를 묻는 시늉을 하므로 맹자의 어머님이 말씀하시기를 여기는 아들을 살릴 데가 아니라 하시고 집을 옮겨 시장으로 가 집을 정하시니까 이번에는 흉내 놀이를 하는 데 물건 흥정하여 파는 일을 하므로, 맹자의 어머님이 말씀하시기를 이곳도 역시 아들을 살릴 데가 아니로구나 하시고 집을 옮겨 학궁 옆으로 이사하시니까, 맹자의 흉내 놀이가 이제는 제사 그릇을 벌려놓고 읍하여 사양하고 나아 가며 물러서는 제사 놀이를 하므로 맹자의 어머님이 말씀하시기를 여기 야말로 진실로 아들을 살게 할 곳이로구나 하시면서 오래 사시었다.
맹자가 어린 아이 시절에 묻기를 "동쪽 집에서 돼지를 잡으니 무엇을 하려 그럽니까?"하므로 그 어머님이 다 말씀하시기를 "너를 먹이려고 한단다." 이렇게 농담으로 대답하시고는 곧 후회하면서 말씀하시기를 내가 듣기로는 옛날에는 아기를 배었을 때도 가르침이 있다고 하였는데, 이제 바야흐로 내 아들이 철이 들어가는데 그 아이를 속이면 이는 어미가 신용을 지키지 않음을 가르치는 것이로구나 하시고 돼지 고기를 사다가 아들을 먹이시니 그 아들이 장성하여 글을 배워 발전하여 마침내 큰 선비가 되셨다.)

맹모삼천孟母三遷이라 일컫는 고사가 간결하게 묘사되어 있다. 이러한 글을 읽으면서 양반집 부녀자들은 한 집안의 딸이 되고 한 지아비의 아내가 되며 또한 자식들의 어미가 되기 위해서 어떻게 몸과 마음을 다스려 아름다운 여성으로 온전한 인생을 살아갈 것인지를 깨우쳤을 것이다.

부덕婦德을 강조하는 다음 글을 하나만 더 읽어 보자.

女教에 닐오딕 겨지비 네 힝뎌기 잇느니 ᄒ나흔 겨지븨 德이오. 둘흔 겨지븨 마리오, 세흔 겨지븨 양지오 네흔 겨지븨 功이라. 겨지븨 德은 구틔여 직조와 聰明이 ᄀ장 달오미 아니오. 겨지븨 마른 구틔여 이비 글희나며 말ᄉ미 늘카오미 아니오. 겨지븨 양ᄌᄂ 구틔여 顔色이 됴ᄒ며 고오미 아니오. 겨지븨 功은 구틔여 工巧호미 사ᄅ믹게 너무미 아니라. 조ᄒ며 ᄌᄂᆨᄌᄂᆨᄒ며 正ᄒ며 安靜ᄒ야 節介를 자바 整齊ᄒ며 몸行ᄒ요매 붓그러우믈 두며 뮈욤과 ᄀ마니 이쇼매 法 이쇼미 이 닐온 겨지븨 德이라. 말ᄉ믈 글희야 닐어 모딘 마를 니ᄅ디 아니ᄒ며 시졀인 後에ᅀᅡ 닐어 사ᄅ믹게 아쳗브디 아니호미 이 닐온 겨지븨 마리라. 더러운 거슬 시서 옷과 ᄭᅮ뮤미 조ᄒ며 沐浴을 시졀로 ᄒ야 모믈 더럽게 아니호미 이 닐온 겨지븨 양지라. 질삼애 ᄆᅀᆷ을 專一히 ᄒ야 노롯과 우수믈 즐기디 아니ㅎ며 술와 밥과를 조히 ㅎ야 손을 이바도미 이 닐온 겨지븨 功이라. 이 네희 겨지븨 큰 德이라 업수미 몯 ㅎ리니 그러나 ㅎ요미 甚히 쉬우니 오직 ᄆᆞᅀᆞᆷ 두매 이실 ᄯᆞᄅᆞ미라. 녯 사ᄅᆞ미 닐오ᄃᆡ 仁이 머녀 내 仁을 코져 ㅎ면 仁이 니를리라 ㅎ니 이를 니ᄅᆞ니라.

('여교'에 이르기를 여자에게는 네 가지 행적이 있으니 첫째는 여자의 덕이요, 둘째는 여자의 말이요, 셋째는 여자의 모양이요, 넷째는 여자의 재능이라. 여자의 덕은 구태여 재주와 총명이 남보다 뛰어남이 아니요, 여자의 말은 구태여 구변이 좋으며 말씨가 날카롭게 비평적일 필요가 없는 것이며, 여자의 모양은 구태여 얼굴이 남보다 아름답고 예쁨이 아니요, 여자의 재능은 구태여 솜씨가 남보다 훌륭한 것이 아니다. 깨끗하며 조용하며 바르며 고요하여 절도를 지켜 가지런히 하며 몸을 움직임에 있어 부끄러운 듯이 하며 움직일 때나 가만히 있을 때에 법도대로 하는 것이 이른바 여자의 덕이라 한다. 말하기를 골라 하여 모진 말을 말하지 아니하며, 때에 맞추어 기회를 보아 말하면서도 남에게 아첨하지 아니하는 것이 여자가 말할 때 지킬 바이다. 더러운 것을 깨끗이 하여 옷과 몸치장을 깨끗이 하며, 목욕을 때맞추어 하여 몸을 더럽게 하지 않는 것이 여자의 모양이라 한다. 길삼에 정성을 쏟아 열심하며, 놀이와 웃음을 즐기지 아니하며, 술과 밥을 정갈하게 만들어 손님을 대접하는 것이 이른바 여자의 재능이라 한다. 이 네 가지가 여자의 큰 덕이라 업수히 여기지 못할 것이다. 그러나, 하기가 대단히 쉬운 것이니, 오직 마음먹기에 달린 것일 뿐이다. 옛날 사람이 말하기를 인仁이라 하는 것이 멀겠느냐 내가 스스로 인코저 하면 인이 내게 가까이 다가오리라 하였으니 이것이 곧 마음먹기에 따라 훌륭한 인품을 가질 수 있음을 일컫는 것이다.)

이 글을 읽으면서 우리는 조선조 시대에 바람직한 여인상이 무엇이었는가를 생각하게 된다. 현대화와 사회 참여라는 이름으로 여성답지 못한 여성들이 점차 늘어 가는 현대 사회에서 전통적인 여성상에 대한 재평가가 절실히 요구된다 하겠다. 한편 ≪내훈≫의 간행은 마땅한 여성교육기관이 없던 조선조 사회에서 아쉬운 대로 여성들이 쉽게 접근할 수 있는 교과서를 제공했다는 점에서 중요한 의미를 지니는 것이다.

다음으로 우리는 당 나라 시인 두보杜甫의 25권이나 되는 방대한 양의 시집이 한글로 번역 출간되었다는 사실에 주목하여야 한다. ≪두시언해杜詩諺解≫가 출간되기 이전까지의 한글 문헌은 ≪용비어천가≫를 뺀다면 불교 관계 서적이 대부분이었고, 그 외의 문헌은 앞에 소개한 ≪내훈≫정도에 지나지 않았다. 왕실을 중심으로 하고 주로 부녀자들을 상대로 했던 한글이, 유학자들이 애독하는 두보의 시 작품을 번역하는 데에 사용되었다는 것은 한글의 활용이 그만큼 폭이 넓어졌음을 뜻하는 것이다. 조선조 때에 두보의 시가 지니는 위치는 대단히 중요한 것이었다. 그 당시 과거는 관리 등용의 가장 중요한 수단이었고, 그 과거 시험에서 훌륭한 시를 짓는다는 것은 무엇보다도 유능한 인재임을 증명하고 평가하는 기준이었다. 따라서, 두보의 시는 관리가 되고자 하는 모든 선비가 교양으로서 뿐만 아니라 시 짓는 능력을 함양하기 위한 연구서로서도 중요한 몫을 지니는 것이었다.

≪두시언해≫는 1481년성종 12년에 유윤겸柳允謙 조위曹偉 승 의첨義砧 등에 의하여 25권 17책의 활자본으로 간행되었다. 그러나 이때에 간행된 초간본 중에는 현재 그 모습을 볼 수 없는 것이 여러 권이나 된다. 그 후 1632년인조 10년, 그러니까 초간본이 간행된 지 150년이나 지난

뒤에 목판본으로 중간重刊되었다. 그래서 우리는 ≪두시언해≫초간본과 중간본을 갖게 되었는데 이 두 종류의 책은 150년간의 우리말의 변화를 보여주고 있어서 국어학자들의 지대한 관심을 끌었었다. 초간본 때에 볼 수 없었던 현상으로 중간본 때에 나타나는 것은 'ᅀ' 'ㆁ' 같은 표기가 없어졌다든가, 방점이 없어졌다든가 하는 것 외에 구개음화 현상이 나타났다는 점이다.

그러면, 초간본을 중심으로 언해된 두보의 시를 두 편만 감상하기로 하자.

狂　夫

萬里橋ㅅ 西ㅅ 녀긔 흔 새 지비로소니
百花潭ㅅ 므리 곧 滄浪 곧도다.
ᄇᆞᄅᆞᆷ 머근 프른 대ᄂᆞᆫ 娟娟ᄒᆞ야 寂靜ᄒᆞ얏고
비 저즌 블근 蓮ㅅ 고즌 冉冉히 곳답도다.
祿 해 타 먹ᄂᆞᆫ 녯 버든 書信이 그처 업고
ᄆᆡᅀᅡᆼ 주롓ᄂᆞᆫ 져믄 아ᄃᆞᆯᄋᆞᆫ 눗 비치 서의ᄒᆞ도다.
굴헝에 몃귀여 주구리라 호매 오직 疏放훌 ᄯᆞᄅᆞ미로소니
미친 노미 늘거도 쏘 미츄믈 내 웃노라.

萬里橋西一草堂
百花潭水卽滄浪
風含翠篠娟娟淨
雨裏紅蓮冉冉香
厚祿故人書斷絕

恒飢稚子色淒凉
欲塡溝壑惟疎放
自笑狂夫老更狂

　　　미친 늙은이

만리교 서쪽에 작은 초가집 한 채
백화담 연못물이 바다처럼 커보이네.
바람 머금은 푸른 대나무는 고요히 하늘거리고
비에 젖은 붉은 연꽃은 아련히 향기롭네.
벼슬 높아 잘 사는 옛날 친구와는 편지조차 끊기고
언제나 굶주린 어린 자식은 몰골이 처량하구나.
구렁에 처박혀 죽으면 그뿐 걸릴 것이 없으매
미친 놈이 늙어서 또 미친 것을 스스로 웃을 수밖에.

　　두보의 시가 특별히 조선조 선비들에게 사랑을 받은 이유는 한두 가지가 아니다. 우선 이 시의 형식상의 짜임새로부터 내용의 깊이를 간추려 살펴보자. 8행으로 된 이 칠언 율시七言律詩는 2행씩의 기승전결起承轉結이 맺고 끊은 듯 깨끗하다. 기起에 해당하는 처음 두 줄은 멀리 보이는 초가집 한 채를 원경遠景으로 묘사한다. 승承에 해당하는 셋째줄과 넷째줄은 집 뒤의 대나무 숲과, 연못 위의 연꽃을 묘사하여 작자의 시선이 좀 더 가깝게 접근했음을 보인다. 그러니까 근경近景을 그린 셈이다. 여기까지가 외부 환경의 묘사이다. 다섯째, 여섯째 줄인 전구轉句에 이르러 작자는 자신의 주위의 인물에 대해 말한다. 먼저 이제는 출세하여 죽마고우의 옛 정을 까맣게 잊어버린 옛날 친구에 대하여 말한다. 그 친구가 지금쯤 호화스러운 생활에 도취해 있을 것을 암시하면서 굶주려 비실거리는 자기 자식을 대비시켜 말한다. 그리고 일곱째, 여덟째 줄로 넘어와 작자 자신의 심경을 노래한다. 구렁에 고꾸라져 죽으면 어떠랴 싶은 심정, 그러나 그것이 진실로 자유롭고 마음 편함을 느끼니 이것이 미쳐도 단단히 미친 것이 아니냐는 냉엄한 자기 반성을 끝마무리로 하고 있다. 과연 이 시인이 미친 시인일까? 염량 세태炎凉世態의 흐름대로 세속의 유행과 권세를 따르면서 옛날의 우정도 돌아보지 않는 친구가 미친 놈이 아니냐는 역설적인 욕설을 감추고 있는 이 시인은 자기 자신을 초가집 앞에 세워 두고 또 하나의 자기가 멀리 서서 자신을 응시하고 있다. 조선조의 양반들은 두보의 이런 시를 읽으면서 몇 번이고 자기 자신만은 출세하여 잘 살게 되더라도 절대로 옛날의 정리를 잊지 않을 것임을 맹세하였을 것이다.

江 村

물근 フ룺 흔 고비 무술홀 아나 흐르ᄂ니,
긴 녀롮 江村애 일마다 幽深ᄒ도다.
절로 가며 절로 오ᄂ닌 집 우흿 져비오,
서르 親ᄒ며 서르 갓갑ᄂ닌 믌 가온딧 굴며기로다.
늘근 겨지븐 죠희를 그려 쟝긔파늘 밍굴어늘
져믄 아ᄃ른 바ᄂᆯ 두드려 고기 낫골 낙술 밍ᄀᄂ다.
한 病에 얻고져 ᄒ논 바ᄂ 오직 藥物이니
져구맛 모미 이 밧긔 다시 므스글 求ᄒ리오.

淸江一曲抱村流
長夏江村事事幽
自去自來堂上燕
相親相近水中鷗
老妻畵紙爲碁局
稚子敲針作釣鉤
多病所須唯藥物
微軀此外更何求

강마을

맑은 강 한 굽이가 마을을 안고 흐르는데
긴 여름 강 마을에는 일이 없는 듯 그윽하네.
절로 가며 절로 오는 것은 집 위의 제비요,
서로 친하고 서로 가까운 것은 물 가운데 떠 있는 갈매기로다.
늙은 아내는 종이 위에 장기판을 그려 주고,
어린 아들은 바늘을 두드려 고기 낚을 낚시를 만든다.
병 많은 처지에 얻고자 하는 것은 오직 약일 뿐,
조그마한 이 몸이 그 외에 또 무엇을 구할 것인가?

강, 마을, 제비, 갈매기, 아내, 아들, 약, 그리고 작은 몸으로 행이 바뀔 때마다 이어지는 대상들의 변화는 참으로 치밀하게 짜인 한 폭의 그림이다. 처음 네 줄은 자연 환경을 묘사하고 나중 네 줄에는 그 자연 환경을 배경으로 하여 인물들이 나와 움직인다. 처음엔 아내와 아들이, 그리고 마지막에는 작자 자신의 허심탄회한 심경을 읊음으로써 세상을 등지고 자연과 벗하여 사는 병든 늙은 시인을 초라한 듯, 그러나 스스로를 즐기는 의젓한 한 인간을 노래하고 있다. 일마다 그윽할 뿐이라 하였으니 몇 해를 지나도 바깥 사람의 발 그림자가 없는 아주 궁벽한 강 마을이 연상된다. 우리나라로 친다면 강원도 정선쯤 된다고 해야 할까? 거기에서 미천한 인생이 구차하게 조금 더 살기를 바라는 것 같은 안간힘, 그러나, 돌이켜 보면 하늘이 내어 준 인생을 끝까지 고결하고 겸허하게 받아들이려는 자세를 보게 된다고는 말할 수 없을 것인지, 깊이 생각하게 한다.

두보의 시 세계는 같은 시기의 당나라 시인 이태백과 대조적이라는 점이 주목된다. 이태백을 시선詩仙이라 하였음에 반하여, 두보를 시성 詩聖이라 하였다. 이태백이 호탕하고 귀족적이며 낭만적이라면, 두보 는 돈후 인자敦厚仁慈하고 평민적이며 사실적이라고 말할 수 있다. 현 실 생활에 직면하여 나라 일을 걱정하며 세상 돌아가는 모습에 괴로워 하면서 한 자 한 구에도 정성을 들여 시를 짓는 두보의 작품을 조선조 선비는 깊이 사랑하였다. 모름지기 시를 짓고자 하는 사람이라면 두보 의 시 세계를 이해하지 아니할 수 없었다. 이 점이 150년이 지난 뒤에도 중간본을 다시 간행하게 한 중요한 이유이다. 말하자면 ≪두시언해≫ 는 조선조 선비들에게 있어서 세상을 보는 안목과 시 짓는 기술을 동시에 익히는 교과서였던 것이다.

3. 첫 번째의 한글 탄압 사건

한글이 창제된 지 육십 년이 된 1504년연산군 10년은 한글이 첫 번째의 수난을 받은 해였다. 연산군 치세의 말기에 해당하는 이 시기에 연산군이 잘못하는 처사가 한두 가지가 아니었지만, 그 가운데 하나가 바로 언문한글의 학습과 사용을 금지한 명령을 내린 일이었다.

사건의 발단은 연산군의 처남 신수영慎守英의 밀고에서 시작된다. 신수영은 연산군 10년 7월 19일 자기 집에 투서가 들어왔다고 연산군에게 고한다. 투서의 내용은 한글로 임금의 학정을 비난하는 것이었다.

개금介今이가 말하되, 옛날 임금은 난시라 하여도 이렇게까지 사람을 죽이지는 아니하였는데, 지금의 주상主上은 도대체 어떤 주상이기에 신하들 죽이기를 파리 목을 자르듯 하는고! 아 언제나 이런 세상이 끝나리오.

이러한 투서의 내용을 알게 된 연산군은 그 투서에 나오는 이름을 가진 여인들을 빈청에 잡아다 놓고 정승 이하 여러 고관들을 시켜 조사하였으나 범인은 잡히지 않았다. 이 무렵 연산군은 부왕 성종 시절에 폐비가 되어 죽은 자기의 생모 윤씨尹氏의 원한을 갚는다고 많은 사람을 죽이거나 유배시키는 등 실로 이성을 잃고 포악한 행동을 자행하고 있었다. 연산군은 당일로 범인을 잡아내라고 다그치면서 막대한 현상금까지 내걸었지만 범인은 잡히지 않았다. 그러나 그 다음날부터 연산군은 언문을 탄압하는 명령을 내리기에 이른다. 그 내용은 다음과 같다.

첫째, 차후로는 언문은 가르치지도 말고 배우지도 말 것.
둘째, 이미 언문을 배워 아는 자는 절대로 사용하지 말 것.
셋째, 언문을 사용하는 자는 기훼제서율棄毁制書律로 처단함.

넷째, 무릇 언문을 아는 자는 한성漢城 오부五部에 신고하여야 하며 알고도 고하지 않는 자는 이웃과 함께 죄를 주되 제서유위율制書有違律로 처단함.

다섯째, 조정 고관 집에 소장된 언문 구결의 책은 모조리 불사르도록 할 것.

단, 중국어를 번역한 것은 금하지 말 것.

여기에서 기훼제서율은 나라의 법령과 문서를 훼손하거나 버렸을 때 받는 벌이요, 제서유위율은 나라의 법령이나 문서의 내용을 어겼을 때 받는 것으로 곤장 일백 대를 맞는 중벌이었다. 백성들의 문자 생활에 도움을 주기 위해 한글을 창제하였던 세종대왕과 비교하여 본다면 연산군의 이와 같은 명령은 한심하기 짝이 없는 행위였다. 그러나, 그 당시 이미 연산군은 이성을 잃고 행동하는 것이었으므로 그처럼 엄한 임금의 명령이 있었다고 해도 그것이 실질적으로 효력이 발생하였다고는 보기 힘들다. 설혹 임금의 명령이 무서워 잠시 언문 교육이 중단되었다고는 볼 수 있으나, 이것은 반대로 해석한다면 양반집의 부녀자들은 물론 노비들까지도 언문곧 한글이 상당히 광범위하게 보급되어 그야말로 한자를 배울 기회가 없는 계층에서는 언문에 의한 문자 생활이 일반화되어 있었음을 반증하는 것이라 하겠다. 실제로 언문 사용의 금지를 명한 이후에 두 가지 언문 편지 사건이 발생하였다. 하나는 어떤 운평運平: 연산군 시대에 각 지방에서 뽑혀온 얼굴이 고운 기생을 좋아하는 벼슬아치가 그 운평에게 연산군의 눈에 띄지 않으려면 화장에 힘쓰지 않아야 한다고 언문 편지를 써 보낸 사건이고, 또 하나는 흥청興淸: 운평 중에서 재주가 뛰어나고 얼굴이 고와 임금의 시중을 들게 되어 있는 기생들이 궁중에서 억류 생활하는 것을 한탄하여 언문 편지로 서로 위로하고 있었는데, 그 편지 왕래가 탄로난 사건이었다. 이와 같이 언문 사용이 금지된 이후에도 기생들 사이에는 여전히 언문 사용이 활발하였음을 알 수 있다. 이것으로 미루어 보면 연산군의 언문 사용 금지 명령은 언문을 사용하는 백성들에게 일시적인 충격은 주었으나 봇물이 터지듯 언문의 보급은 전국 방방곡곡에 계속 확대되고 있었다고 보아야 한다. 한편, 연산군은 스스로 언문 사용의 금지를 명령해 놓고 그 후에 언문으로 역서曆書를 번역하게도 하였으며, 새로 지은 악장樂章에 한글로 '높낮이'를 표시하도록 명하기도 하였다. 또 새로 채용된 홍청이나 운평이 궁중 용어를 몰라 실수할 때가 있으므로 어전에서 사용하는 말을 언문으로 번역하여 가르치라고 명하기도 하였다. 결국 한글 사용을 금지한 것은 자신을 비방하는 여론이 한글로 표현된 것을 싫어하여 일시적으로 내린 명령일 뿐, 그것이 제대로 시행되지도 않았으며 더구나 그의 행동에 일관성이 없었던 사실로 보아 이 한글 탄압은 연산군 말기 2년간에 있었던 하나의 에피소드로 보아야 할 것이다.

도도한 역사의 흐름이 온전치 못한 정치를 하던 임금의 말 한 마디에 영향을 받을 수 있을 것인가?

4. 영그는 민족 문학

한 나라의 민족 문학은 엄격하게 말한다면 그 나라 말을 제대로 적을 수 있는 문자가 있어야 제대로 발전할 수가 있다. 우리 민족의 역사가 반만 년을 헤아린다고 해도 우리말을 제대로 적을 수 있는 한글이 창제된 것은 겨우 오백 오십 년 안팎에 지나지 않으니 결국 민족 문학의 역사는 오백 오십 년을 넘어설 수는 없게 되어 있다.

물론 우리 조상들은 한글이 창제되기 이전에도 문학 활동을 하였다. 이야기도 지었고 시도 읊었다. 그러나, 그것을 완벽하게 기록할 수는 없었다. 더러는 한문으로 그 뜻을 옮겨 놓는 것이었고, 더러는 향가와 같이 한자를 빌어 불완전한 상태의 우리말을 적어 놓는 것이었으며 또 더러는 다만 입에서 입으로 옮겨 전할 뿐이었다. 이렇게 입에서 입으로 옮겨 전하다가 그 맥이 끊기는 그 이야기나 노래는 이 세상에서 영원히 사라져 버리는 것이었다.

제 나라 제 민족의 말을 바르게 적을 수 있는 문자가 생겼다는 것은 민족 문학을 제대로 담을 수 있는 좋은 그릇이 생겼음을 뜻한다. 문학은 언어의 예술이며 언어는 곧 제대로 된 문자에 의해서 제대로 표현될 수 있기 때문이다.

선조 대왕 시절―이제 한글이 창제된 지 백여 년의 세월이 흘렀다. 그 동안 세조·성종·연산군·중종·명종의 시대를 거쳐 선조의 시대에 이른 것이다. 세조 때에는 주로 불경 언해가 간행되었고 성종 때에는 ≪내훈≫, ≪두시언해≫, ≪삼강행실도≫ 같은 책이 나왔다. 중종 때에 이르러 ≪속삼강행실도≫, ≪번역소학≫, ≪여씨향약언해≫, ≪정속언해≫, ≪이륜행실도≫, ≪효경언해≫같은 책이 나와 나라 전체에 미풍양속을 진작시킨다. 그러다가 선조 때에 오면 비로소 유교의 경전인 ≪사서삼경四書三經≫까지 한글로 번역한 이른바 ≪칠서언해七書諺解≫의 간행을 보게 된다. 당대 동양 문화의 핵심적인 사상이 거의 전부 한글로 번역된 셈이다. 이러한 번역 사업에 발맞추어 한글은 온 나라 안에 골고루 전파되었을 것이다. 만 40년의 재위 기간을 누린 선조 대왕1567~1607은 후반부의 7년간을 왜란에 시달려 시련을 겪기는 했으나, 왜란을 만나기 전까지는 조선 왕조 전반기 사회의 난숙한 문화를 마음껏 누린 행복한 임금이었다. 따라서, 16세기 후반은 조선 왕조의 문화적 업적이 일단 총정리되었던 시대라고 할 수 있다. 이 시대를 기준으로 하여 문학의 모습을 살펴보기로 하자.

시가詩歌 문학으로서는 시조時調와 가사歌辭를 손꼽을 수 있겠고, 본격적인 논의는 불가능하나 산문散文 문학으로서는 소설과 수필을 거론해야 할 것이다.

선조 대왕 3년1570 A.D.에 작고한 퇴계退溪 이황李滉과 선조 17년에 돌아간 율곡栗谷 이이李珥 두 분은 우리나라에 성리학性理學이 들어온 이래, 그 성리학을 보다 심오하게 발전시켜 한국 유교 철학의 거대한 산봉우리를 이루신 분들이다. 이들 두 분이 각기 그들의 사상을 시조로 표현하였다. 퇴계는 「도산십이곡陶山十二曲」 열두 수를 남겼으며, 율곡은 「고산구곡가高山九曲歌」 아홉 수를 남겼다. 당대의 대학자가 그들의 심경을 문학적으로 표현함에 있어서 시조時調의 형식을 빌었다고 하는 것은 범연한 문제가 아니다. 이미 '시조'라고 하는 문학 장르가 당시 사회에 커다란 세력으로 퍼져 있었다는 것은 말할 것도 없고 성리학이 추구하는 세계관과 인생관을 '시조'라는 특이한 시가 형식詩歌形式이 받아들이고 또 나타낼 수 있었다는 것을 뜻하기 때문이다.

시조는 이미 고려 말에 상당한 정도로 정비된 시가 형식으로 생성되어 있었다. 오늘날 우리가 조선 왕조 건국의 일화와 함께 즐겨 외우는 정몽주鄭夢周의 「단심가丹心歌」와 이방원李芳遠의 「하여가何如歌」는 과연 그 노래가 읊어질 당시의 모습 그대로인지는 알 수 없으나, 설사 조금 다르다고 해도 그 차이가 문제될 것으로는 생각되지 않는다.

그 후로 시조는 시대를 흘러 내려오면서 조선조 선비들의 생활과 생각을 간결하게 표출한다. 조선 왕조 개국 초에는 고려의 멸망을 안타까워하는 「회고가懷古歌」와 조선의 창업을 찬양하는 「송축가頌祝歌」가 나와 그 때 선비들의 커다란 두 줄기 흐름을 보여주었다. 세종 때에는 잠시 태평성대를 즐기는 「강호가江湖街」가 창작되어 여유 있는 세상살이의 멋을 보이더니 급기야 세조 때에 이르러 단종端宗의 복위復位를 꾀하다가 실패한 선비들에 의한 「충의가忠義歌」가 불리어져서, 시조가 어떻게 선비들의 삶에 직결되어 있는 문학 장르였던가를 보여주었다. 그러나 이처럼 활발한 작품 활동이 있었고 그것이 실제의 생활과 밀착되어 있었음을 보여주기는 했으나, 그 때까지 높은 예술적 향기를 지닌 시조는 아주 드물었다. 그러다가 16세기에 들어와 태평한 세월과 자연의 아름다움을 노래한 황진이黃眞伊, 이현보李賢輔, 송순宋純 같은 시인에 이르러서 시조의 문학성은 흐드러지게 꽃핀다. 이것이 퇴계와 율곡에 이르러서는 유교의 이념을 형상화하는 경지로까지 발전한다. 문학이 이념의 영역을 자유롭게 넘나든 것은 시조에서 그 대표적인 예를 보여주지 않았나 생각될 정도이다. 그러나, 같은 선조 때에 박인로朴仁老, 신흠申欽, 윤선도尹善道의 시조가 높은 문학적 향취를 보여줌으로써 시조가 유교 철학의 이념적 해설의 방편으로 굳어 버리는 것이 아니라, 유교 사회의 특성을 시조가 긍정적으로 표상하는 유일한 무학 장르임을 입증하게 된다. 선조 시대 이후 산문화의 물결을 타고 시조는 단형의 평시조에서 엇시조와 사설시조로 형태의 변화를 입는다. 그 후 현대까지 칠백 년 동안 시조는 우리나라 시가 문학의 대표적인 장르로 생명을 유지하고 있다. 현대에 이르러 시조가 그 생명을 잃었다고는 할 수 없으나 시 문학의 변두리로 밀려난 것은 분명하다. 결국 시조는 유교 사상의 발전과 쇠퇴에 발맞추어 왔다고 볼 수 있다. 그러한 의미에서 퇴계와 율곡의 시조는 우리에게 각별한 관심을 끄는 것이다.

다음은 「도산십이곡」의 처음 부분이다.

이런들 엇다ᄒ며 더런들 엇다ᄒ료.
이런들 어떠하며 저런들 어떠하료.

草野愚生초야우생이 이러타 엇다ᄒ료
초야에 어리석은 선비 이렇다 어떠하료.

ᄒᄆ며 泉石膏肓천석고황을 고텨 므슴ᄒ료
하물며 자연 사랑의 고질병을 고쳐 무엇 하리오.

煙霞연하로 지블삼고 風月풍월로 버들사마
자연으로 집을 삼고 시 짓기로 벗을 삼아

太平聖代태평성대예 病병으로 늘거가뇌
태평성대에 병으로 늙어 가네.

이듕에 ᄇ라ᄂ 이른 허므리나 업고쟈.
이 중에 바라는 일은 허물이나 없으면.

淳風순풍이 죽다ᄒ니 眞實진실로 거즈마리
좋은 풍속 죽었다 하니 진실로 거짓말이

人性인성이 어디다ᄒ니 眞實로 올흔 마리
사람 성품 어질다 하

니 진실로 옳은 말이

天下천하에 許多英才허다영재를 소겨 말솜홀가　천하에 그 많은 영재
들을 속여 말씀 아니
하네.

　퇴계 말년의 원숙한 사상적·정서적 안정감이 이 시 속에 넘쳐 흐른
다. 주자朱子의 무이정사武夷精舍를 본받아 자연 속에 물러앉아, 사색과
후배 양성에 힘쓰겠다는 삶의 모습과 이상이 그대로 나타나 있다. 퇴
계는 12곡으로 된 이 시조 끝에 '우리나라의 고유한 시가는 대체로
그 뜻이 난잡하고 하고자 하는 말이 제대로 드러나지 않았다.'고 비판
하는 글을 덧붙이고 있다. 말하자면 「도산십이곡」과 같은 시조가 바람
직한 시가임을 은근히 강조한 것인데 성리학자의 문학관을 이해하게
하는 중요한 발언으로 주목된다.
　다음은 「고산구곡가」의 일부이다.

高山 九曲潭구곡담을 살름이 몰으든이　고산 구곡담을 세상
사람 모르더니

誅茅卜居주모복거ᄒ니 벗님네 다 오신다　풀 벤 자리 초막 지으
니 벗님네 다 오신다
ᄒ리라.

어즙어 武夷무이를 想象상상ᄒ고 學朱子학주자를　어즈버 무이정사 생
각하며 주자의 학문
닦으리라.

二曲이곡은 어드미고 花岩화암에 春晚춘만커다   두 번째 구비 어드멘고 꽃바위에 늦봄이네.

碧波벽파에 곳츨 씌워 野外야외에 보내노라   푸른 물결 꽃을 띄워 들 밖으로 보내노라.

살룸이 勝地승지를 몰온이 알게혼들 엇더리   세상 사람 진짜 자연을 모르니 알게 한들 어떠리.

三曲삼곡은 어드미고 翠屏취병에 닙퍼졋다   세번째 구비 어드멘고 꽃가지 병풍에 잎사귀 퍼졌구나.

綠水녹수에 山鳥산조는 下上其音하상기음흐는 적의   푸른 물가 산새들은 높낮은 소리로 지저귀는데

盤松반송이 受淸風수청풍흔이 녀름 景경이 업세라.   굽은 솔 맑은 바람을 안으니 여름이라 더울소냐.

율곡의 이 시조도 그의 말년에 황해도 해주海州에 있는 고산高山에 주자를 흉내내어 정사精舍를 짓고 학문과 교육에 힘 기울이겠다는 심경을 읊고 있다. 은둔 생활에 뜻을 둔 학자가 자연을 벗하지 않을 리 없고 자연을 벗할 때, 거기에 흥이 따르지 않을 수 없으니 그것이 이러한 노래로 표현된 것이리라. 그러나 오늘날 문학을 하나의 독립된 예

술로 보는 처지에서 이러한 시가는 그 한계성을 인정하지 않을 수 없을 것이다.

선조 대왕 시절은 가사歌辭 문학 역시 난만한 꽃을 피우던 때였다. 일찍이 고려 말에 나옹화상懶翁和尙이라는 스님이 「서왕가西往歌」, 「심우가尋牛歌」 같은 불교 가사를 지었다고 한다. 알맞은 표기 문자가 발명되기 전이라 작품이 전하지 않았을 것이지만 가사 역시 고려 말에 발생하였다면 짧은 시가 형태로서의 시조와 짝맞추어 긴 시가 형태로 존재한 문학 장르로 보아야 할 것이다. 이러한 가사가 그 모습을 본격적으로 선보이는 것은 한글 창제 한참 뒤인 성종대왕 시절 정극인鄭克仁이 지은 「상춘곡賞春曲」에 이르러서이다. 그 후 가사는 시조처럼 활발하게 창작되지 않는다. 길게 지어야 한다는 구조적 특성이 손쉽게 작품을 생산해 내지 못하게 하였을 것이다. 그러다가 중종 때에 이르러 송순宋純의 「면앙정가俛仰亭歌」를 징검다리로 하여 선조 때 송강松江 정철鄭撤에 와서 가사 문학은 드디어 찬란한 빛을 발한다.

'송강'하면 '가사'를 연상하기 때문에 정철이란 분이 누구인지는 몰라도 '송강 가사'라는 낱말은 마치 하나의 문학 작품으로 여겨질 만큼 '송강 가사松江歌辭'는 너무도 우리 귀에 익은 말이 되어 버렸다. 그러나 '송강 가사'는 정철이 지은 가사 전부를 가리키는 말이다. ≪송강 가사≫라는 책이 있다. 여기에는 「관동별곡關東別曲」, 「사미인곡思美人曲」, 「속미인곡續美人曲」, 「성산별곡星山別曲」, 「장진주사將進酒辭」 등 다섯 개의 가사에 51수의 시조가 실려 있다. 그런데 ≪송강가사≫를 논의하는 자리에서 우리가 잊어서는 안 될 것이 있다. 서포西浦 김만중金萬重이 그가 지은 ≪서포만필西浦漫筆≫에서 '송강 가사'에 대하여 언급한 다음 구절이다.

옛부터 오늘에 이르기까지 우리나라의 진짜 명문은 「관동별곡」, 「사미인곡」, 「속미인곡」의 세 편 뿐이다. 그러나, 또다시 이 세 편 가운데서 가장 좋은 작품을 뽑는다면 「속미인곡」이 제일 아름다운 작품이라고 하겠다. 「관동별곡」과 「사미인곡」에는 한자 말을 빌어다가 표현한 부분이 많이 있기 때문이다.

그러면, 「속미인곡」은 어떤 작품인가? 그 마지막 부분을 잠시 읽어 보기로 하자.

茅簷모첨 츤 자리의 밤듕만 도라오니 半壁반벽 靑燈청등은 눌 위하야 불갓는고 오르며 느리며 헤쓰며 바자니니 져근덧 力盡녁진ᄒ야 픗ᄌᆞᆷ을 잠간 드니 精誠정셩이 지극ᄒ야 ᄭᅮᆷ의 님을 보니 玉옥 ᄀᆞ튼 얼구리 半반이 나마 늘거셰라 ᄆᆞ음의 머근 말ᄉᆞᆷ 슬ᄏᆞ장 ᄉᆞᆲ쟈 ᄒ니 눈믈이 바라 나니 말ᄉᆞᆷ인들 어이ᄒ며 情졍을 못다ᄒ야 목이조차 메여ᄒ니 오뎐된 鷄聲계셩의 ᄌᆞᆷ은 엇디 ᄭᅢ돗던고 어와 虛事허ᄉᆞ로다 이 님이 어ᄃᆡ 간고 결의 니러 안자 窓창을 열고 ᄇᆞ라보니 어엿븐 그림재 날 조츨 ᄲᅮᆫ이로다 출하리 싀여디여 落月낙월이나 되야이셔 님 겨신 窓창안ᄒᆡ 번드시 비최리라 각시님 ᄃᆞᆯ이야 ᄏᆞ니와 구즌 비나 되쇼셔.

(초가집 추운 침실 깊은 밤중 돌아오니 벽에 걸린 푸른 등불 누굴 위해 밝았는고. 오르락내리락 허둥거려 방황하다 어느 사이 기운 지쳐 풋잠을 잠깐 드니, 정성이 지극했나 꿈에 님을 뵈었는데 옥 같은 님의 얼굴 반 넘어 늙으셨네. 마음에 먹은 말씀 실컷 사뢰고자 하였으나, 눈물이 펑펑 쏟아지니 말씀인들 어이 드리며, 그립던 정을 이기지 못하여 목조차 메여 쩔쩔매는 중에 방정맞은 닭울음에 잠을 깨고 말았구나. 어와 허사로다. 님은 어디에 계신가. 얼결에 일어 앉아 창문 열고 바라

보니 가련한 그림자 내 모습을 비칠 뿐이로다. 차라리 죽어 버려 새벽 달 되어 님 계신 창안을 환히 비춰 드렸으면. 각시님 달은커녕 궂은 비라도 되옵소서.)

군신君臣의 관계를 사랑하는 남녀 관계로 바꾸어 이처럼 아름다운 우리말 가사를 만들 수 있었던 송강의 능력은 말할 것도 없고, 이 작품의 문학적 가치를 높이 인정한 김만중의 안목 또한 우리를 경탄케 한다. 이것은 이미 이 시대에 진정한 민족 문학이 어떻게 형성되어야 하는지를 깨닫기 시작하였음을 보여주는 것이라 하겠다. 한글의 창제는 우리 문학을 발전시킴에 있어 이처럼 절대적인 전제가 되었던 것이다. 이제 비록 원문은 한문으로 되어 있을망정 서포西浦의 문학관이 어떠한 것이었나를 살펴보기로 하자.

사람의 마음이 입으로 나오면 말이 되고, 말에 가락이 붙으면 노래가 되고 시詩가 되고 글이 되는 것이다. 사방의 말이 비록 같지 않으나 진실로 말 잘 하는 사람이 있어 각각 그 말에 따라, 가락을 붙이면 능히 천지를 움직이며 귀신과도 통할 수가 있은 것이니 이것은 단지 중국에서만 가능한 일이 아니다. 이제 우리나라의 시와 글은 제 말을 버리고 남의 나라 말을 따르니, 비록 아주 비슷하다 할지라도 그것은 오로지 앵무새가 사람 말 흉내내는 것과 다를 바가 없다. 길거리에서 들을 수 있는, 땔나무하는 아이, 물 긷는 아낙네의 웃으며 서로 지껄이는 것을 비록 품위 없고 속되다고 할지 모르나, 만약 그것들이 참되냐 거짓되냐를 말한다면 진정 공부 많이 한 사대부들의 이른바 시부詩賦란 것과는 전혀 비교할 수가 없는 것이다.

　　서포 김만중1637~1692은 선조대왕 시절로부터 반세기 뒤에 태어난 사람이기는 하지만, 제 나라 말을 있는 그대로 나타낼 때 진정한 문학이 될 수 있다는 그의 문학관은 16세기 후반인 선조 시대에 정철과 같은 사대부 문인들의 작품이 있었기 때문에 더욱 확고한 것이 될 수 있었다고 보아야 한다. 결국 민족 문학의 발흥은 16세기를 출발점으로 잡을 수밖에 없을 것이다.

　　정철에 의하여 자리가 굳은 가사 문학은 같은 시기, 곧 선조 대왕 시절에만 해도 많은 작품들이 쏟아져 나오게 된다. 차천로車天輅의 「강촌별곡江村別曲」, 허난설헌許蘭雪軒의 「규원가閨怨歌」, 허전許㙉의 「고공가雇工歌」, 이원익李元翼의 「고공답주인가雇工答主人歌」, 서산대사西山大師의 「회심곡回心曲」, 그리고, 노계盧溪 박인로朴仁老의 「태평사太平詞」, 「선상탄船上嘆」 등이 모두 선조 때에 나온 가사들이다. 이들 이른바 양반 가사兩班歌辭는 그 뒤로 끊이지 않고 활발하게 창작되었는데 영·정조英正祖 무렵에는 보다 발전하여 김인겸金仁謙의 「일동장유가日東壯遊歌」와 같은 기행 가사紀行歌辭가 나오기도 하였고 정학유鄭學遊의 「농가월령가農家月令歌」 같은 월령체 가사가 나오기도 하였다. 이러한 발전은 시조가 엇시조, 사설시조로 변모한 것처럼 가사에도 평민가사平民歌辭와 내방가사內房歌辭가 창작됨으로써 새로운 소재와 작가들을 얻기에 이른다. 더 나아가 이들 가사들이 교방敎坊에서 노래로 불러지게 되자, 이른바 교방가사敎坊歌辭라는 노래 부르는 가사를 낳게 하였고, 그 영향으로 평민들 사이에 가사가 창곡화唱曲化하여 잡가雜歌라는 형태로까지 변모하기에 이른다. 선조 시절 이래 양반 가사가 평민에 보급되면서 점차로 대중화되어 왔다고 보겠는데 이러한 발전의 싹이 선조 때에 확립되어 있었다는 점을 우리는 주의 깊게 보아야 할 것이다.

그러면, 산문 문학의 경우는 어떠한가? 우리는 소설과 수필을 우리나라 산문 문학의 커다란 두 줄기로 삼을 수 있다. 그런데, 선조대왕 시절은 앞에서 살펴 본 바와 같이 시조와 가사의 분야에서는 찬란한 발전을 이룩하였지만 아직 소설과 수필을 생산할 만큼 문화적으로 성숙하지는 못한 시대였다. 이것이 16세기 말까지의 우리나라 문학의 한계성이라고 보아야 한다. 그러나 ≪임진록壬辰錄≫같은 소설이 임진왜란 후에 나온 점으로 보아 16세기 말경 한글로 소설이나 수필을 기록할 수 있는 저력은 확보되어 있다고 말해도 좋을 것이다. ≪홍길동전≫을 지었다고 하는 허균許筠의 주요 활동 시기가 선조대왕 시절이라는 점 역시 이 시대에 산문 문학이 착수된 것으로 해석할 수 있는 근거가 된다.

5. 조선조 여성과 우리 문학

송강이 아무리 아름다운 한글 가사를 짓고, 서포가 그것을 우리나라 문학의 최고봉이라고 아무리 소리 높여 외쳐도 조선 왕조 사회에서 한글은 여전히 부녀자들 중심으로 사용되는 제2 문자의 역할밖에는 할 수 없었다. 양반 사대부들은 비록 한문 문학이 앵무새 놀이에 다름 없는 것이라는 생각을 가지고 있으면서도 한문시를 즐겨 지으면서 그것으로 교양을 나타냈고 지식을 자랑하였으며, 그것으로 사상을 표출하고자 하였다. 따라서 한글은 한자 문화권에서 소외된 양반 댁 부녀자와 평민들이 아끼고 활용하는 것이 되지 않을 수 없었다.

일찍이 한글이 양반 사대부 집안의 여성들에게 인기를 끌게 된 것은 그들이 말하듯이 뜻을 주고받을 수 있는 편지에 한글을 사용하게 되면서부터라고 할 수 있다. 양반 사대부들이 먼 곳에 출장 중일 때 집에 계신 어머니나 혹은 아내에게 편지를 쓸 때에는 역시 한글 편지를 보냈다. 임금님조차 후궁이나 시집간 공주에게 한글 편지를 보내고 있다. 그리하여, 한글은 속칭 '암클여자들이 쓰는 글'이란 별명이 붙을 정도로 부녀자와 깊은 인연을 맺고 발전하게 되었던 것이다.

글월 보고 됴히 이시니 깃거ᄒ노라 나도 무ᄉ이 인노라 쳔장은 나라이리 하 어읍스니 이제 어느 겨르레 ᄒ며 군인 ᄒ나힌들 어듸 가 어드리 왜적도 ᄀᆞ올히 전라도 티려ᄒ다 ᄒᄂ 긔별도 이시니 더욱 심심ᄒ야 ᄒ노라. 보내ᄂ 것 츌화라

(글월 보고 잘 있다니 기뻐하노라. 나도 무사히 있노라. 천장遷葬: 무덤을 옮기는 작업은 나라의 일이 너무 틈이 없으니 이제 어느 겨를에 하며 군인 한 사람인들 어디 가서 얻으리. 왜적도 가을에 전라도를 치려 한다 하는 기별도 있으니 더욱 걱정이 되노라. 보내는 것 챙겨라.)

선조대왕이 임진란 중에 어느 후궁에게 보낸 편지이다. 나라가 전쟁에 휘말려 있는 중에도 후궁에게 보내는 인정 어린 이 편지에서 우리는 선조대왕의 오히려 여유 있는 마음을 읽을 수 있다. 얼굴을 마주하고 말하듯 적은 편지 사연은 형식을 갖추어 어렵게 적는 한문 편지에 비할 바가 아니게 정겨운 것이었다. 이러한 한글 편지의 일반화는 부

녀자들에게 두 가지 면에서 문학적 욕구를 부채질하는 결과가 되었다. 하나는 한글로 적은 새로운 이야기를 읽고자 하는 욕구이고, 다른 하나는 스스로 자신의 느낌과 생각을 글로 적고자 하는 창작 욕구였다. 그리하여, 서서히 양반집 부녀자들이 중심이 된 산문 문학이 꽃피게 되었다.

우리나라 최초의 한글 소설로는 허균許筠: 1569~1618의 ≪홍길동전洪吉童傳≫을 손꼽는다. 이 소설은 첩의 자식으로 태어나 신분상의 학대를 견디지 못하고 집을 뛰쳐나가 천부의 재질을 발휘하여 활빈당이라는 도둑 무리의 우두머리가 된 홍길동의 활약을 그린 것으로 겉으로는 사회 정의를 실현하는 저항 문학 내지는 영웅 소설의 성격을 띤 것인데 이런 소설을 즐긴 두터운 독자층이 양반집 부녀자들이라는 점에서 보면, 이 소설이 지니는 문학적 영향이 양반 사대부들에게는 폭넓게 끼치지 않았음을 짐작할 수 있다.

≪홍길동전≫의 뒤를 이어 숙종 때에 오면 김만중의 ≪구운몽九雲夢≫과 ≪사씨남정기謝氏南征記≫라는 두 편의 소설을 얻게 된다. 여기에 이르러 우리는 비로소 소설다운 소설을 읽게 되는데, 이들 작품의 구성이나 문체의 아름다움은 한국어와 한글이 일류의 문학을 낳을 수 있는 언어요 문자임을 명백하게 증명한 것이었다. 그러나 무엇보다도 이러한 우리의 소설 문학이 비록 그 작가는 양반 사대부라 할지라도 중심 독자층이 부녀자들로 형성되어 있었다는 점을 주목해야 한다. ≪구운몽≫의 창작 동기를 보면, 김만중이 그 어머니 윤씨를 위로하기 위한 것이라고 하며, 소설 속에 펼쳐지는 파란만장한 인간사의 대부분은 여성들의 현세적 욕구를 만족시키는 부귀영화와 그것을 위한 투쟁

과 갈등을 그린 것이었다. 이렇게 본다면 우리나라 소설 문학을 후원한 계층으로 양반 부녀자를 각별히 기억해야 할 것이다. 따라서, 숙종 대왕 시절 이후에 창작되는 많은 소설들이 그 주제主題와 소재素材가 아무리 많다고 하더라도 결국 그것들은 양반집 부녀자들의 정서적 위안물의 범위를 넘어서는 것일 수가 없었다. ≪유충렬전≫, ≪임경업전≫, ≪박씨전≫같은 영웅 역사 소설, ≪구운몽≫, ≪옥루몽≫, ≪춘향전≫같은 사랑 이야기, ≪장화홍련전≫, ≪정을선전≫같은 가정 소설, ≪흥부전≫, ≪심청전≫ 같은 설화 이야기 등 그 어느 것을 펼쳐 보더라도 이들 소설은 양반 사대부 집안의 시간 여유가 있는 부녀자들의 문학적 욕구를 충족시키는 것이었다.

이러한 현상은 자연스럽게 그들 양반집 부녀자들의 창작 활동을 자극하였다. 오늘날 우리가 궁정 소설로 손꼽고 있는 ≪계축일기癸丑日記≫, ≪한중록閑中錄≫, ≪인현왕후전仁顯王后傳≫이 모두 상당한 지식 수준에 있었던 여인들의 손에 의해 지어졌다는 것은 결코 우연한 일이 아니다. 다 아는 바와 같이 ≪계축일기≫는 선조 35년부터 광해군 15년 인조반정仁祖反正이 일어날 때까지 광해군과 영창대군을 둘러싸고 벌어진 당쟁의 소용돌이를 점잖은 궁중의 말씨로 서술한 글이다. 흔히 영창대군의 어머니인 인목대비仁穆大妃의 나인內人이 지었다고 하나 인목대비 자신이 지은 것이 아닌가 하는 의문이 일어나고 있는 작품이다. ≪한중록≫은 영조 대왕의 며느리요, 정조 대왕의 모후인 사도세자빈 혜경궁 홍씨惠慶宮洪氏가 지은 것이니 말할 것도 없고, ≪인현왕후전≫도 숙종 때 숙종 비인 인현왕후를 모시던 궁녀의 기록이라는 설을 받아들인다면 17세기에 접어들면서 양반 사회의 부녀자들은 자기 주위에 일어나는 사건을 유려한 필치로 적어 놓은 산문 문학의 선구자라고 말해도 지나친 표현이 아니다. 이러한 풍조는 점차 일반 사대부 집안의 여인들에게까지 퍼져서 순조純祖대왕 시절에 이르러서는 연안 김씨延安金氏의 《의유당관북유람일기意幽堂關北遊覽日記》이 속에 《동명일기東溟日記》가 가장 뛰어난 작품이다, 또 유씨俞氏의 《조침문弔針文》같은 주옥같은 명 수필이 나오게까지 되었다.

이렇게 본다면 근대 문학이 발흥하기까지 우리나라 산문 문학을 이끌어 온 중심 세력은 이들 양반 집안의 부녀자들이라고 말해도 지나친 말이 아닐 듯싶다.

이들 여성들의 글을 내간체內簡體라 하여 우아한 한글 문체 중 가장 옛스런 것으로 손꼽는다. 유장하게 연이어 가는 치렁치렁한 글귀에서 옛날 양반 부녀자들의 한恨과 멋을 동시에 느낄 수 있다. 다음 글은 《한중록》의 첫 구절이다. 하나의 문장이 얼마나 길게 연이어져 있는가? 그러나, 흠잡을 데 없이 정확하고도 유연하게 연결되어 있는 것에 우리는 놀라움과 찬탄을 함께 보내게 된다.

내 幼時유시에 關內궐내에 들어와 書札往復서찰왕복이 朝夕조석에 있으니 내 집에 내 手蹟수적이 많이 있을 것이로되 입궐 후 先人선인께서 儆戒경계하시되 外間書札외간서찰이 궁중에 들어가 흘릴 것이 아니요, 問候문후한 이외에 사연이 많기가 공경하는 도리에 可가치 아니하니 朝夕封書조석봉서 回答회답에 소식만 알고 그 종이에 써 보내라 하시기 先妣선비께서 아침저녁 承候승후하시는 封書봉서에 선인 경계대로 종이 머리에 써 보내옵고 집에서도 또한 선인 경계를 받자와 다 모아 洗草세초하므로 내 필적이 傳전함직한 것이 없는지라 伯姪백질 守榮수영이 매

양 본집에 마누라 手蹟수적이 머문 것이 없으니 한번 친히 무슨 글을
써 내리 오셔 寶藏보장하여 집에 길이 전하면 美事미사가 되겠다하니
그 말이 옳아 써 주고자 하되 틈 없어 못 하였더니 올해 내 回甲회갑
해를 당하니 追慕之痛추모지통이 百倍백배 더하고 세월이 더하면 내 정
신이 이 때 만도 못 할 듯하기 내 興感흥감한 마음과 經歷경력한 일을
생각나는 대로 개록하였으나 하나를 건지고 백을 빠치노라.

삼백 서른 한 자로 하나의 문장을 이루고 있으되 ≪한중록≫을 쓰게
된 경위를 설명하는 의미의 흐름이 논리 정연하다. 대체로 이러한 내
간체 문장은 하나의 주어와 하나의 서술어로 된 단문單文이 극히 적은
것이 특색이다. 그러면서도 문법적으로 정확한 글이 되었음을 오늘의
우리 후손들은 겸허하게 배워야 할 것이다.

생각해 볼 과제

- 한글 문화는 한편으로는 불교와 관계되고 다른 한편으로는 양반집
  부녀자들과 관련되어 일어났다. 이것이 조선 왕조 시대의 한글이
  걸어가야 할 길이었다. 이러한 시대에 한글과 한자의 상관 관계에
  대하여 생각해 보자.

- 두시언해가 조선 왕조 선비들에게 어떤 영향을 끼쳤을까? 두보의
  시가 지닌 문학적 가치와 아울러 살펴야 할 다른 요소를 정리하여
  보자.

- 연산군 시대의 한글 탄압과 일본 식민지 시대의 한글 탄압이 지니는
  본질적인 차이점이 무엇인가를 생각해 보자.

5장 국어에 대한 새로운 인식

1. 실학 시대의 국어 의식

어느 시대에나 그 시대를 꿰뚫고 흐르는 강력한 사상이 있으면 그 사상에 따라 문화 전반의 모습이 새롭게 정비된다. 15세기 중엽에 창제된 훈민정음은 문화사적 측면의 여러 가지 이유를 덮어두고 단지 사상적 근원만을 밝혀 말한다면 유교 성리학性理學의 이론적 배경과 중국 음운학音韻學의 활용에 의한 결실이었다고 할 수 있다.

그러면, 임진왜란을 치른 뒤 17세기에 들어오면서 사상의 흐름은 어떻게 바뀌었는가? 지금까지 유학儒學의 중심 학문이던 성리학은 점차 그 자리를 실학實學에 양보하게 되었다. 성리학이 사물의 본질이 무엇인가를 관념적으로 파헤치려 한 것이었다면, 실학은 자연 과학적 관점에서 우리의 일상생활에 직접적으로 도움을 주는 분야의 연구를 더 강조하는 것이었다. 그리하여, 17세기 이후부터는 그 때까지의 성리학적 연구에서 점차 사실에 근거하여 실생활에 도움이 될 수 있는 실학의 연구가 일어나게 되었다.

사실, 숙종 때에 서포西浦 김만중金萬重이 송강松江 정철鄭澈의 한글 가사를 우리 문학의 으뜸가는 작품이라고 칭찬한 것도 따지고 보면 실학적 사상의 안목으로 언어 문자를 이해하였기 때문에 생긴 결론이었다고 볼 수 있는 것이다. 그러니까, 양반집 부녀자들과 평민들이 말하는 것과 똑같이 표기할 수 있는 이른바 언문諺文 문자를 생활화한 것은 당시의 지식층인 양반들보다 앞서서 실학적 관점의 언어 문자 생활을 하고 있었다고 보아야 한다. 이러한 실학의 분위기가 무르익어 가면서 한글 및 국어에 관한 연구도 다양하게 되었다. 그리하여, 이수광李晬光의 ≪지봉유설芝峰類說≫에는 언문의 기원과 어원語源을 탐색한 글이 실리게 되었고 뒤이어 훈민정음을 운학韻學의 관점에서 연구한 최석정崔錫鼎의 ≪경세정운經世正韻≫같은 책이 간행되었다. 속담을 수집해 놓은 홍만종洪萬宗의 ≪순오지旬五志≫도 이 무렵에 나온 책이다.

이와 같은 학문의 풍토는 영조英祖대왕과 정조正祖대왕 시대에 걸쳐 지속적인 발전을 이루어 음운音韻, 문자文字, 어원語源 및 어휘語彙에 대한 다각적인 연구가 쌓이게 되었다. 그 중 대표적인 저서로는, 신경준申景濬의 ≪훈민정음운해訓民正音韻解≫, 정약용丁若鏞의 ≪아언각비雅言覺非≫, 유희柳僖의 ≪언문지諺文誌≫와 ≪물명고物名攷≫, 이의봉李義鳳의 ≪고금석림古今釋林≫ 같은 것을 들 수 있을 것이다.

그런데, 17세기에서 19세기에까지 걸치는 이들 실학자들의 국어 연구는, 비록 일상생활에서 국어의 중요성을 인식하고 우리말에 대한 깊은 관심을 기울인 것은 사실이었으나, 여전히 한문을 보다 높은 차원의 표기 형식으로 고정시키고 있어서, 오늘날 우리의 관점으로 보면 국어에 대한 애착이나 인식이 바람직한 것이었다고는 할 수 없었다. 그렇다고 하더라도, 한자·한문에만 치우쳐 있던 시대에 한글과 우리 말에 그 만큼 새로운 안목을 지니게 되었다는 것은 중요한 변화가 아닐 수 없다.

그러면, 이들 저서의 특징을 살펴볼 겸 ≪아언각비≫의 일절을 읽어 보기로 하자.

장안·낙양長安·洛陽은 중국 두 서울의 이름인데, 우리나라 사람들은 이를 취하여 일반적인 이름으로 삼아 시문詩文을 지을 때나 편지를 쓸 때에도 이 낱말을 의심하지 않고 써 왔다. 옛날 고구려는 처음에 도읍을 정한 곳이 평양인데, 거기에는 두 성城이 있으니 동북쪽 것을 동황성東黃城, 서남쪽 것을 장안성長安城이라고 말하였다. 서울을 일컬어 장안이라 하게 된 것은 이때부터 시작된 것이라 생각된다. 낙양이라는 칭호가 언제 부터 사용되었는지는 근거로 할 만한 것이 없다. 지금 서울로 오는 것을 낙양으로 온다고 말하고, 서울로 돌아가는 것을 낙양으로 돌아간다고 말 하며, 또 '낙양의 친한 벗'이니, '낙양에서 공부하는 사람'이니 하는 말은 모두 습관이 되어 깊이 생각하지 않고 써 오는 것이다.

유방劉邦이 세운 한漢 나라가 바뀐 지 오래 되어 장안·낙양이란 말은 없어지고 지금에 이르렀으나, 중국을 이야기하는 사람은 반드시 한가漢家: 중국의 임금 집안니, 한인漢人: 중국 사람이니 하고 말하는데, 이는 문자가 서로 따라 내려와서 옛날부터 문학 작품에 빌어 쓸 경우, 특별히 해로운 것이 없었던 때문이다. 다만 금석문金石文이나 간책문簡策文에는 쓰지 않 았던 것이다.

우리나라 경주慶州의 옛 이름도 또한 '서울'이라고 하였으니, 신라가 이

곳에 도읍을 세운 이후로 드디어는 도읍지의 칭호로 '서울'을 쓰게 된 것이다. 그런데, 지금 사람은 다만 한양漢陽을 서울이라고 하니, 이것은 한양만 서울이요, 경주도 서울이었음을 모르고 쓰는 듯하다. 나는 일찍이 '서울' 두 글자를 시구詩句에 넣으려고 하였으나 옛 사람이 말한 것이 없으므로 어떻게 하는 것이 좋을까 하고 궁리하다가 마침내 쓰지 않고 말았다.

이것이 18세기 후반에서 19세기 초반에 걸쳐 살면서 ≪여유당전서與猶堂全書≫라 일컫는 방대한 양의 저술을 남긴 다산茶山 정약용丁若鏞, 1762~1836의 언어 문자관이다. 서울을 가리키는 '장안'과 '낙양'이라는 두 낱말은 중국 한漢 나라 때의 도읍지 이름이므로 우리나라의 서울을 가리키는 말로 쓰는 것이 마땅치 않음을 말하고 있다. 한편, 우리의 고유한 낱말인 '서울'이란 것도 따지고 보면 신라의 도읍지인 경주를 가리키던 '서라벌'이란 말에서 유래한 것이니 '서울'이란 말을 입에 담아 '한양'을 나타내는 것까지는 어떨지 모르겠으나 끝내 이 낱말을 글에 적어 놓지는 못하였다고 말하였다. 다산의 언어 문자에 관한 이와 같은 견해는 다산 한 사람에 국한된 것이 아니고, 그 당시 모든 지식인들이 공통적으로 가지고 있는 생각이었다. 다만 그런 생각 속에서도 우리말이 중국어와 본질적으로 다르다는 것과, 일상생활에서 우리말을 바르게 사용해야 한다는 인식은 값진 것이 아닐 수 없다. 그러한 인식의 바탕 위에서 낱말의 어원을 탐색하게 되고 더 나아가 원래의 의미에서 벗어난 뜻으로는 사용해서 아니 된다는 생각을 갖게 되었던 것이다. 다시 말하여, 언어는 시대를 따라 발음과 뜻이 변하게 마련인데 그 변화를 실학 시대 학자들은 잘못된 것이라고 생각하였다.

이제 그 생각을 보다 자세히 살피기 위하여 ≪아언각비≫의 서문을 읽어 보자.

> 배움이란 무엇인가? 배움이라는 것은 깨닫는 것이다. 깨달음이란 무엇인가? 깨달음이라는 것은 그 그릇된 점을 깨닫는다는 것이다. 그릇된 점을 깨닫는다는 것은 어떻게 하는 것인가? 바른 말에서 이를 깨달아야 할 따름이다. 쥐를 가지고 옥 덩어리라고 말하였다가 갑자기 이를 깨닫고 말하기를 '이것은 쥐로구나, 내가 잘못했다.'하고 또 사슴을 가리켜 말이라고 말하였다가 갑자기 이를 깨닫고 말하기를 '이것은 사슴일 따름이구나, 내가 잘못했다'하면서 이미 저지른 잘못을 깨닫고 부끄러워하고 뉘우쳐서 고치는 것, 이것을 배움이라고 이르는 것이다.

이 말은 배움의 근본 원리를 말함에 있어서는 추호의 잘못도 없으나 언어 현상에 결부시킬 때에는 엇갈리는 부분이 생긴다. 어떤 낱말이 처음 쓰이기 시작했을 때의 모습과 의미를 영구히 보전한다는 것은 불가능하기 때문이다. 가령 '배船'라는 것을 예로 들어 보자. 인류가 처음 배를 만들었을 때는 자그마한 나룻배 정도의 목선木船이었을 것이다. 거기에 돛을 달고 배의 크기가 점점 커지다가 급기야 쇠로 만든 배가 나오고 그것도 원자력으로 움직이는 것까지 나오게 되었는데도 우리는 그것을 여전히 '배'라고 부른다. 물론 배의 종류를 구분하기 위하여 목선, 기선, 전함, 함정 등으로 나누어 부르기는 하지만 그것들을 통틀어 말할 때에는 '배'라는 말로 휘갑한다. 이때에 만일 '나룻배'만을 고집하여 '배'라고 한다면 옛날 세상에만 머물고자 하는 어리석음을 범하게 된다. 다만 원래의 뜻이 무엇이었는지를 밝혀 두는 어원語源

탐색은 언제나 우리의 지식을 가다듬기 위하여 필요한 것이다.

그러니까, 실학 시대의 학자들은 우리말의 실용적 값어치를 높이 인정하였지만 그 때까지 문자 생활의 중심을 이루고 있던 한자로부터 완전히 자유롭게 벗어날 수 없었던 사정 때문에 자신들도 알지 못하는 사이에 어원을 따지면서 사회의 변천에 따른 언어의 변화를 인정하려 들지 않았던 것으로 생각된다. 이러한 시대의 흐름 속에서 양반집 부녀자들은 여전히 한글을 애용하면서 뜻있는 이들은 부지런히 저술 활동을 하였다. 그 중에서도 우리가 꼭 기억하여야 할 책에 ≪규합총서 閨閤叢書≫가 있다.

이 책은 19세기 초 빙허각 이씨憑虛閣 李氏라는 실학자 집안의 부인이 지은 ≪가정백과전서家庭百科全書≫이다. 첫째 권에 술과 음식, 둘째 권에 바느질과 길쌈, 셋째 권에 시골 살림의 즐거움, 넷째 권에 병 다스리기로 되어 일상 가정사의 거의 모든 문제를 다루고 있다. 이제 그 서문의 첫머리를 살펴보자.

기스ㄹㅌ ㄱ을의 늬 동호東湖 힝뎡杏亭의 집ㅎ야 듕궤中饋흔 겨를의 우연이 군즈의 쇼所를 죠차 녯 글이 인싱 일용의 졀切흔 것과 산야 모든 문즈를 어더 보고 신수피열信手披閱ㅎ니 애오라지 문견聞見을 널리고 줌젹潛寂을 위로홀 분이니라. 홀연 싱각ㅎ니 고인이 왈 춍명이 둔필만 굿디 못ㅎ다 ㅎ니 뼈 긔록ㅎ미 잇디 아닌즉 엇디 유망遺忘을 굿쵸아 일의 조助 ㅎ리오.

기사년1809 A.D. 가을에 내가 동호 행정에 집을 삼아 집안에서 밥 짓고, 반찬 만드는 틈틈이 우연히 사랑에 나가 보고 옛글이 인생 일용에 절실한 것과 산야에 묻힌 모든 글을 구하여 보고 손길 닿는 대로 펼쳐 보아, 오직 듣고 봄을 넓히고 심심풀이를 할 뿐이었다. 그러다가 문득 생각하니 옛 사람이 말하기를 총명함이 무딘 글만 못하다 하였으니, 그러므로, 적어 두지 않으면 어찌 잊을 때를 대비하여 일에 도움이 될 것이랴.

이러한 뜻과 정성 속에서 우리말은 갈고 닦이었고 우리의 문화는 다듬어져서 후세에 전하게 되었다.

2. 개화기의 국어 연구

흐르는 세월이라, 어느 시대이고 새로운 상황에 대처하는 변화의 모습을 보이게 마련이지만, 우리나라 역사에서 19세기 후반기만큼 고달프고 숨 가쁘게 새 시대 새 환경에 대처하느라고 애썼던 때도 드물 것이다. 대체로 고종高宗께서 등극하여 임금 노릇한 40여 년 간1864∼1906에 해당하는 이 시기는 우리나라가 비로소 세계 속의 조선 왕국으로 우리의 모습을 드러낸 때이다. 그 전까지만 해도 우리나라 사람들은 만주와 몽고를 포함한 북방 대륙을 대표하여 '중국'이란 나라가 있고 동쪽으로 바다를 사이에 두고 일본이 있는 것을 알면 그것으로 나라 바깥에 대하여는 다 아는 셈이었다.

그러나, 고종이 등극하기 30여 년 전인 1831년에 이미 로마 가톨릭 교회는 프랑스 외방 전교회 산하에 조선 교구朝鮮敎區를 설정하고 있다. 이보다 또 50년 앞선 1784년에 이승훈李承薰이 북경에서 천주교

신자가 되어 천주교 관계 서적을 갖고 입국한 이래 우리나라에 천주교는 민간에 상당한 세력으로 퍼져 있었기 때문에 로마 교황청이 1831년에 조선 교구를 설정한 것은 우리나라에 천주교회가 세워진 뒤의 사후 승인의 성격을 갖는 것이었다. 이 사건은 서양을 모르고 전통 사상에만 젖어 있던 사람의 관점에서 보면 집 주인이 모르는 사이에 손님이 집안으로 들어온 것으로 볼 수도 있다. 물론 천주교는 종교이기 때문에 정치적인 힘을 쓰는 것은 아니지만 우리나라 전통 문화에 새로이 들어온 이질적인 사상, 이질적인 문화를 대표하는 것만은 틀림없었다. 이와 때를 같이하여 중국과 일본은 서양 문화를 받아들이고 거기에 적응하느라 노력하고 있었고, 또한 어느 정도 조화를 모색하는 단계에까지 이르게 되었었다.

그러나, 우리나라의 사정은 아주 달랐다. '서양'이라고 하는 이 세상 다른 한쪽의 세계가 있는 것을 알게는 되었으나 그 세계의 사상·문화가 우리에게 어떻게 크게 영향을 끼칠 것인지를 분명하게 깨닫지는 못하고 있었다. 조선 왕국이 더 이상 '고요한 아침의 나라'로 조용히 지낼 수만은 없는 처지가 되었는 데도 그 당시 우리나라 지도층에는 여전히 옛날 생각에만 머물고자 하는 사람이 많았다. 그렇지만, 각박한 세상은 시시각각으로 우리나라를, 새로이 힘을 쓰는 세계 여러 나라의 틈바구니 속에 휩쓸려들게 하였다. 세계는 넓어졌고 우리나라가 제대로 힘을 쓰는 나라 구실을 하려면 무엇보다도 부국강병富國强兵이 필수적인 일임을 깊이 깨달은 것이다.

이러한 시대에 국어 사랑이 곧 나라 사랑이요, 힘 있는 나라를 만드는 첩경임을 깨달은 선각자가 있었다. 한흰샘 주시경周時經 선생이 바로 그 분이시다. 이제 그 제자의 한 분인 권덕규權悳奎 선생이 쓴 ≪주시경선생전≫을 조금 쉽게 풀어 소개한다.

　선생은 지난 병자년1876에 황해도 봉산鳳山에서 태어나 갑인년1914에 서른아홉이란 아직도 할 일 많은 장년의 몸으로 이 세상을 버리시었다.
　태어난 뒤에 젖이 넉넉지 못하신 터에 때마침 무서운 흉년이 들어 어린 아기가 그나마 젖먹기를 빠뜨리게 되어 세 번이나 기진氣盡하였다가 겨우 다시 깨어난 일이 있으니 하늘이 거룩한 사람을 보냄에 그 태어남부터 시련이 있게 하심을 알겠다. 여섯 살에 공부를 시작하여 열두 살까지 한문을 배우다가 열세 살부터는 서울에 올라와 스승을 모시고 열일곱 살까지 한문을 계속하시었다.
　선생이 여덟 살 때에 이웃 아이와 더불어 문 밖에 나가 놀다가 남쪽으로 덜렁봉峰이란 뫼에 하늘이 맞닿아 있는 것을 보고 하늘이 어떤 것인가 만져 보자고 이웃 아이와 함께 뫼에 오르게 되었는데, 동행한 아이는 뫼 중턱에서 풀꽃 따기에 맛 들어 하늘 만질 생각을 아주 잊어버렸으나 선생은 위험을 무릅쓰고 기어이 뫼 꼭대기에 홀로 올라 보니 거기서도 하늘이 훨씬 멀뿐더러 집 있는 곳을 바라보니 하늘이 오히려 낮음을 보고 비로소 하늘이 참으로 넓고 커서 무한하기 때문에 높게도 보이고, 낮게도 보이는 것이 모두 눈의 착각임을 깨닫고 그 의심나는 점을 알게 된 것이 시원하여 뛰놀며 집에 돌아온 일이 있으니 연구열과 지식욕이 어려서부터 유달리 강했음을 넉넉히 짐작할 수 있겠다.
　선생이 조선어 연구에 뜻을 두기는 열일곱 살 때이니, 이 때 스승이 한문을 가르치면서 항상 그 글 뜻을 해석할 때마다, 반드시 우리말로 번역하는 것을 보고 속으로 헤아리되 '글이란 것은 말을 적으면 그만이다. 그러나 적는 방법 곧 부호가 이 한문같이 거북하고 어려워서야 어찌 학식을 얻기가 어렵지 아니하겠는가? 이제 만일 우리의 글을 갈고 닦지 않으면 어찌 실효를 거둘 수 있으랴.'하고 불현듯 분발하여 우리말과 글을 연구하기로 뜻을 세우고 먼저 문법文法을 밝히어 보기로 일을 시작하니 이는 실로 우리나라에 말과 글이 있은 뒤로 처음 있는 사건이요, 또 우리 스스로 우리의 말과 글을 풀어 보고자 한 처음 일이라 선생의 이때의 자각과 결심이 참으로 조선어 부흥의 새 기운이었다.

처음에는, 우리나라 말과 글을 스스로 연구하지 아니하여서는 안 되겠다는 단순한 자각만으로 착수한 것이나, 연구가 진행됨에 따라 우리말의 본질이 좋고 어휘가 많으며 소리가 부드러우며 한글의 모양이 아름답고 조리가 있음을 깨닫고부터는 더욱 열심히 사라지고 감추어진 것을 찾아내고 뒤섞인 것을 바로 잡아 그 가치와 효용을 하루바삐 넓혀야 하겠다는 생각에 식사하고 잠자기를 잊다시피 연구에 몰두하기를 이십 년을 하루같이 하였다.

주시경 선생을 한 마디로 요약하여 평가한다면 근대 국어학의 기틀을 다진 최초의 인물이라는 점이다. 오늘날 국어학에 종사하는 사람들은 모두 직접 간접으로 주시경 선생의 영향을 받고 있다. 일제 시대에 조선어 학회를 중심으로 활약한 대부분의 학자가 주시경 선생의 제자이고 현재 활약하는 국어 학자들은 또 그 제자들의 가르침을 받았으니 대체로 삼대에 걸치는 국어 연구의 출발점에는 할아버지 격의 주시경 선생이 자리 잡고 계시는 셈이다. 그러면, 주시경 선생의 학문적인 공로를 좀 더 상세히 살펴보기로 하자.

그는 1897년 22살의 젊은 나이에 독립신문에 〈국문론〉이라는 논설을 발표하는데, 거기에는 개화기에 있어서 그 때까지 아무도 말하지 않았던 가장 참신한 언어 이론을 담고 있다. 1) 한글과 한문의 차이점, 2) 말하는 대로 적어야 한다는 언문 일치言文一致의 타당성, 3) 사전과 표준어의 필요성, 4) 명사名詞와 토조사,助詞를 구별하여 적어야 한다는 표기법 정비의 필요성, 5) 가로쓰기의 장점 등이 그 글의 중요 내용이다. 그의 전생애는 위에 열거한 것들을 실현시키기 위한 연구研究 저술著述과 교수 활동敎授活動으로 크게 둘로 나누어 볼 수 있다. 주요저술로는 ≪대한국어문법,1906≫ ≪국어문전음학國語文典音學,1908≫ ≪국문연구國文硏究,1909≫ ≪국어문법國語文法,1910≫ 등이다. 이러한 국어학 관계 저술 이외에도 중국 근대의 석학 양계초梁啓超가 지은 ≪안남망국사安南亡國史≫를 번역하여 출간하기도 하였다. 안남오늘의 월남越南이 멸망하여 프랑스 식민지로 전락하게 된 경위를 밝히고 있는 이 책을 번역하면서 주시경 선생의 심경은 어떠하였을까를 우리는 깊이 생각하여야 하겠다. 이 책이 1907년에 출간되었으니 을사보호조약이 체결된 지 두 해 뒤요, 결국 세 해 뒤에는 나라를 잃는 슬픔을 맛보게 된다. 풍전등화風前燈火와 같은 나라의 운명을 지켜보면서 우리나라만은 제발 '안남'의 꼴이 되어서는 아니 되겠다는 초조하고도 안타까운 심경으로 ≪안남망국사≫를 번역할 때, 주시경 선생은 몇 번이나 주먹을 불끈 쥐었으며 또 나라의 앞날을 위해 하늘에 빌었을 것인가! 이와 같은 나라 근심과 민족 사랑을 삶의 뿌리로 삼고 있는 주시경 선생은 학문 연구의 기반이 되는 학술 용어를 순수한 고유어로 만들어 쓰는 독창성을 보였다. 가령 명사名詞를 '임', 형용사形容詞를 '엇', 동사動詞를 '움'이라 하였는데, '임'은 여러 가지 몬물건과 일을 이름하는 씨품사品詞를 가리킨다고 하여 이름의 첫 음절 '이'와 마지막 소리인 'ㅁ'을 결합하여 만들었으며 '엇'은 여러 가지 '엇더함'을 가리킨다 하여 그 첫 음절 '엇'을 그 명칭으로 삼았고, '움'은 '움직임'의 첫 음절 '움'으로 그 명칭을 삼았다. 이러한 용단과 창의성은 오늘날의 안목으로 보면 대단치 않은 것으로 보일지 모르나 한자어가 아니면 공부는 고사하고 말도 할 수 없다고 생각하던 그 당시로서는 실로 엄청난 개혁이요, 민족적 자주성의 발현이었다.

그의 연구열은 그 당시 국어에 관심을 둔 어떤 사람보다도 적극적이고 철저하였다. 갑오경장 이후 개화의 움직임이 국어 표기법의 정리 쪽으로도 관심이 기울게 되어 학부學部,오늘날의 문교부 안에 국문 연구소國文硏究所가 설치되자, 주시경 선생도 연구원의 한 사람으로 일하게 되었다. 여러 사람의 연구 보고서 가운데 주시경 선생이 작성한 〈국문 연구안國文硏究案〉은 가장 방대하고 치밀한 연구업적으로 그 내용의 핵심은 그 후에 그의 제자들에 의하여 한글 맞춤법 통일안에 그대로 계승되었다. 그것은 명사의 경우는 말할 것도 없고 동사의 경우에도 어간語幹과 어미語尾를 구별하여 적는 것을 골자로 하고 있다.

'주보따리'는 주시경 선생의 별명이었다. 언제나 옆구리에 책 보따리를 끼고 다녔기 때문에 생긴 별명이었다. 25세 때에 상동청년학원尙洞靑年學院,지금 서울 남대문로에 있는 상동 교회에 국어 강습소를 설치하고 젊은이들에게 우리말과 글을 가르치기 시작한 이래 간호원 학교, 명신 여학교, 숙명 여자 고등 보통학교, 공옥攻玉학교, 흥화興化학교, 중앙·휘문·보성·배재 학교에서 국어는 물론 역사, 지지地誌까지 눈코 뜰 사이 없이 뛰어다니며 가르쳤다. 그런 틈틈이 여름철이면 하기 강습회를 열기도 하였으니 그 열성을 짐작하고도 남을 것이다. 이러한 교육자로서의 면모를 밝히는 다음과 같이 재미있는 글이 있다.

선생은 천재의 교육가입니다. 내가 선생께 지지地誌, 역사歷史의 교수를 받았었습니다. 지금도 늘 생각이 납니다만 그 전 중앙 학교는 지금 그대로인 화동花洞 중외일보中外日報입니다. 그 때 여름이지요, 컴컴한 2학년 교실에 가뜩이나 좌석이 좁아 얼핏하면 생도들은 졸게 된 판이올시다. 그러나, 선생님 시간에는 어찌 그리도 재미있었는지 조는 사람이 별로 없었습니다. 어느 날 선생의 지지地誌 시간이든가 몽고 지방 강의 중에 한 반시간이 되어 교편으로 지도를 치며 '여기는 고비 사막이외다. 날씨는 더운데다 길이 멀기도 합니다. 상인들이 낙타를 몰고 지나가는 중이외다. 가고 가고 가도 끝이 없습니다. 상인들도 고만 주저앉아 목을 놓고 울었습니다. 그래서, 여기의 지명을 울가라고 했지요.' 그 때에 생도들은 일제히 소리쳐 웃었습니다.

이것은 지금 외몽고의 수도인 울란 바토르의 옛이름 '울가'에 관한 이야기인데 주시경 선생은 이처럼 국어뿐만 아니라 역사와 세계 지리를 가르쳤고, 또 가르쳤다 하면 흥미진진하게 가르치는 정성과 능력이 있었다. 그의 국어에 대한 애착은 곧바로 민족과 국가에 대한 애착이었다. 다음은 ≪대한국어문법≫의 발문跋文 처음 부분으로 주시경 선생의 언어 문자관을 살필 수 있다.

지구상에 육지가 천연으로 난호여 오대주五大洲가 되고 오대주가 쏘 천연으로 난호여 여러 나라 경계가 되니 인종도 이를 싸라 황백흑종적 黃白黑棕赤으로 난호여 오대종五大種이 되고 오대종이 쏘 난호여 그 거주 흐는 구역대로 각각 닳은지라 그 천연의 경계와 인종의 각이各異 흠을 싸라 그 수토풍기水土風氣의 품부稟賦대로 각각 그 인종이 처음으로 싱길 쌔붙어 자연 발음되어 그 음으로 물건을 일흠흐고 의사意思를 표흐여 차차 그 사회에 통용흐는 말이 되고 쏘 그 말에 합당한 문자를 지어

쓰며, 혹은 그 말은 상관업시 물건과 의사를 표ᄒ는 문자를 특별히 만들
어 쓰니 이는 곳 애급에 애급 말과 글이 잇고, 나전羅典에 나전 말과
글이 잇고, …일본에 일본 말과 글이 잇고, 우리나라에 우리나라 말과
글이 잇슴과 ᄀᆞᆮ은 것들이니 이러케 그 말과 글이 각각 ᄀᆞᆮ지 안이ᄒᆞᆫ지라.

이러한 논조에 따르면 하나의 지역에는 하나의 민족, 하나의 국가가
형성되어 지역 공동체, 혈연 공동체, 언어 공동체가 삼위일체를 이루는
것이므로 언어 · 문자의 정비는 곧 국가 민족의 발전에 직결된다는 논
리를 수립하게 된다. 오늘날 세계 여러 나라의 형편을 보면 주시경
선생의 이와 같은 생각이 반드시 옳은 것은 아니지만 적어도 개화기의
우리 민족에게 있어서는 선각자다운 깨달음이었다고 보아야 한다. 왜
냐하면 1910년에 나라를 일본에게 빼앗긴 뒤로는 정말로 민족의 혼이
담긴 언어조차도 없애 버리려는 움직임이 있었기 때문이다.

개화기에 있어, 국어 연구의 핵심은 주시경 선생 한 분으로도 충분히
그 윤곽을 알 수 있다. 그러나, 우리는 1905년에 지석영池錫永의 '신정
국문新訂國文'은 기억해 두어야 하겠다. 그 무렵 민간에 통용되는 국어
의 표기법은 일정한 규칙을 지키는 것이 아니었다. 이미 1896년에 나온
독립신문은 한글 전용을 실시하고 있었고 순 한문으로부터 국한문
혼용이나 국문 전용은 시대의 요청으로 되어 있었는데, 그 때의 표기법
은 그야말로 체계가 없는 것이었다. 더구나 음가音價를 상실한 '아래
아(·)'는 관습에 따라 그대로 통용되고 있었다. 이런 것을 시정할 목적
으로 지석영은 ' · '를 'ㅣ ㅡ'의 결합된 음으로 보고 ' · '를 폐지하는 대신
'ㅣ ㅡ'의 합음으로 '⸗'를 만들어 쓰자는 주장을 골자로 하는 〈신정국

문)을 지어 상소하였다. 이것이 그 해 7월에 공포되자 국민의 여론이 분분하게 되었다. 특히 새 글자 '⸗'에 대한 거센 반발이 빗발치듯 하였다. 이 문제를 해결하기 위해 1907년에는 국문 연구소를 설립하기에 이르렀다. 그러나, 국문 연구소의 연구원들이 심혈을 기울여 연구한 결과는 실현되지 못하고 1910년 나라는 일본에 병합되는 비운에 빠지고 말았다.

생각해 볼 과제

· '언문 일치'에 대한 생각은 언제 어떤 사람들부터 구체화되기 시작했는가? 이 문제와 관련하여 송강의 「속미인곡」을 우리나라 명문으로 손꼽는 이유를 생각해 보자.

· 실학 시대의 학자들은 한글의 중요성을 깊이 인식하였다. 그럼에도 불구하고 그들 생각의 한계성도 또한 분명한 것이었다. 그 한계성이 무엇인가를 예를 들어 설명해 보자.

· 선각자의 위대성은 그의 업적이 증명한다. 주시경 선생이 우리말과 글에 대하여 끼친 공로가 얼마나 큰 것인가를 조목별로 정리하여 보고, 그러한 업적이 나오게 된 사상적 배경을 생각해 보자.

6장 한국 혼을 지킨 사람들

1. 강항의 상소문

길고 긴 역사의 흐름 속에서 우리나라와 일본의 관계처럼 가깝고도 먼 사이가 또 있을 것 같지 않다. 문화적으로 보면 개화기 이전까지 우리나라는 줄곧 대륙의 문화를 일본에 옮겨 준 스승의 구실을 하였으나, 개화기 이후 재빨리 서유럽 문화를 받아들인 일본은 한국을 병합하는 것으로 과거의 은혜에 보답하였다. 오늘에 이르러 지나간 일이니 다 흘려버리고 말면 그만이 아니냐고 생각할지 모르나, 현재가 미래의 싹인 것처럼 과거는 현재를 바르게 알고 가꾸기 위해서 분명히 알고 짚고 넘어가야 할 그루터기이기 때문에 사실은 분명하게 밝혀 두어야 한다. 마음으로 용서하고 앞으로의 일을 바르게 도모하는 것은 모두 지나간 문제를 옳게 이해한 뒤의 문제이다.

우리가 한일합방의 쓰라린 역사를 되새기기 위해서는 부득이 임진왜란 때의 일을 살펴보지 않을 수 없다. 왜란이 있기 훨씬 전부터 이른 바 왜구倭寇라고 하는 일본의 해적들이 우리나라 근해를 항해하며 약탈을 일삼았었다. 때로는 바다 근처의 마을에 상륙하여 민간에 피해를 주는 일이 잦았다. 조선 왕조를 세운 이성계李成桂 장군이 민심을 얻어 태조대왕이 된 데에는 삼남 지역에 자주 침입해 온 왜구를 토벌한 공로가 컸던 것도 중요한 몫을 차지한다.

정유재란丁酉再亂에 불행하게도 일본에 포로로 잡혀 갔던 강항姜沆이란 선비는 적지에 붙잡혀 있는 몸으로 일본 안의 사정을 샅샅이 적어 임금께 상소하는 글을 지었다. 말하자면 다시는 왜란과 같은 불행한 사태가 없으려면 일본에 대해 자세히 알고 있어야 한다는 생각에서였던 것이다. 그는 일본에 잡혀 있는 동안 순수좌舜首座라는 일본 승려를 만나 그에게 우리나라 주자학朱子學을 전수하였다. 이 순수좌는 강항보다 나이 여섯 살이 위였으나 강항의 학문이 높은 것을 마음 속 깊이 존경하여 강항을 친구 스승흔히 사우(師友)라고 함으로 대접하였다. 순수좌는 강항의 영향으로 승복을 벗고 유학자로 변신하였는데 그가 곧 일본 근세 유학의 개조開祖라고 할 등원성와藤原惺窩라는 사람이다. 이 등원성와의 도움으로 강항은 끝내 우리나라로 돌아와 일본에서 보고 들은 바를 임금에게 보고 드리고 또 책으로 남기니 그것이 ≪간양록看羊錄≫이다. 일본과 우리나라와의 관계를 보다 깊이 있게 이해하려는 뜻에서 그 중의 일절을 새겨 읽어 보도록 하자. 일본에 잡혀 있을 때 몰래 선조 대왕께 올린 상소문이다.

(전략) 신臣이 이제 돌아가려 하되 돌아갈 길이 아득하고 수중에는 한 푼도 없습니다. 할 수 없는 몸이라 왜 중에게 글씨를 팔기로 하였습니다. 이리저리 모은 것이 은전 오십 개가 되기에 몰래 배 한 척을 사 놓고, 동래 김우정과 서울 사람 신덕기며 진주 사는 사공 정연수와 함께 빠져나가 보기로 하였습니다. 신과 형 환과 처부 김봉 등은 아직 미처 나서지 않았고 형 준이 사공과 통역을 데리고 뱃머리까지 나왔을 적에 그 때 갯가에 사는 어느 왜놈 한 놈이 그만 좌도에게 밀고하여 버렸습니다. 이에 왜적들은 졸병을 보내어 샅샅이 뒤져 잡아다가 20일 동안 가두어 두었습니다. 그 때 통역들은 하나도 남기지 않고 모조리 죽여 버렸습니다. 남은 사람들은 여러 날 만에 풀려 나오기는 했지만 생각하면 생각할수록 기막힌 일입니다. 이제는 더 해 볼 나위가 없습니다. 아무리 생각해도 또 다시 어쩔 도리가 없을 성싶습니다. 소신의 정성이 모자라는 탓이 아니올까요? 왜 이다지도 장애가 많고 뽈뽈이 안 되기로만 드는 것일까요. (중략)

그러나 포로가 되어 후사를 도모한 분으로 옛날에 충신 열사로 손꼽는 문천상文天祥, 주서朱序 같은 이가 있었으니 그들도 할 수 없이 당한 노릇이라 그러기에 역사책에도 그들을 그르다 하지 않고 충절을 지킨 이들과 똑같이 여기었으니 몸은 비록 포로가 되었을지라도 정작 포로가 되지 않을 수도 있음을 저는 압니다.

옛사람의 만 분의 일도 따를 수 없는 신과 같이 못난 사람으로는 국가에 충성을 다하겠다는 뜻이야 조금도 옛사람에게 지고 싶지는 않습니다. 벌레 같은 목숨이오나 아직 살아 있는 한, 견마犬馬의 충성을 꺾을 수는 없을 것입니다. 가까스로 도망질쳐 고국으로 돌아온 뒤에 포로된 허물을 입어 처형을 받자온들 되놈의 땅에서 죽는 것보다 나을까 하옵니다. 더구나 놈들의 정상이 이미 소신의 손 안에 들었으니 이때에 만일 이 기회를 타서 모든 것이 부족한 소신이오나 삼군을 이끌고 국가의 위력을 떨쳐 위로 종묘 사직의 치욕을 씻고 아래로는 백성들의 애매한 죽음의 분을 풀어 주고, 그러고 나서 엎드려 죽음으로써 오늘에 구차히 살아 나온 죄를 사하고 싶습니다. (중략) 다시 벼슬자리를 얻어 조정에 나서기를 바라서가 아니오라 살아서 다시금 대마도를 거쳐 부산의 한쪽 귀만이라도 바라다보게 된다면 아침에 보고 저녁에 죽는다 하여도 조금도 한이 없겠나이다.

왜놈들의 정상록과 적괴가 죽은 후의 놈들의 흉계를 기록하여 아울러 보내오니 전하께서는 소신이 못났다고 해서 이 글까지 버리지 마소서. 음양이 여닫고 풍우가 서로 엉클어질 때, 틈틈이 이 글을 이용하여 주신다면 저으기 도움이 없지 않을 것을 믿사옵니다. 전하께서 잘 살피시어 소신의 애끓는 마음이 헛되지 아니하기를 엎드려 빌면서 이 글을 올리나이다.

만력萬曆 27년 5월 10일.

이 글을 보낸 지 꼭 1년 뒤인 1600년 5월에 강항은 그리던 고국의 땅을 밟는다.

2. 학자와 문인들

우리 조상들 가운데에는 강항姜沆처럼 이웃 나라 일본을 경계하면서도 철저히 이해하고 서로서로 원만한 관계, 곧 '가깝고도 먼 나라'가 아니라 '가깝고도 가까운 나라'가 되어야 할 것을 주장한 사람이 적지 않았다. 그럼에도 불구하고 일본이 개화의 손길을 늦추지 않을 때에 우리는 쇄국의 자세를 굳히고 천주교의 전래조차 긍정적으로 수용하지 못하였다. 그러는 동안 고종高宗 말년의 소용돌이가 결국은 나라를 일본에 병탄하게 하였다. 그것이 입에 담기도 부끄러운 경술년庚戌年 국치國恥이니 1910년 8월 29일의 일이었다.

나라를 잃은 뒤에 벌어진 뜻있는 이들의 항거는 끊이지 않았다. 어떤 분은 스스로 목숨을 끊었고, 어떤 분은 해외로 망명하여 독립을 도모하였다. 그런 가운데 나라 안에 남아서 우리의 말과 글을 지키는 것이 민족과 나라의 먼 앞날을 위하여 가장 바람직한 길임을 깨달은 사람들이 있었다. 그들은 크게 두 가지 계열로 나뉜다.

하나는 국학자國學者라는 명칭으로 묶이는 국어, 국문, 국사 등을 연구하는 학자들이고, 다른 하나는 문인文人들로서 일제 식민지 속에 살면서도 우리말, 우리글로 시詩와 소설을 쓴 작가들이다. 우리 문화 연구에 첫 번째 횃불을 든 것은 1910년 10월에 창립된 조선 광문회朝鮮 光文會였다. 육당六堂 최남선崔南善에 의해 주도된 이 모임은 우리나라 최초의 사전인 ≪말모이≫의 편찬에 착수하였다. 오늘날 그 유고가 단편적으로 전해질 뿐, ≪말모이≫의 간행이 성공을 거두지는 못했으나 이때에 사전의 필요성을 절감했다는 것은 비록 때늦은 감이 없지는 않지만 그래도 그 당시로서는 시대 감각에 어둡지 않은 명민한 조치요 계획이었다고 할 수 있다. 이 조선 광문회는 그 후 기회있는 대로 우리 나라 고전과 ≪신자전新字典≫ 등 우리 문화에 필요 불가결한 서적들을 간행하였다.

두 번째의 연구 기관은 1920년에 창립된 조선어 연구회朝鮮語研究會이다. 이 모임은 주시경의 영향을 받은 임경재任暻宰, 최두선崔斗善, 이규방李奎昉, 권덕규權悳奎, 장지영張志暎, 신명균申明均 등으로 국어의 정확한 법리를 연구하는 것이 처음의 목표였다. 1931년에 조선어 학회朝鮮語學會로 명칭을 바꾸고 1949년에는 한글학회로 바꾸어 오늘에까지 이르고 있다. 근대적인 학회로서는 우리나라에서 가장 오래된 학회이다. 이 학회는 1929년 10월에 사전 편찬회를 조직하고 사전 편찬에 앞서는 세 가지 기초 사업을 추진하여 완성하였다. 그 첫째는 '한글 맞춤법 통일안'의 제정이었으며, 둘째는 '사정한 조선어 표준말 모음'의 채택이었고, 셋째는 '외래어 표기법 통일안'의 제정이었다. 한글 맞춤법 통일안은 1933년 10월에 완성하였고, 표준말은 1936년 10월, 외래어 표기법은 1941년에 각각 완성 공표되었다. 국어 표기의 기본 골격을 이루는 이 세 가지 사업이 일제 치하에서 순전히 학자들의 노력으로 이루어졌다는 것은 그들의 정성이 얼마나 간절하였던가를 짐작하게 한다.

세 번째의 모임은 1934년에 창립을 본 진단 학회震檀學會이다. 우리나라 역사, 언어, 문학 등을 연구하기 위한 학술 단체로 1940년 일제의 탄압으로 활동이 중지되기까지 국제간의 학술 교류가 이루어진 우리나라 유일한 학회였다. 이 학회는 1945년 해방 이후 다시 재건되어 역시 오늘날까지 매년 학보를 발행하고 있다.

언어는 연구하는 것만으로는 빛이 나지 않는다. 언어는 사람과 함께 살아 있는 생명체이기 때문에 인간에 의해 효과적으로 아름답게 가꾸어져야 한다. 그 가꿈은 구체적으로 훌륭한 문학 작품이 만들어짐으로써 성취되는 것이다. 불행하게도 국어의 소중함을 깨달은 것은 나라를 일본에게 빼앗긴 뒤였다. 그 전까지는 도대체 문자 생활이 대부분 한자에 의존되었기 때문이었다. 그리하여 매우 풍자적인 현상이지만 우리나라 근대 문학이 본격적으로 발흥한 것은 1919년 3·1운동이 일어난 뒤부터의 일이었다. 처음에는 문학을 좋아하는 일부 지식인들이 동인지同人誌를 만드는 일부터 시작하였다. 1919년 〈창조創造〉가 간행된 것을 출발로 하여 1920년에는 〈개벽開闢〉, 〈폐허廢墟〉, 〈장미촌薔薇村〉이 나왔고 1922년에 〈백조白潮〉, 1923년에 〈금성金星〉, 1924년에 〈영대靈臺〉와 〈조선문단朝鮮文壇〉, 그리고 1927년에는 〈해외문학海外文學〉이라는 동인지가 간행되었다. 이 잡지들은 오늘날의 안목으로 보면 보잘것없이 초라한 것들이고 어떤 것은 한두 번 나온 뒤에 끊어져 버리곤 했지만 그래도 이러한 잡지가 나옴으로써 우리 한국어도 시나 소설을 쓸 수 있는 언어임을 증명하였을 뿐만 아니라, 더 나아가 보다 좋은 작품을 낳을 수 있는 가능성이 다져졌다.

이렇듯 1920년대에 다져진 문학적 역량은 1930년대에 이르러 본격적으로 꽃피기 시작하였다. 이제 21세기 초에 임한 현재의 시점에서 20세기 전반기를 돌아보면 그 암담하던 일본 식민지 치하에서도 1930년대가 있었다는 것은 천만 다행한 일이 아닐 수 없다. 오늘날 주옥같은 작품으로 손꼽히는 근대 문학의 재산들은 그 대부분이 1930년대에 창작된 것들이기 때문이다.

이효석李孝石, 채만식蔡萬植, 김유정金裕貞, 이 상李箱, 김동리金東里, 황순원黃順元 같은 소설가들이 이제 와서는 고전이 되다시피한 작품을 발표한 것도 1930년대이고 김영랑金永郎, 김광균金光均, 서정주徐廷柱, 유치환柳致環, 이병기李秉岐 같은 이들이 주옥같은 시詩를 발표한 것도 모두 이 시기의 일들이다.

민족과 국가를 사랑한다는 것은 총칼을 들고 나라를 지키는 것만으로는 부족하다. 더구나 나라를 이미 잃어버린 뒤에는 민족정신을 지키는 것이 곧 나라를 지키는 것이요, 나라를 찾는 길이 된다. 일제 시대를 살아간 학자와 문인들은 그러한 의미에서 우리들의 훌륭한 조상이요 선배였다.

3. 한글 맞춤법 통일안

조선어 학회가 어떻게 맞춤법 통일안을 완성하였는가를 잠시 살펴보기로 하자. 일제 시대에 많지 않은 학자 문인들 가운데서도 특히 조선어 학회에 속해 있던 분들이 그 당시로서는 분명한 역사의식으로 민족의 앞날을 바로 내다본 지성인이라고 할 수 있다. 국가를 잃은 암담한 시대 환경 속에서도 민족의 언어인 우리말과 민족의 문자인 한글을 가꾸고 다듬는 것은 무엇보다도 급한 문제임을 그들은 뼈저리게 깨닫고 있었기 때문이다.

한글 맞춤법의 역사를 더듬어 올라가면 당연히 훈민정음이 창제된 당시로 거슬러 올라가야 한다. 문자를 처음 만들었을 때에 그 쓰는 법까지 마련한다는 것은 너무도 이치 당연한 일이다. 그렇다면 훈민정음 창제 당시의 맞춤법은 어떤 것이었을까? ≪훈민정음 해례본≫에는 이른바 표기법이 정연하게 규정되어 있었다.

우선 초성初聲이라고 하는 자음子音과 중성中聲이라고 하는 모음母音 자모가 혹은 좌우로 나란히 적히고, 혹은 상하로 나란히 적힌 다음, 그 밑에 종성終聲이라고 하는 자음이 받침으로 적힌다고 하는 가장 기본적인 규정을 생각해 보자. 이 규정은 한글이 소리 글자이면서 동시에 음절문자音節文字의 구실을 하도록 배려한 것이었다. 이것은 한자가 음절 단위로 읽힌다고 하는 사실을 염두에 둘 때 한자와의 조화를 위하여 도달할 수 있는 당연한 귀결이었다. 오늘날 한글의 풀어쓰기가 가끔 문제되고 있는데, 만일 앞으로 풀어쓰기가 성공을 거둔다면 그것은 제2의 한글 창제에 해당되는 문자 혁명이 되는 것이다.

두 번째로는 이른바 받침쓰기 규정이라 할 수 있는 것으로 한글 맞춤법의 핵심 부분이다. 해례본에는 현대 표기로 배꽃梨花,배나무의 꽃을 '빗곶'이라 적는다 하였고, 현대어로 여우의 가죽을 뜻하는 낱말은 '엿의 갗狐皮'으로 적는다고 규정하고 있다. 그런데 여기에 한 가지 단서를 붙여 놓았다. 즉 'ㅿ ㅈ ㅊ' 같은 것과 'ㅅ'은 받침으로 서로 통하는 것이니 'ㅅ'만을 사용해도 좋다는 것이었다. 그러니까 '빗곶'은 '빗곳'으로 '엿의 갗'의 '엿의 갓'으로 써도 된다는 것이다. 이런 규정을 해 놓기는 했으나 세종대왕 시절에 나온 용비어천가나 월인천강지곡에는 편법으로 'ㅅ'을 사용하는 일이 없었다.

그러나 세월이 지남에 따라 해례본에 단서로 규정한 'ㅅ' 통용의 편법이 널리 퍼지고 또 모음으로 시작되는 토조사나 어미 앞에 받침으로 끝난 명사나 어간語幹의 그 받침이 연철連綴되어 '사라미사람+이 머근먹은' 등으로 표기되자 표기법상의 혼란이 생기게 되었던 것이다. 이것이 맞춤법을 새로이 정하지 않으면 안 될 단서라고 할 수 있다. 말하자면 ≪해례본 훈민정음≫에 약간 풀어놓은 예외 규정이 도리어 정식 규정으로 바뀌어 혼란에 박차를 가한 것이라고 할 수 있다. 그래서 중종대왕 시절 최세진崔世珍의 ≪훈몽자회訓蒙字會≫라는 책에는 '초종성통용 팔자初終聲通用八字'라 하여 'ㄱㄴㄷㄹㅁㅂㅅㅇ'을 들어 놓았는데, 이것은 이 시절에 이미 받침으로는 이들 여덟 자만 사용하였음을 증명하는 것이다.

이처럼 16세기 중엽부터 표기법이 약간의 혼란을 겪더니 근세에 내려오게 되자 그 혼란은 점점 더 커지게 되었다. 개화기에 주시경 선생이 여기에 착안하여 밤낮으로 뛰어다니며 노력했지만 이미 기울어버린 나라의 운명이라 거의 완성된 철자법을 시행에 옮길 수가 없었다. 이것이 일제 시대 조선어 학회 학자들이 해야 할 당연한 임무로 받아들여졌다. 그러면 그들은 어떻게 이 맞춤법 통일안을 만들었던 것일까? 우리는 당시 맞춤법 통일안 제정에 직접 참여하였던 이희승李熙昪 선생의 회고담을 들어 보기로 하자.

큰 목적은 사전 편찬에 있었어요. 사전 편찬의 기초 작업으로 철자법 제정 위원 18명을 선정했지요. 다소 변동은 있었지만……. 이 18명이 각각 연구를 하면서 매달 모이는 정기 연구 발표회 이외에 1주일에도 한두 차례로 자주 모였죠. 서로 토의를 해 보니까 문젯거리가 여간 많이 생기는 게 아니예요. 그래서 그것을 토의하다가 소위원회를 구성했어요. 3사람쯤 해 가지고 토의거리를 기록해 두었다가 정리를 하고, 정리한 결과를 가지고 확정 단계에 들어갔죠. 우리는 그걸 철자법 제정 위원의 제1독회라고 했는데, 실제로 그런 위원회를 해 보니까 서울서도 하려면 할 수가 있지만, 하루 이틀에 해결날 문제도 아니고 여러 날 계속해야 되는데, 서울서는 하루나 이틀 해 보더라도 찾아오는 사람을 만나야 하고, 자기 개인의 일로 빠지는 사람이 생겨 도대체 일을 할 수가 없어요. 이래서는 안 되겠다. 좀 옹골찬 회합을 가져야겠다. 서울 시내에서 하면 충분한 토의를 할 수 없다 해서 제1독회는 개성에서 가지기로 했어요. 개성에 가자면 비용이 많이 나는데 그 때 마침 자유당 시대에 농림부 장관을 역임한 공진항孔鎭恒 씨가 그 비용을 댔어요. 이 분은 당시 개성의 유지이던 공성학孔聖學 씨의 자제로서 프랑스 유학을 마치고 귀국하여 자기 이름을 공탁이라 행세하고 있었어요. 이극로가 독일 유학 시대에 1차 대전 후 프랑스 파리에서 평화 회의가 열렸을 적에 약소민족 연맹인가에 우리 대표로도 가고 하는 동안에 거기서 만나서 사귀고 했는데, 공탁 씨도 우리나라에 돌아와서 자기가 할 사업을 정하기 전이라 그를 설득해서 자금을 대게 했지요.

개성에 가 있을 동안에 여관에 묵으며 고려 청년 회관 즉 기독교 청년 회관을 빌어 열흘 동안인가 제1독회를 했어요. 제1독회를 하는 동안 철자법 제정 위원 18명의 의견이 통일되기가 여간 어렵지 않았어요. 주장이 각각 다르고 어느 부문에선 의견이 일치되다가도 다른 문제에 대해서는 정반대가 되고……. 이렇게 갑론을박을 하다가 불충분하나마 거기서 대체로 어떤 결론을 내 가지고 표결을 했어요. 그 땐 우리가 대단히 모범적인 회합을 했어요. 일단 표결을 하여 회의의 결정이 나면 자기의 사사 주장은 일체 거기서 문제 삼지 말고 통일된 결과를 존중하자고 했죠. 토의할 때에는 육박전으로 서로 잡아 두드릴 듯 극성을 피우다가도 다 결정을 해 놓고는 서로 허허 웃고 했어요. 방청하는 사람도 더러 있었는데, 우리나라 사람은 무슨 회합을 하든 대립이 되어서 모두 결렬이 되고 그 결과 나중엔 구수지간이 되는데, 이 조선어 학회만은 아주 현대적이며 민주적인 모범 회합이라고 칭찬을 받았어요.

그 결과를 가지고 서울에 와서 소위원회를 만들어 죽 정리해서 어느 정도 체계를 세웠어요. 거기에도 미결된 문제가 많으니까 약 1년 후에 제2독회를 인천에서 열기로 했지요. 인천에서는 인천 유지로부터 장소의 협조는 받았지마는 경제적 원조는 서울서 이극로가 여기저기 다니면서 얻어냈지요. 인천의 어느 국민 학교 강당을 얻어 가지고 거기서 1주일 동안 토의를 했어요. 1독회, 2독회를 마무리 짓는 동안 혹은 반 년, 혹은 1년이 걸렸어요. 2,3년 걸려 3독회―제3독회는 우이동 화계사에서 했죠—를 마치고 거기서 최종 결론을 얻어서 그 결의대로 체계를 세우고 수정을 하는 것만은 소위원회에 그 권한을 맡겼죠. 문구 수정 같은 것 말예요. 그래서 된 것이 〈조선어 철자법 통일안〉 즉 지금의 〈한글 맞춤법 통일안〉입니다.

이렇게 완성된 한글 맞춤법 통일안의 기본 원리는 오늘날의 언어학 용어로 표현한다면 형태 음소적 원리에 근거한 것이라고 할 수 있다. 즉 한 형태소의 기본형을 하나로 고정시켜 적는 것을 뜻한다. '꽃'이라는 낱말은 '꽃이, 꽃을, 꽃에…'라고 적어서 언제나 '꽃'이라는 하나의 표기 형태를 지키자는 것이고, 또 '높-'이라는 형용사 어간은 '높지, 높고, 높아서…'라고 적어서 언제나 '높-'이라는 하나의 표기 형태를 고정시키자는 것이다. 물론 이런 경우에 실제 발음으로 '꼬시, 꼬슬'한다든가, '높찌, 놉꼬'하는 것을 무시하자는 것이 아니다. 말할 때에 그렇게 발음되는 것은 놓아두고 쓸 경우에는 일정한 표기 형태를 지키는 것, 이것이 맞춤법이 추구하고자 한 형태 음소적 원리이다. 그러나 현행 맞춤법은 크게 보아 다음 세 가지 경우를 예외로 인정하였다.

첫째, 용언에서 이른바 불규칙 활용을 보여주는 것들에 대하여서는 그 어간에 단일 형태를 고집하지 않았다. 가령 '놀다遊'의 경우에 '놀고, 놀지, 놀면'에서는 그 어간을 '놀-'로 적지만 '노니? 노니까, 노느냐?'의 경우에는 '노-'만 적도록 규정하였다.

둘째, 조사나 어미의 경우에는 모든 다른 형태들을 소리나는 그대로 표기하도록 하였다. 그 대표적인 예가 '하다'의 활용형에 나타나는 '하여'이다. '잡아, 살아, 먹어, 입어'의 경우에 '-아'나 '-어'가 되니까 '하아'

가 되어야 마땅할 것인데 '하여'를 올바른 표기로 선택하였다.

셋째, 파생어를 적을 때에 대개의 경우 어원을 밝혀 어간과 접미사를 구분해서 표기하기로 하였으나 '마중迎, 무덤墓, 주검屍' 같은 경우에는 '맞–' '물–' '죽–'과 같은 동사의 어간을 밝히지 않고 그냥 소리나는 대로 이어 적도록 정하였다.

이상 세 종류의 예외 규정이야말로 맞춤법 통일안이 소리대로 적고자 하는 이상에 따르면서도 형태소의 기본형을 밝혀 적는 서로 다른 방향의 표기를 현명하게 절충한 묘안임을 입증하는 것이다.

조선어 학회는 이 맞춤법 통일안을 완성하자 연이어 표준어를 규정하고 외래어 표기법 통일안까지 결정을 보게 되었다. 앞에서도 언급된 바와 같이 조선어 학회의 최대 사업 목표가 사전 편찬에 있었던 만큼 이들 기초 작업이 완료되자, 조선어 학회는 지체없이 본격적인 사전 편찬 사업을 벌이게 되었다. 다시 이희승 선생의 회고담을 들어 보기로 하자.

이 셋을 마쳐서 사전을 본격적으로 편찬했지요. 그 전부터 어휘는 자꾸 수집했지만, 그 후에도 생각나는 대로 어휘를 보충해서 이 세 가지 기초 작업에서 얻은 결론에 의해 표기를 하고 표준어로 주석을 하고, 외래어도 외래어 표기법대로 따르고 하여, 사전을 편찬하는 본격적 작업으로 들어갔죠.

그 때 주동 역할을 하던 최현배 씨, 김윤경 씨, 장지영 씨, 정인승 씨 등 이런 분들은 학교 직장이 있어 거기에 나가지 않을 수 없기 때문에 편집을 전담하는 이를 몇 사람 두고서 하다가, 나중에 정인승 씨가 사전 편찬의 주도적 지휘를 할 수 있는 대표 인물로 직장을 버리고서 나와 있었어요. 그런데 늘 자금난으로 애로가 많았어요. 편찬에 종사하던 분도 사명감을 가지고 했으나 가난한 선비들이 먹지 못하고 굶으면서 할 수는 없거든요. 그러다가 또 다시 이우식李祐植 씨와 흥업 구락부 회원들을 설득해서 비교적 큰 자금을 얻었어요. 그래서 대대적으로 해 보자 해서, 조선어 사전 편찬 위원회라는 것을 구성해서 크게 성세를 올렸어요. 이 회의 위원으로 사회의 저명 인사 105명을 선정하고 취지서를 작성해서(이은상李殷相 씨가 문안을 지었다고 기억됩니다) 그 끝에 105명의 조선어 사전 편찬 위원회 회원 명단을 죽 열거해 가지고 어느 날 대대적인 '조선어 사전 편찬 위원회 발회식'을 거행한 일이 있었어요. 그랬더니 각 신문과 사회 유지들이 굉장한 격려 고무를 해 주었어요. 그게 너무 과도해서 일본 경찰의 주의를 점점 심하게 받게 됐어요. 그 전에도 요시찰 단체로 감시를 안 받은 것은 아니지만 이번 발기회가 너무도 굉장한 회합이었어요. 사회적으로 거족적으로 성원을 받은 겁니다. 그것은 조선어 학회가 탄압을 받게 된 동기가 되었지요.

이렇게 진행된 조선어 학회의 사전 편찬은 12년의 세월을 보낸 1942년 봄에 거의 완료되어 제1권의 간행을 서두를 즈음 1942년 10월에 조선어 학회 사건이 터지는 바람에 그 원고 50여 권까지 몰수되는 비극을 겪게 되었다. 행방을 알 수 없던 원고 뭉치가 해방 뒤인 1945년 10월 3일 서울역 창고에서 발견되자, 다시 착수한 사전 편찬 사업은 1952년에 가서야 우리말 큰 사전 6권을 간행함으로써 매듭을 지었다. 실로 착수한 지 27년 만의 일이었다.

4. 한국어를 연구한 죄

일제의 식민 통치는 1930년대 후반에 오면서 서서히 종막을 예고하는 조짐이 나타나기 시작하였다. 1937년에 일본 군국주의자들은 이른바 지나사변支那事變이라는 중일전쟁中日戰爭을 일으켜 동양 천지에 전쟁의 바람을 몰아왔다. 한국을 집어삼킨 일본이 이번에는 중국 땅을 넘보는 것이었다. 그리고 한국을 보다 완벽하게 일본적인 것으로 만들려는 야심을 발동하였다. 그 첫 번째 조치가 1938년 4월에 공포 시행된 조선어 과목 폐지였다. 그 때까지만 해도 각급 학교에서 우리말과 글을 가르쳤고 그들의 총독부라는 데에서는 언문 철자법諺文綴字法이란 것을 제정하여 한글 표기법의 정리에 관심을 두기도 하였으나 이제는 완전히 태도를 바꾸어 이 지구상에서 한국어와 한글을 없애 버리려는 태도로 변한 것이다. 1939년에는 한 걸음 더 나아가 창씨개명創氏改名을 강요하기에 이르렀다. 한국 사람이 수천 년 써 오던 김씨, 이씨, 박씨 등의 성씨姓氏와 이름들을 버리고 나까무라中村나 가네야마金山 같은 일본 성과 일본 이름으로 바꾸라고 하는 법령이었다.

이러한 분위기 속에서 한글을 연구하고 또 독자적으로 '한글 맞춤법 통일안' 같은 사업을 완수한 조선어 학회가 일본 통치자들의 눈에 곱게 보일 리가 없었다. 무슨 핑계를 만들어서라도 조선어 학회에서 우리말과 글을 연구하는 학자들을 억압하고자 기회를 노리고 있었다. 그러다가 우연한 기회에 함경도 홍원에서 학생 사건이 일어나게 되었다. 이것이 조선어학회사건으로 번지게 되었다. 다음은 조선어학회사건의 발단을 밝히는 김윤경金允經 선생의 글이다.

홍원에서 함흥 영생 여학교에 통학하는 여학생에게 두둑한 편지가 날아들게 되었는데, 홍원 경찰서의 박동철이란 형사는 우체국에서 이 편지를 뜯어보게 되었다 한다. 그 편지의 내용은 연애 편지로서, 그 끝에 일미전쟁이 일어나면 결국은 일본이 패할 것과, 일본이 패하면 한국은 독립이 될 것이라는 것이었다. 그리하여 그 관계 남녀를 너댓 쌍 잡아들이어 그러한 사상을 넣어 준 배후 인물을 찾은 결과, 영생에서 교편을 잡고 있다가 어학회로 와서 사전 편찬에 종사하고 있던 정태진 씨를 찾아내게 되었다. 그리하여 1942년 9월에 정태진 씨가 홍원으로 불리어가게 되었다. 그러자 그들은 정태진 씨가 관계하고 있는 어학회에 더 눈초리를 향하게 된 것이다. 말하자면 어학회 사건은 홍원 학생 사건의 한 부산물이라 할 것이다. 그리하여 1942년 10월 1일에 조선어학회 회원을 잡아가기 시작한 것이 조선어학회사건의 발단이었다.

잡힌 이는 다음과 같다.

정태진, 이극로, 정인승, 이윤재, 최현배, 장지영, 김윤경, 이희승, 권승욱, 한 징, 이중화, 이 석, 이상춘, 이강래, 김선기, 이병기, 정열모, 김법린, 이우식, 윤병호, 서승효, 김양수, 장현식, 이 인, 이은상, 정인섭, 안재홍, 김도연, 서민호, 신윤국, 김종철(신, 김 두 분은 가두지는 않고 조사함), 권덕규, 안호상(이 두 분은 병석에 누워 있었기 때문에 잡아가지는 아니함)

일 년 동안 홍원 경찰서 유치장에 있으면서 매일 온갖 악형을 다 당하고 조사를 당하다가 함흥 검사국으로 넘어가게 되었다. 일부분은 '기소 유예'로 내어놓고 일부분은 예심(무기한 미결로 두어 두고 온갖 증거와 범죄 사실을 찾아내는 일)에 붙이었다.

이 예심 기간 중에 아깝게도 한뫼 이윤재, 효창 한 징 두 동지가 옥중에서 원통히 희생이 되었다. 1943년 9월 30일 예심이 끝나게 되어 12명을 공판에 붙이었는데, 1945년 1월 16일에 함흥 지방 법원에서 다음과 같은 판결을 내리었었다.

이극로 징역 6년, 최현배 징역 4년, 이희승 징역 3년 반, 정인승 징역

2년, 정태진 징역 2년. 그리고 김양수, 김도연, 이중화, 김법린, 이 인 각각 징역 2년에 4년 동안 집행 유예, 장현식 무죄.

이 중 이극로, 최현배, 이희승, 정인승 네 분은 고등 법원에 상고하고 정태진 씨는 복역하고 나옴이 더 빠르겠다는 생각으로 상고하지 않았 다. 그리고 검사도 위의 네 분과 무죄로 된 장현식 씨를 상고하였다. 그러나 고등 법원에서는 8월 13일(일본이 항복하고, 우리가 해방되기 이틀 전)에 상고 이유가 없다고 물리쳤던 것이다. 이는 일심 판결대로 복종하 라는 뜻이므로, 해방이 더디었다면 6년 내지 2년의 징역을 면할 길이 없었겠다.

그리고 일본 사람들은 왜 별 것도 아닌 학생들의 연애 편지를 검열하 여 사상범을 만들고 거기에서 국어 학자들을 흉악한 범죄자로 보았는 가? 이 문제를 풀기 위해서 우리는 이 조선어 학회 사건의 예심 판결문 의 일부를 읽어 보아야 하겠다. 원문은 일본문이다.

소위 어문 운동語文運動은 민족 고유의 어문 정리와 통일 보급을 도모 하는 문화적 민족 운동이며 가장 깊고 먼 생각을 품은 민족 독립 운동의 점진형태이다. 생각건대 언어는 인간의 지적 정신적 원천이며 인간의 사상 감정을 표현할 뿐만 아니라, 그 사상 감정의 특성까지도 표현해 냄으로써 고유한 민족 언어는 민족 간의 의사소통을 바탕으로 하여 민족 감정과 민족의식을 두텁게 하고 민족의 결합을 낳게 한다. 또 이를 표기하는 고유 문자는 민족 문화를 성립시키는 것이므로 그 언어 문자 를 통해 민족 문화의 특수성을 드러내고 향상 발달시킨다. 따라서 고유 문자에 대한 과시와 애착은 민족적 우월감을 낳고 민족의 결합을 공고 히 하게 되어 드디어는 그 민족의 발전에 이바지한다. 그렇다면 민족 고유의 언어 문자가 쇠퇴하느냐 발전하느냐 하는 것은 곧 그 민족이 쇠퇴하느냐 발전하느냐 하는 문제가 되므로 약소민족은 필사적으로 이것을 보호 유지하려고 애쓰게 되며 표준어의 확립과 표기법의 통일 및 보급에 심혈을 기울이게 된다.

이러한 대전제 하에 우리말과 우리글을 연구한 것이 용서 못할 죄가 된다고 몇 년 씩의 징역을 살아야 한다고 하였으니 두고두고 생각해도 기막힌 일이었다.

그러나 지금 우리가 진정 이 일을 어처구니없다고 여기려면 우리말, 우리글에 대한 사랑을 어떻게 구체적으로 실천에 옮길 것인가를 궁리하여 행동하여야 할 것이다.

생각해 볼 과제

· 강항의 상소문을 읽으면서 우리는 한·일 관계가 어떻게 재정립되어야 하며 우리가 일본을 어떻게 보고 대처해야 한다고 생각되는가를 친구들과 이야기하여 보자.

· 한글 맞춤법이 제정된 것과 관련하여 1930년대가 지니는 문화사적 의의를 정리하여 보자. 문화 민족의 저력이 어디에 있는가를 반드시 생각해 보아야 한다. 그러면 우리가 앞으로 어떤 자세를 지녀야 할 것인가도 저절로 분명해질 것이다.

· 조선어학회 사건의 예심 판결문에 나타난 언어와 민족의 관계를 보다 쉽게 설명하여 보자.

7장 아름다운 우리말

1. 한국어와 한국인

　한 민족의 정신세계를 체계적으로 밝혀 보려는 이른바 민족사상의 탐구가 그 민족이 사용하고 있는 언어에 의해서 이루어질 수만 있다면 그것처럼 확실한 접근방법도 없을 것이다. 더구나 우리 배달민족처럼 비교적 장구한 세월 동안 단일한 언어를 사용해 왔다고 믿어지는 경우에는 한국어를 곧 한국민족과 거의 완전히 동일시하여도 좋으리라는 견해를 쉽게 받아들이게 되는 때문이다. 그러나 언어를 통하여 민족의 사상을 탐구한다는 말은 흔히 그 언어로 표현된 내용, 즉 여러 역사적 저술이 직접 사상을 나타내고 있을 때에 적용되는 것이지, 언어자체의 문법적 특성이나 어휘자료를 대상으로 해서 사상적인 특성을 찾아내는 작업을 뜻하지는 않는다. 그럼에도 불구하고 언어자체의 검토를 통하여 그 언어를 사용하는 사람들의 사상을 찾아낼 수 있으리라는 기대는 금세기에 들어와서도 언어학자와 철학자들 그리고 언어를 연구 대상으로 하는 학자들에게 끊임없는 충동적 매력이 되어 왔었다. 도대체 언어를 '존재의 집'이라고 했을 때, 또는 언어를 '중간 세계'라고 규정했을 때, 그리고 언어는 분명히 실재하는 현실세계가 아니라 현실세계를 특정한 사회적 집단의 공통적 생활방식에 의해 걸러 낸 생각의 표출이라고 했을 때, 그 언어가 만들어 놓은 특정한 개념의 체계들은 분명히 서로 다른 언어를 쓰는 사람들이 만들어 놓은 개념의 체계와는 다르다는 사실을 인정하지 않을 수 없다. 그러면 언어자료의 면밀한 검토를 통하여 그 언어를 사용하는 사람들의 사상적 특성을 찾아낼 수 있을 것이 아닌가? 그러나 이와 같은 희망이나 기대는 사상이니 사고思考니 하는 정신작용이 모든 인간에게 보편적으로 존재한다는 점과 그 보편적 정신작용이 언어를 매개로 하지 않고서도 훌륭하게 수행된다는 점을 들어 불가능한 것으로 생각되기도 하였다. 분명히 어떤 특정의 창작 활동, 예컨대 작곡을 할 때나 그림을 그릴 때나 또는 조각품을 만들 때, 그리고 그것들을 감상할 때, 우리는 언어에 의한 사고를 전제로 하지 않는다는 것을 너무도 잘 알고 있다.

그렇다면 우리는 정말 한 언어의 문법적 구조나, 어휘체계를 검토함으로써 그 언어를 사용하는 사람들의 사상적 특성을 전혀 검출해 낼 수 없다는 말인가? 언어와 사상이 전혀 별도의 차원에 속하는 것이라고 주장하는 사람들은 흔히 '현실 세계를 표현하는 방법이 다르다고 해서 현실세계가 달라지는 것은 아니다'고 뜻을 나타내는 말은 아니다. 우리는 아무도 사상을 현실세계 자체라고 생각하지 않는다. 따라서 사상을 '현실세계를 보는 눈'이라고 생각할 수만 있다면 언어와 사상이 차지하고 있는 자리는 매우 가까운 근접점에 있다는 것을 깨닫게 된다. 이때에 우리는 비로소 낱말들이 만들어 내는 개념들의 차이가 분명히 존재하는 두 언어 사이에는 그러한 차이를 만들게 하는 사람들의 관점 차이를 의식하지 않을 수 없다는 결론에 이르게 된다. 한걸음 물러서서, 같은 언어를 사용하는 사람들 사이의 문체文體의 차이를 그 문체의 주인공들이 현실세계에 접근하는 방법의 차이라고 볼 수는 없는 것인가? 거듭되는 말이지만 만일에 현실세계에 접근하는 방법을 곧 '사상'이라고 규정할 수만 있다면 그 문체는 곧 사상의 표상이 될 수도 있을 것이다. 물론 형식이 그대로 내용을 구성한다고 생각해서는 안 되며 그럴 수도 없는 것이지만, 동시에 형식이 내용과 전혀 무관하다고 완전히 분리시켜 생각할 수도 없는 것이다. 여기에서 우리는 한 언어의 문법구조나 어휘체계를 검토함으로써 대단히 우회적인 방법이요 또 조금은 위험한 가설이 될지라도, 한번쯤 그 언어의 주인공이 어떻게 세계를 바라보며 인생을 생각하는가 하는 문제를 다루어 볼 수 있을 것으로 생각된다.

사실, 위와 같은 논의는 1920년대와 1930년대에 걸쳐 인류언어학자들 사이에 선풍적인 인기를 끌던 문제였다. 사피어−워르프 가설Sapir −Whorf Hypothesis이라고 불리어지는 이론에 의하면 특정의 언어를 사용하는 사람들은 그 언어의 틀을 통해서만 세상을 바라본다는 것이다. 아메리카 인디언 등의 언어를 조사한 결과, 그들의 언어는 자연현상을 분류하는 방법에 있어서나, 시간과 공간 같은 추상개념을 분류하는 방법에 있어서 영어를 위시한 유럽언어를 사용하는 사람들이 사용하는 방법과는 다른 방법을 택한다는 사실이 밝혀졌었다. 그것은 곧 아메리카 인디언들이 유럽 문명국의 사람들의 세계관과는 다른 세계관을 가졌음을 나타내는 것으로 판단되었었다. 그러나 이 가설은 충분히 증명할 수 없다는 이유로 반신반의 되던 중 1960년대에 이르러 촘스키 N. Chomsky가 인간의 보편적 사유능력을 전제로 하는 언어학 이론을 개발하자 잠시 언어학 논쟁점의 뒷전으로 밀려나는 듯하였다. 그렇지만 언어현상은 궁극적으로 개별적인 사회 현상이며 따라서 그것은 특정한 사회의 문화적 상황을 반영하지 않을 수 없다는 사회언어학 Socio-Linguistics의 끈질긴 주장이 다시금 고개를 들면서 그 사피어-워르프 가설에 대한 재조명이 시작되었다. 현재의 시점에서 우리는 이들 두 개의 극단론의 어느 한쪽에 선다는 것은 대단히 위험하다는 생각을 굳히게 된다. 그러면서 우리는 다시금 조심스럽게 한국말에 의한 한국인의 진단을 시도해 보려는 것이다. 이해의 편의를 위하여 우리는 '번역은 가능한가?'하는 문제의 상극적인 두 개의 해답이 모두 가능하다는 사실을 확인해 보기로 하자.

첫째, 번역은 가능하다. 지금까지의 모든 인류문화는 서로 다른 언어를 쓰는 문화권의 교류에 의해 발전하여 왔는데, 그 교류는 전적으로 서로 다른 언어 사이의 번역의 가능성에 의존한 것이었다. 인간의 정신적 유산인 모든 조작물은 각기 다른 문화배경을 가진 언어에 의하여 줄기차게 번역되어 왔으며, 그것은 정도의 차이가 없지는 않겠지만 거의 완벽하게 원문의 사상을 이해하게 하였다.

그러나 둘째, 번역은 불가능하다. 번역의 대상이 미학적 범주에 속하는 시문학 작품일 때, 원문이 지닌 그 섬세한 감흥이 번역된 다른 언어에 의해 원문대로 재생되기를 기대하는 사람은 아무도 없을 것이다. 이때에 우리는 그 시를 이해하기 위하여 번역을 시도하기보다는 그 언어를 배우고 그 언어의 문화를 이해하려고 노력하면서 그 작품을 직접 원문대로 감상하는 것이 보다 빠른 길이라는 것을 발견하게 된다. 바로 이 점이 언어속에 특정한 사상이 반영된다고 할 경우 그 언어가 지닌 사상성의 한계라고 말해도 좋을 것이다. 그 사상이 세계관이건 인생관이건, 그것은 미학적 범주에 속하는 문화적 특질을 벗어나지는 않을 것이다. 물론 그것도 오랜 세월이 흐르는 동안 이질적인 문화에 의해 퇴색하고 변형되고 혹은 소멸할지도 모른다. 그러나 특정한 시대에 있어서 그것은 분명히 그 사회를 지배하는 문화적 특질이요, 일컬어 사상이 될 수도 있다.

그러므로 우리가 한국어를 검토함으로써 한국인의 사상적 특징을 검출해 보겠다고 할 때에 그 검출된 특징이 절대적으로 그리고 보편적으로 모든 한국인의 사상적 특징을 반영한다고 생각해서는 안 될 것이다. 검출된 특징은 한국어의 구조 속에 잠재하여 있는 하나의 원형元型: Archetype일 뿐이기 때문이다. 이 원형은 현실적으로는 나타나지 않을 수도 있으며 설혹 나타난다고 하더라도 그것이 긍정적인 측면으로 작용하느냐, 아니면 부정적인 측면으로 작용하느냐에 따라 그 원형에 대한 우리들의 견해는 현격하게 달라지게 된다. 따라서 우리가 한국어로부터 이끌어낸 한국인의 사상적 특징은 한국인이 '이러이러한 사람들이다'라고 규정하기보다는 한국인은 '이러이러한 사람이어야 한다'는 당위론에 기울 수밖에 없는지 모르겠다. 왜냐하면 우리가 한국어로부터 실제로 찾아낸 사상적 특질이란 것은 원형자체가 아니라 그 원형이 적용된 현상을 특정한 관점에 서서 해석하여 붙인 명칭이기 때문이다.

그러면 지금까지 한국어를 통하여 한국인의 사상적 특징을 규명해 보려고 노력한 한두 개의 업적들을 살펴보기로 하자.

그 첫 번째는 1960년대 초반에 간단한 논설문의 형식으로 발표된 신일철申一澈 교수의 '한국인의 사고방식'이다. 그는 일본인 불교철학자 나카무라 하지메의 '동양인의 사유방식'에 자극을 받고 그의 방법론을 의식하면서 한국인의 사고방식을 진단하려 하였다. 그는 우선 나카무라 하지메 씨가 동양의 여러 민족 가운데서 논리적 자각을 가지고 독자적인 사유형태思惟形態를 성립시킨 민족은 중국인·인도인·일본인, 그리고 티베트인 등 네 민족에 국한시켰다는 사실에 분개하고 있다. 특히 한국을 만주·월남과 함께 중국적이라고 묶어버린 사실을 일제 식민사관에 근거한 동양 근세사의 편견이 만들어낸 잘못으로 지적하면서 한국어에 나타나는 두 가지 논리적 특성을 예시하였다. 그 첫째는 논리의 결여요, 둘째는 논리와 자연의 합일이다.

첫 번째의 예증으로서 우리말에는 논리와 밀접한 관계에 있는 수개념이 불명확하다는 점, 주어가 없는 문장이 많다는 점, 1인칭 주어 '나'라는 대명사가 고정되어 있지 않아서 자아중심의 의식이 희박하다는 점, 추상명사가 발달되지 않아서 개념적 사고가 발달되지 못했다는 점, 술어중심의 문장구조이기 때문에 주어의식이 미약하다는 점 등을 들고 있다.

그리고 두 번째의 증거로서는 우리말 동사로서는 사실판단과 가치판단의 구별을 명쾌하게 할 수 없는 점, 가상을 전제하는 낱말 '만일에, 혹시, 가령' 등에 해당하는 고유어가 없는 점을 들어 한국인은 초자연적 세계에 대한 사고방식이 발달하지 않았으며 소박한 실재론의 색채를 띠고 있음을 한탄하고 있다.

신 교수의 이 글은 처음부터 본격적인 탐구의 자세를 지니고 집필되었다기보다는 문제 제기의 성격을 띤 것이기 때문에 더 이상 언급할 필요가 없을 것이지만, 한 가지 분명히 해 두어야 할 사항은, 이 글이 처음부분에서 일본인 학자의 분류에 불만을 품고 한국인 고유의 사고방식을 찾아보겠다는 의욕을 가지고 씌어졌음에도 불구하고 그러한 의욕이 지나치게 단편적으로 한국어의 특성을 나열하는 데 그치고 말았다는 점이다. 더구나 그러한 한국어의 사실들이 모두 서구논리학의 관점으로 논단되었다는 데에 문제의 심각성이 있다. 도대체 아리스토텔레스 이래 서부 유럽에서 발달한 논리적 사유방식에 맞추어 한국어를 바라본다면 분명 거기에는 서구식 논리 전개방식의 모습을 찾을 수 없을 것은 명약관화의 사실이다. 왜냐하면 한국인은 누구인가 했을 때 한국적 논리 전개방식에 의해서 한국어를 사용할 것임이 미리 예견되기 때문이다. 따라서 우리는 한국인의 논리와 서구인의 논리를 대등하게 바라보는 고차원적인 견지에서 한국인의 논리방식을 한국어를 통해 검출해 내려는 방법론이 확립되지 않는다면 우리는 언제나 한국적 사고방식의 고유성을 찾고자 하다가 서구적 논리의 부재라는 신 교수의 전철을 밟을 수밖에 없을 것이다.

두 번째로 시도된 업적은 1960년대 후반에 발표된 이규호李奎浩 교수의 언어철학서 '말의 힘'이다. 그는 이 책의 제9장에서 우리말의 문법구조로부터 다음과 같은 네 가지 한국인의 논리를 유도해 내고 있다.

첫째, 우리말은 술어중심의 다원구조多元構造이다. 우리말에서는 주어도 술어를 수식하는 수단으로 간주할 수 있다. 이것은 현상을 변화하는 양상 그대로 이해하고 여기에 자연스럽게 조화하려는 사고방식을 발전시켰다. 즉 현상학적이다.

둘째, 우리말은 긴장된 대화형이다. 이러한 대화형은 사실을 객관적으로 서술하는 말이라기보다는 언제나 너에 대한 나의 말이다. 즉 상관관계가 중요시된다.

셋째, 우리말은 접미사가 묘한 역할을 하기 때문에 직선적인 추리를 하는 것이 아니라 우회적인 추리논리를 한다.

넷째, 우리말의 시제는 삼차원적인 시간관을 반영한다. 과거와 미래가 현재 속에 살아있다. 과거는 기억과 전승으로서 살아 있고, 미래는 희망과 기대로서 살아 있고, 현재는 과거와 미래에 의해서 보호된 상태와 움직임이기 때문에 이것은 살아있는 시간이며 구체적인 시간이다. 그러므로 한국 사람들은 사고방식이 아주 현실적이다.

위의 네 가지를 간추리면 우리말은 현상논리·상관논리·우회논리 및 삶의 논리로 요약된다. 여기에서 지적된 우리말의 구조적인 특징들은 한국 사람이라면 대개 의식적으로나 무의식적으로 알고 있는 특징이다. 우리말은 서구의 언어들보다는 확실히 술어중심의 성격을 강하게 드러낸다. 우리말이 긴장된 대화형이란 점도 수긍할 수 있다. 그리고 격조사 및 어미에 의해 여러 가지 복잡한 통사적 관계를 나타낸다. 또 아직 명쾌하게 밝혀지지는 않았으나 우리말 시제는 과거와 미래가 현재를 집합점으로 하여 긴밀하게 묶여 있다는 것도 국어학자들 사이에 자주 논의되어 왔었다. 그런데 문제는 이와 같은 우리말의 구조적 특징들이 과연 현상논리·상관논리·우회논리 및 현실논리를 구성하는 필요하고도 충분한 조건이 될 수 있는가 하는 점이다. 만일 위에 지적한 네 가지 논리가 오로지 우리말에만 있는 것이며, 또 우리말의 그러한 구조적 특징에 의해서만 그러한 논리를 나타낼 수 있는 것이라면, 술어중심은 곧 현상논리요, 대화적 특성은 곧 상관논리요, 교착적 접미현상은 우회논리이며, 현재를 중심으로 과거와 미래가 묶여 있는 시제구조가 곧 현실논리라고 말해도 좋을 것이다. 그러나 아무도 그렇게 과감한 결론을 옳다고 생각하지는 않을 것이다. 그렇다면, 우리는 우리말의 그러한 구조적 특성을 현상적이요, 상관적이요, 우회적이요, 또 현실적인 경향을 띨 가능성을 확인하는 정도에 머물러 있어야 한다. 이 교수의 논조도 그러한 경향성을 지적하는 데 그친 것으로 해석하여야 할 것이다. 그러면 우리는 어째서 명쾌한 결론에 들어가기를 주저하고 이렇게 조심하는가?

도대체 한 언어의 몇 가지 구조적 특징이 특정한 사고방식을 대표한다고 단정하는 소박한 유형론이 범하게 되는 잘못은 마치 혈액형에 의해 인간의 성격을 규정하는 것만큼 어리석은 작업이 될 우려가 있기 때문이다. 우리는 그동안 그릇된 유형론이 얼마나 우리들의 의식에 무서운 편견을 몰아왔는가를 잘 경험하여 왔다. 그 대표적인 예가 이른바 민족성에 대한 그릇된 생각이었다. 민족성이란 어떤 특정한 역사적·사회적 환경에서 관습적으로 길들여진 사고방식 내지는 문화유형이라고 소박하게 정의할 수 있다. 그러므로 민족성은 영구불변의 고정적인 것이 아니라 그 민족의 긴 역사 속에서 끊임없이 변화하여 간다고 보아야 한다. 그런데 우리는 그동안 일본 식민사학자들에 의하여 조작된 한국 민족성 때문에 얼마나 많은 고통을 겪었는가? 식민지시대의 교육을 통하여 그 그릇된 선전이 뿌려놓은 독소를 제거하기 위하여 해방 이후 우리나라 사학자들과 지식인들이 얼마나 많은 노력을 기울였는가를 우리는 회상할 필요가 있다.

우리가 만일에 한국어의 구조적 특징을 찾아내어 그것을 독특한 사고방식과 떨어질 수 없는 관계가 있는 것으로 확립하여 놓는다면 한국어를 사용하는 한 우리는 영원히 그 독특한 사고방식을 벗어날 수 없을 것이라는 논리를 인정하여야 한다. 이토록 무섭게 언어가 사고방식을 지배할 수는 없다. 어떤 사고방식이 어떤 언어구조로 보다 잘 표현될 수는 있겠지만 그 언어구조에 의해서만 표현된다고 생각하여서는 안 된다. 가령 격조사토씨나 어미를 다채롭게 구사하여 논리를 우회적으로 유도한다는 것은 가능하지만 그것만이 우회논리의 유일한 방도가 아님을 우리는 거듭 명심하여야 한다.

그러므로 우리는 이제 더 이상 한국어의 구조적 분석을 통하여 한국인의 전형적 사고방식을 찾아보려는 노력은 포기하여야 할 것이다. 단지 앞서 언급한 바와 같이 미학적 범주에 속하는 한국 문화의 특질을 설명하기 위한 보조적인 방편으로서 그리고 당위론적 한국인 상像을 제시하기 위한 방편으로서만 한국어는 이용될 수 있을 것이다.

그러면 한국문화의 성격을 해명하고 바람직한 한국인 상을 제시하기 위한 간접자료로서 이용가치가 있는 한국어의 특징에는 어떤 것이 있는가? 지금까지의 논의에서 이미 지적된 것들은 할애하고 몇 개의 새로운 것을 덧붙여 보기로 하자.

첫째, 존경을 표시하는 보조어간 '시'의 존재와 겸양을 표시하는 보조어간 '-압-', -잡-, 삽-의 존재에 대하여 눈을 돌려보자.

신라 향가에 이미 賜(샤)와 白(숣)으로 표기된 이들 존경법과 겸양법의 형태들은 우리말의 가장 특징적인 면모의 하나이다. 우리말과 계통을 같이한다고 믿어지는 다른 알타이어에는 이러한 문법적인 형태가 없다는 점에서 이것은 우리 한국어가 누리는 귀중한 특권이다. 말하는 사람이 자신을 낮추는 것은 겸양이요, 말을 듣는 사람이나 말 속에 나오는 주인공을 높이는 것은 존대이다. 일찍이 우리민족이 어떤 사회를 이루고 살아왔기에 우리의 언어 속에 자신을 낮추고 상대방을 높이는 장치를 마련했던 것일까? 중국 사람들이 우리를 가리켜 동방예의지국이라고 했던 것은 겉치레의 인사말이 아니라 충심에서 우러나오는 찬사였을 것이다. 그런데 현대어에 와서 이 겸양의 전통은 그 흔적을 찾기 어려울 정도로 퇴색하였다.

"아버님께서 걱정하시는 말씀 듣자옵고 그 계획은 취소하였습니다." 이렇게 머리를 조아리며 무릎을 꿇고 아버님 앞에서 송구해하는 아들의 모습을 오늘날 어느 가정에서 찾아볼 수 있을 것인가? 현대사회가 아무리 급진적으로 변모한다고 하여도 부모와 자식이 존경과 자애로 묶이는 가정을 사회구성의 기본으로 유지하여야 하는 한, 부자간의 윤리는 태고적 원시사회이거나 우주여행을 하는 미래사회이거나 변함이 없어야 할 듯싶다.

둘째, 공동체의식을 강하게 반영하는 제1인칭 복수 대명사 '우리'의 보편화된 사용법의 한 가지를 살펴보기로 하자.

몇 가지 관점에서 우리말 대명사의 생성과 분화는 비교적 둔감했음을 우리는 확인할 수 있다. 가령 제3인칭 대명사 '그, 그녀, 그들'은 금세기에 들어와서 서구 언어에 대응하는 표현을 찾으려는 노력에 의해 만들어진 낱말들이었다. 마찬가지로 '우리'라는 낱말도 기원적으로는 제1인칭의 복수를 뜻하는 것이 아니라 취락이나 취락경계를 가리키는 보통명사였을 가능성이 있다. 비록 성조가 다르기는 했으나 15세기 국어에서 '나我, 우리笠籠, 울籬' 등의 낱말들은 보다 이른 시기에는 어떤 관련이 있었으리라는 추측을 자아내기에 충분한 것들이다. 이와 같은 어원탐색이 허망한 것이 아니라면 낱말 '우리'는 애초부터 부족집단이나 씨족집단을 가리키는 것이었음을 짐작하기 어렵지는 않을 것이다. 다른 한편, 현대어의 사용법을 살펴보면 이러한 추론이 그렇게 허망하지만은 않다는 생각을 굳히게 된다. '우리나라, 우리집, 우리동네'라는 표현에서 우리는 '나'를 내세우기보다는 '나'가 속해 있는 집단을 앞세워 의식하는 강한 공동운명의 표출을 발견한다. 어떤 이는 이것을 자아의식의 결핍이라고 할는지 모른다. 그러나 이런 생각은 서구식 개인주의의 관점에서 잘못 풀이하였다고 생각된다. '나'의 존재를 자각하지 않은 상태에서 '우리'를 의식한다는 것은 상상할 수 없기 때문이다. '우리'를 내세움으로써 '나'의 존재의의와 사명이 무엇인가를 보다 포괄적으로 이해하고, 더 나아가 '우리'의 구성원으로서의 '나'와 '우리'를 동시에 활성화하여 표현하여 왔다고 해석하는 것이 온당할 듯싶다. '나'를 내세우지 않고 '우리'를 앞세우는 표현은 그만큼 자신이 속해있는 집단의 발전이 곧 자신의 발전이라고 생각하는 큰 자아大我의 발견이 아닌가? 이렇듯 원시 씨족사회의 공동체의식의 표출이었던 듯싶은 '우리'라는 낱말은 '나'와 '나를 둘러싸고 있는 집단'과의 유기적인 관계를 나타내면서 현대에 이르기까지 계속 사용되어 왔다. 그러나 이 낱말이 조선조 시대에 이르러 족벌 내지는 가문의 차원에서만 이해되는 경향이 없지 않았다. 즉 '우리'는 '우리집' 또는 '우리집안'이라는 표현을 간단히 줄여 말할 때에 쓰는 편법이 되었던 것이다. 그렇지만 그러한 의식도 점차 지나간 시대의 유물로 퇴색하고 있다. 아마도 앞으로는 이 '우리'라는 낱말 속에 국가 내지는 민족적 차원의 의미가 점차 자리를 굳혀 갈 것이다.

셋째, 이른바 존재를 뜻하는 '있다'의 용법을 살펴 보기로 하자.

'있다'는 이 세상에 감각적으로 존재한다고 판단되는 사물만이 아니라 우리들의 관념 속에 존재한다고 느껴지는 모든 것의 '그러함'을 나타내는 말이다. 물론 다른 언어, 예컨대 영어의 'be' 동사도 우리말의 '있다'와 마찬가지로 세상만물의 '있음'을 표시하는 말로 쓰인다. 그러나 영어에서 'be' 동사가 소유의 관념을 나타내는 'have' 동사의 영역을 거의 완전히 대신할 수는 없다. 그런데 우리말의 '있다'는 '가지다'가 나타내는 의미영역을 거의 전부 포섭한다. 다시 말하면 '가지다'를 쓸 자리에 문장구조를 바꾸어 '있다'를 써서 표현할 수 있다는 말이다.

"자네 돈 좀 가졌나?"

"응, 내게 좀 있어. 얼마나 필요한데?"

이 간단한 대화 속에서 '가지다'는 반드시 '누구'가 가졌느냐는 소유의 주인공이 문제됨에 반하여 '있다'는 누구에게 있느냐가 문제되는 것이 아니라 단지 누구에게이건 있기만 하면 된다는 존재의 사실만이 초점이 됨을 발견한다. 우리는 여기에서 성급하게 우리민족이 '있다'를 '가지다'에 대신해 씀으로써 서로 돕고 서로 아끼는 이웃사랑을 실천하였다고 결론하여서는 아니 된다. 그리고 일본어의 'ある아루'가 우리말의 '있다'와 대체로 일치하니까 일본사람과 한국 사람을 동일시할 수 있다고 생각하여서도 안 된다. 우리는 다만 '있다'라는 낱말에 우리민

족이 지향해 나아가야 할 윤리적 가치를 부여하여 우리들의 사람됨을 다시 돌아보는 계기를 삼으면 그것으로 족할 뿐이다.

넷째, 다른 언어에 비하여 특별히 우리말에 두드러지게 발달하였다고 믿어지는 의성·의태어의 특성과 기능을 살펴보기로 하자.

흔히 언어학에 대한 소양이 없는 사람들은 그 풍부한 의태어의 존재가 한국어의 우수성을 반증하는 것이라고 생각하는 경향이 있다. 그러나 그것은 대단히 우스운 생각이다. 어떤 언어이건 모두 의성·의태어를 가지고 있을 뿐만 아니라 오히려 정형화된 낱말을 가지고 있기 때문이다. 그러면 우리말 의성·의태어의 다양성을 어떻게 해석할 것인가? 결론부터 말한다면 그것은 주관적 표출기능이 다른 언어에 비해 낱말의 형태로 잘 드러난다고 할 수 있겠다. 똑같은 종소리를 묘사하면서 한 사람이 '딸랑딸랑'이란 표현을 택하고 다른 사람이 '딸그랑딸그랑'을 택했을 때, 우리는 그 두 표현의 객관성을 문제삼기보다는 그 두 사람이 느낀 감각의 차이를 문제삼는다. 그것은 누가 옳고 누가 그르냐는 문제가 아니라, 동일한 대상이 사람에게마다 다르게 반응한다는 사실이 문제되는 것이다. 이것을 윤리적 차원에서 좋게 해석한다면 우리민족은 화이부동和而不同, 개성을 존중하면서 서로 조화를 이루는 경지을 언어로 나타낼 수 있다고 주장할 수도 있다. 그러나 한국 사람은 누구나 화이부동의 인격자라고 한다면 이처럼 터무니없는 망발은 또 없을 것이다. 따라서 우리는 한국어 의성·의태어의 표현기능을 통하여 각기 다른 개성을 지닌 사람들이 어떻게 화목할 수 있는가 하는 교훈을 배우는 데 만족하여야 한다.

이상으로 한국어의 특징 몇 가지를 간단하게 훑어보았다. 찾아보면 다른 언어에는 없는 한국어 고유의 모습들이 더 있을 것이다. 그러나 그것이 한국인을 규정하는 움직일 수 없는 증거가 되는 것은 아니다. 한국인라고 하여, 또 한국어를 사용한다고 하여 다른 민족이나 다른 말을 쓰는 사람과는 무엇인가 다르지 않겠느냐는 생각은 더 이상 하지 말아야 하겠다. 한국어는 한국 사람에게서 풍기는 김치 냄새 그 이상도 그 이하도 아닐 것이다.

2. 우리말 바로 가꾸기

이백 년이 조금 넘는 옛날, 정조正祖대왕 시절의 선비 다산茶山 정약용丁若鏞은 여러 모로 그 당시로서는 생각이 깊은 지식인의 대표적인 인물이었다. 그는 그 시대에 바람직한 사람은 어떠해야 하는가를 깊이 있게 궁구하였다. 어떤 것이 바른 임금이며 바른 신하인가? 어떤 것이 바른 행정관이며 바른 백성인가를 궁리하였다. 그러므로 그의 글을 읽으면 어떻게 하는 것이 바른 임금노릇이며, 바른 벼슬살이인지, 또 어떻게 사는 것이 바른 인생살이인지가 드러난다. '흠흠신서欽欽新書, 목민심서牧民心書, 경세유표經世遺表'같은 책이 그러한 내용을 담고 있다. 물론 그의 글에는 어떻게 살아야 규모있고 견실하게 살아가는 길인가도 들어있다. 잘 산다고 하는 것의 실체를 보여주기 위하여 그는 평생동안 수십, 수백 권의 저술을 하였다. 그가 지은 이러한 업적들은 모두 바른 사람과 바른 삶의 길을 찾아 헤매는 구도자의 피맺힌 절규와 같은 것이었다.

그는 한때 그 무렵에 새롭고도 신선한 바람을 몰고 온 천주교의 교리에도 깊이 심취하였다. '서학西學'이라 이름하였던 서양의 목소리에 인생의 참된 길이 있는가를 확인하고자 노심초사하였음을 알 수 있다. 그래서 오늘날 공부하는 사람들 사이에 그가 천주교도인가 아닌가 하는 문제를 놓고 뜨거운 논쟁을 벌이는 단서를 마련하기도 하였다. 그러나 현재 이 문제는 쉽게 결말을 내지 못하고 있다. 그는 자기가 살고 있는 당대에, 스스로 취할 수 있는 최선의 길을 찾아 끊임없이 자기부정과 자기탐색을 거듭한 분이기 때문이다. 따라서 다산의 생애는 어느 한 순간도 다산 자신의 처지에서 보면 정당하지 않는 때가 없었다고 보아야 한다.

그러나 눈을 돌려 21세기의 첫발을 디딘 오늘의 시점에서 다산이 전생애를 걸었던 연구성과를 비판해 보기로 하자. 우선 다산은 봉건적 왕정체제를 떠나서는 정치를 생각하지 못하였다. 그에게는 임금님이 계시지 않는 나라는 상상할 수가 없었기 때문이었다. 또한 농축산과 가내공업을 근본으로 하는 산업구조를 떠나서 경제를 생각하지 못하였다. 그에게는 오늘날과 같은 공업화와 정보화는 꿈도 꿀 수 없었기 때문이었다.

그렇다면 다산의 정치사상과 경제사상, 더 나아가 그가 주장했던 인성론人性論은 오늘날 다시금 거들떠 볼 필요가 없는 것인가? 아마도 성급한 사람들, 특히 문화사적 안목을 중요시하지 않거나 미래만을 내다보려고 하는 사람들은 다산을 기억하는 것이 단지 역사학의 논의 거리일 뿐이라고 말할는지도 모른다. 그렇다면 200여 년 전의 다산은 정말로 세상을 보는 눈이 모자랐던 것일까? 18세기 후반에서 19세기 초엽에 걸쳐 75년 동안 살다 간 다산은 그가 살던 당대에는 가장 높은 산마루에서 세상을 바라보았고, 계획을 세웠고, 또 미래세계를 구상하기도 하였다. 그럼에도 불구하고 그가 올라섰던 높은 산마루에서는 21세기의 첫발을 띤 오늘날이 보이지가 않았던 것이다. 그래서 그의 고뇌는 그 당시로서는 빛나는 업적이면서도 지금에 와서는 상당부분이 흘러간 옛이야기가 되고 말았다. 이것이 변하는 세상의 참 모습이 아닌가 싶다.

그는 언어의 변화에 대하여서도 매우 고루하고 진부한 생각을 가지고 있었다. 그가 지은 '아언각비雅言覺非'는 다음과 같은 말이 들어있다.

> "자기의 몸가짐을 닦는 것을 배우는 사람은 '악한 일은 작다고 해도 하지 말아야 한다'고 말하고, 글을 다듬는 것을 배우는 사람도 또한 '악한 일은 작다고 해도 하지 말아야 한다'고 말하는데, 이렇게 하여야 그 배움에 진전됨이 있을 것이다. 그런데 멀리 치우쳐 있는 사람은 글을 배운다는 것이 다 남에게서 전하여 들은 것일 뿐이어서 거짓되고 이그러진 점이 많으므로 이런 말을 하는 것이다.
>
> 세상에 풍습이 서로 전하여지는 동안에 그 쓰이는 말이 애초의 참뜻을 잊어버리고 그릇되게 전해진 것을 그대로 이어받고 따라 써서 그만 습관이 돼도 살피어 고치려 하지 않는다. 우연히 하나의 그릇된 말을 밝혀 깨닫게 되면 드디어는 사람들이 많은 의문을 일으켜 그릇된 말들이 진실에 어긋남을 깨우치게 되므로 이런 것을 자료로 삼아 아언각비 세 권을 짓는다."

이렇게 주장한 다산은 그 당시에 잘못 쓰이는 450여 개의 한자어에 원뜻을 밝혀 잘못 쓰는 일이 없도록 바로잡아 주고 있다. 예컨대 '장안長安'은 중국 역사상 '서울'이었던 땅 이름인데 그것을 빌어다가 우리나라 서울을 지칭하는 것으로 사용하는 것은 잘못임을 근심하고 있다. 그러므로 '장안이 떠나갈 듯'이라든가 '온 장안에 파다하게 퍼진 소문'이라고 할 때에 '장안'은 '서울'이라고 바꿔야 옳은 표현이 되는 셈이다. 그의 주장에 따르면 중국에서 처음 사용했을 때의 원뜻에서 벗어나서는 그 낱말을 사용할 수 없게 되어있다. 낱말의 의미가 적용의 범위를 벗어나 새로운 의미를 얻게 되는 의미변화 현상을 다산은 인정할 수 없었던 때문이다.

우리는 이제까지 이렇게 다산의 이야기를 장황하게 살펴보았다. 오늘날 국어순화를 외치며 고유한 우리말 쓰기만을 주장하는 움직임이 행여나 다산의 아언각비와 비슷한 일이 아닌가를 생각해 보기 위해서였다.

우리는 입만 열면 민족의 단일성, 순수성, 독자성, 주체성을 목청 높여 자랑한다. 그리고 민족적 순결을 지키는 것이 나라와 민족을 사랑하는 으뜸 행동이며 그 민족적 순결은 우리말의 순결을 통해 증명할 수 있는 것처럼 생각한다. 그래서 할 수만 있다면 고유한 우리말만 살려 쓰자고 주장한다.

그러나 우리는 좀 더 긴 안목으로 생각해 보아야 한다. 앞으로의 세상은 과연 민족적 순결을 부르짖으며 배타적 민족주의를 용납할 것인가? 많은 기업이 다국적기업多國籍企業으로 바뀌며, 많은 물산이 세계적인 규모로 유통되는 세상이 되었다. 국산품이라는 낱말도 종래의 개념으로는 이해하기가 힘들게 변모하였다. 어찌 보면 국산품이라는 낱말의 의미 자체가 분해되어 없어졌다고 생각되기도 한다. '메이드 인 코리아'라는 상표가 붙었어도 외국제품에 다름없는 물건이 있으며, '메이드 인 필리핀', '메이드 인 인도네시아'라는 상표가 붙었어도 내용상으로는 한국제품이라고 해야 할 상품이 쏟아져 나오는 세상이 되었다. 기껏해야 가까운 몇 나라를 상대로 물건을 사고팔던 것은 옛말이요, 이제는 전세계 수백 개의 나라와 정치, 문화, 사회, 경제적 교류를 갖지 않을 수 없게 되었다.

이제는 한국이 '동북 아시아의 한국', 또는 '동양의 한국'이라는 지역적 한계를 뛰어넘어서 '세계의 한국', '지구촌의 한국global Korea'이어야 하며, 실제로 많은 분야에서 그렇게 되고 있다. 이러한 형편이 되었는데도 언어만은 19세기식 민족자결주의를 고집하며 거기에 충실한 순화운동만을 벌이고 있을 것인가? 끊임없이 밀려오는 새로운 문물제도를 고유어로만 표현하기를 고집할 것인가?

가령 이런 생각을 해볼 수 있다. 지금 우리가 힘주어 고쳐보려고 애쓰는 국어순화운동의 성과를 '아언각비'처럼 책으로 간행하였다고 하자. 그리고 그것이 300년이 지난 23세기 끝무렵에 우리 후손들이 보면서 다음과 같이 말하지는 않을까?

"오백 년 전의 아언각비와 비슷하구먼. 고유어를 살려 쓰는 것이 나쁠 것이야 없지만 그것만으로는 이미 세상이 달라져서 말을 할 수가 없게 되었다는 것을 오백 년 전의 우리 조상들은 상상할 수가 없으셨겠지…"

그러나 이렇게 엄청난 변화를 오늘의 시점에서 우리가 올바르게 예견할 수 있다고는 생각지 않는다. 여전히 우리는 이백 년 전 다산이

올라섰던 높이의 산마루에서 재래의 '한국'이라는 개념을 뛰어넘지 못하며 "그저 한국 사람은 한국 사람다운 말씨를 지켜야 하느니….".하고 근심어린 표정으로 중얼거리면서 외래어의 난무와 일본말의 흔적들을 씻어내려고 애쓰는 것, 그것을 힘쓸 뿐이다. 이것만이 우리가 지닌 안목으로 현재를 충실하게 살아가는 바른 자세이기 때문에.

3. 옛말의 되살림

　한국을 좋아하고 한국 사람을 아끼는 외국 사람들은 한국이 급속도의 경제성장을 이룩하는 반면에 점차로 옛모습을 잃어가는 현상에 대하여 기쁨 반, 실망 반의 착잡한 심정에 빠진다고 한다. 특히 금세기 초엽부터 한국에 와서 선교 사업을 벌였던 서양 사람들은 이러한 심정이 더 강렬하다는 것을 서슴없이 고백한다. 나막신을 신고 종로통을 거닐던 1920년대의 남산골 샌님을 구경하지 못하게 되었다는 것은 지나친 감상일는지 모른다. 그리고 초저녁 골목길을 지나노라면 들려오던 아낙네들의 다듬이 소리를 들을 수 없게 되었다는 얘기도 또한 감상이라고 돌려버릴 수 있을는지 모르겠다. 그러나 인후仁厚하던 할아버지 때의 인정을 잃어버린 것은 감상이 아니며 급속한 공업화에 밀려 인심처럼 탁해가는 자연환경을 애처로워 하는 것은 정녕 감상이 될 수 없다. 한국에서 태어나서 지금껏 한국에서 일하고 있는 중늙은이의 서양 사람들과 마주 앉아 한국의 아름다움과 한국인의 사랑스러움을 얘기하다 보면 한국의 한국다움은 어디까지나 전근대적 농본국의 나라이어야 하고 온후하고 질박質朴한 성품의 선비기질을 가진 한국 사람으로 남아 있어야 될 것 같은 생각이 들게 된다. 이러한 느낌은 굳이 한국을 사랑하는 서양 사람들에게만 있는 것은 아닐 것이다. 지나간 세월이 아름다워 보이고 더 정이 가는 것은 모든 사람이 누구나 가지고 있는 보편적인 상고취향尚古趣向이기 때문이다.

그러면 어떻게 할 것인가? 만물이 유전流轉하여 세월이 흐르면 인정도 변하고 세사만상世事萬象이 시간의 흐름과 더불어 바뀌어 가는 것은 만고의 천리天理인데 이렇게 변해가는 세상을 원망하고 가만히 앉아있을 것인가? 현재의 생활을 보다 예스러운 풍취로 살아가고자 하는 사람들은 그리하여 선조들이 남기고 간 유물—비록 그것이 하찮은 담배쌈지거나 한 조각 편지일지라도—을 간수하고 아끼는 것이다. 말하자면 박물관이 수집하여 보관하고 있는 유형문화재들은 작게 보면 흘러간 세월에 대한 애착의 표상表象이라고 말할 수 있다. 변모하여가는 미래에 대처하여 현명하게 앞길을 개척하는 것이 바람직한 것처럼, 그와 똑같이 지나간 시대의 정신적·물질적 자산을 아끼고 사랑하는 것도 또한 바람직한 일이 아닐 수 없다.

1. 사장死藏된 고어古語들

이와 같은 문제를 언어에 적용시키면 어떻게 될까? 말이라는 것도 세상의 물정과 같이 세월이 흐름에 따라 변해 가는 것인데, 그 변화에 맹목적으로 추종하여 흘러가는 대로 내버려 둘 것인가? 아니면 골동품을 간수하고 아끼듯이 과거에 쓰이던 말들도 잘 가꾸고 보관할 수는 없을 것인가? 인정이 시대의 산물이 듯이 언어도 역시 시대의 산물임을 면하지는 못한다. 각박한 현대사회에서는 이웃 간의 따사롭던 우의友誼도 그리 쉽게는 찾아지지 않는 것처럼 지나간 시대에 쓰이던 언어들은 소위 그 언어들이 시대적 사명을 다한 오늘에 와서는 쓸모없는 골동어가 되어 옛날 책 속에 곰팡이 낀 활자처럼 뒤쪽으로 처져서 말하지도 듣지도 않게 되어 버린다.

그렇지만 우리들의 상고취향은 지나간 시대에 쓰이던 옛말에 자꾸만 애정이 쏠리고 흘러간 대중가요를 듣듯이 자꾸 듣고 싶은 그런 말들이 있다. 아무리 역사적 사명을 다하여 오늘날에 와서는 쓸모없이 되어버린 말일지라도 어떻게 해서 다시 들어 볼 수는 없을 것인가 하고 생각나는 낱말, 생각나는 표현들이 없지는 않다. 냉정하게 말한다면 오늘은 오늘이고 어제는 어제였으니까 어제를 오늘 속에 끌어들일 수 없음은 물론이다. 만일 오늘 속에 어제를 끌어들이려 하는 사람이 있다면 아마 그런 사람은 라이터나 성냥을 사용하는 현대에 살면서 부싯돌 사용하기를 주장하는 격이 될 것이고 자동차가 폭주하는 서울 거리에 가마를 타고 가는 것과 다름이 없이 될 것이다. 그러나 언어에는 지금은 전혀 쓰이지 않는 옛날 물건의 이름만으로 되어 있는 것은 아니다. 구레나룻 허연 할아버지가 도포자락을 휘날리며 호기있게 걸으시던 그 위풍당당한 모습처럼 우아하고 의젓한 기풍을 묘사할 수 있는 어휘들이 지금은 용처를 잃고 옛말 한 구석에 쭈그리고 있을는지도 모른다.

2. 되살아난 말들

고요한 아침의 나라, 은자들의 인후한 품성처럼, 그리고 공해 없는 자연환경같이 맑고 아름답던 우리말이 행여 있다면, 우리는 그러한 낱말들을 조심스럽게 그리고 자랑스럽게 다시 살려 보는 작업을 해 보아야 할 것이다. 이와 같은 착상은 1920년대와 1930년대에 걸쳐 우리 문학인들이 이미 시도한 적이 있었다. 그들은 일제에 나라를 빼앗긴 뒤에 민족혼을 일깨우고 민족정신을 온전하게 보존하려는 의도 아래 두 가지 방면의 국어 사업을 폈었다.

그 하나는 한글학회당시는 조선어학회朝鮮語學會라 하였다를 중심으로 하여 벌였던 우리말 사전 만들기와 철자법 제정운동이었고 또 하나는 문인들이 중심이 되어 일으켰던 시조부흥론時調復興論 및 시조의 창작이었다. 여기에는 육당 최남선, 가람 이병기, 위당 정인보, 노산 이은상 같은 선각자들의 공이 지대하였음을 새삼 상기하게 된다.

그들은 옛말의 부활이 일상생활의 언어로서는 이루어지기 힘들다는 것을 진작 깨달았던 것 같다. 그래서 그들은 고시조를 부활하여 새로운 민족문학의 하나로 정립하는 것과 동시에 그 시어 속에 옛스런 말들을 가능한 한 재생시키고자 시도하였던 것이다. 이 착상은 당시의 시대적 분위기와 그들 재주있는 문인들의 열성어린 시조창작에 의해 어느 정도 성공을 거두었었다. 그 성공의 결과 어쩌면 완전히 사어死語의 운명을 감수해야 했던 일부의 낱말은 지금도 적어도 시어詩語로서는 그 명맥을 유지하면서 우리들에게 복고취향復古趣向의 욕구를 충족시키는 어휘로 사랑을 받고 있다.

이제 그 예를 몇 개 들어 보기로 하자.

> 누리-世上, 우음-웃음, 새배-새벽, 뫼-산, 머귀-梧桐, 멀위-포도, 탓-까닭, 가람-강, 싸눈-싸락눈, 새오다-시기하다, 예다-가다.

이러한 단어들은 따로 현대어가 있기는 하면서도 시적 문맥 속에서는 현대어보다 훨씬 정서적 호소력을 지니고 우리에게 친숙하게 되어 있다.

그리고 또 다음과 같은 부류의 어휘도 있다.

> 마슬·마실-마을, 아음-친척, 꼭두-헛개비, 하다-많다, 얼믜다-드물다, 인애-아지랑이, 조히-깨끗이

이런 단어들은 옛날 책에서 발견할 수 있을 뿐만 아니라 아직도 시골 어느 지역에서는 쓰이고 있는 사투리들이다. 한 언어에서 하나의 사물을 가리키는 말이 꼭 하나일 수는 없으며 그중의 하나가 공용어흔히 표준어라고 말한다가 되고 다른 것은 사투리로 취급되는 것은 누구나 다 아는 사실이다. 그런데 그 사투리 가운데는 옛날 한때 공용어의 구실을 하다가 어떤 연유로 세력을 잃고 사투리로 전락돼 버린 것들이 있다. 이러한 사투리가 특수한 환경에서 다시 쓰일 때는 옛스러움과 시골스러움을 함께 지니고 우리 앞에 나타난다. '마실'이니 '아음'이니 하는 단어들이 바로 그러한 사투리로서 아직도 우리에게 특이한 매력

을 발산한다. 이와 같은 단어들은 향토색이 짙은 분위기를 묘사해야 할 경우에 없지 못할 언어재산이다. 이렇게 본다면 지나간 시대의 말이라 해서 한 묶음으로 내던져 버릴 일은 아니라는 것이 분명해 진다. 그러나 거듭 확언하거니와 그러한 어휘들은 일상의 언어생활과는 역시 거리가 있다는 것도 숨길 수 없는 사실이다. 우리의 조상들이 어떤 생활환경 속에서 무엇을 생각하며 살아 왔는지를 느끼고 싶을 때, 우리는 민속박물관을 찾아가 그곳에 놓인 기명器皿을 보며 조상의 슬기와 멋을 추적한다. 그와 마찬가지로 지나간 세월에 쓰이던 어휘를 오늘날 우리가 쓰는 문장 속에 섞어 넣으면 거기에서는 '사서삼경四書三經'을 외우던 청아한 옛날 선비의 음성이 되살아 나온다. 물론 우리는 이때에 그 문장이 글 전체의 주제에 합당한 것인지 아닌지를 글을 쓰기 전에 충분히 검토하여야 할 것이다. 이러한 조건에서만 옛말은 다시금 현대의 문맥 속에서 살아날 수가 있다.

3. 국어의 변천

어느 호젓한 여름날 오후, 가까운 친구나 친척, 그리고 집안 식구들조차 모두 산으로 바다로 피서를 떠나버리고 어쩌다가 세사에 묶여 집안에 남아 있게 된 여름날 오후, 그 무료와 울적함을 달래기 위해 홀홀히 창덕궁의 비원 안을 거닐게 되었다고 하자. 그리고 수령이 3~4백 년은 훨씬 넘었을 듯싶은 느티나무 그늘에서 땀을 식히며 조용히 눈을 감고 있었다고 하자. 그러면 시간은 거꾸로 흘러 옛날로 옛날로 우리의 혼이 달음질쳐 갈 것이다. 주합루宙合樓 다락 위에서 집현전 학사들과 성운聲韻을 논하시는 세종대왕도 만나보게 될 것이고, 연경당演慶堂 앞뜰을 거닐며 탕평책蕩平策이 제대로 실현되지 않음을 안타까워하시는 영조대왕도 뵙게 될 것이다. 과거보러 온 선비가 우리의 옷깃을 스치고 지나갈지도 모른다.

　자, 이렇게 과거로 거슬러 갔을 때, 우리의 혼이 그 옛날의 대화를 얼마나 이해할 수 있을까? 이 질문은 언어의 변천을 조사하고자 할 때 우리들이 내어 놓을 수 있는 상상적인 상황을 제공해 준다. 이 물음은 다시 다음과 같은 물음과도 비슷하다. 가령 서울에서 한 발자국도 나가지 않고 스무 해를 살아온 대학생 한 명이 생전 처음으로 제주도로 여행을 갔을 때, 역시 제주도를 벗어나 보지 못한, 그리고 학교 공부라고는 전혀 해 보지 못한 환갑줄의 노인네를 만나 길을 물었다고 생각하자. 이때에 이 두 사람은 서로 의사소통이 가능할 것인가? 세종대왕을 만났을 때는 시간의 격차를 생각하게 되고 제주도 노인을 만났을 때는 지역의 상거相距를 생각하게 되는데, 그 어느 경우이거나 원만한 의사소통은 불가능하다는 것을 깨닫게 된다. 아니 훈민정음을 창제하시고 우리 민족사의 문화적 중흥을 이룩하신 세종대왕을 만나서 우리가 말 한마디 제대로 나눌 수 없다니 그게 사실인가? 그러나 우리가 아무리 섭섭해 할지라도 그 동안의 우리 국어의 변천은 세종대왕과의 원만한 대화를 가능하게 해 주지 않는다. 5백여 년을 지나는 동안 현대국어와 15세기의 국어 사이에는 다음과 같은 중요한 차이가 생기게 되었다.

　첫째, 15세기에는 국어에 성조가 있었다. 그때의 문헌에는 글자 왼쪽에 점傍點을 찍어 표시했는데 점이 하나면 높은 음去聲이었고 없으면 낮은 음平聲이었으며, 점이 둘 있으면 처음은 낮았다가 나중에 높아지는 음上聲이었다. 오늘날에는 경상도 방언에서 그 흔적을 찾을 수 있으나 그 경상도 방언의 억양과 15세기의 그것과는 상당한 거리가 있을 것이다.

둘째, 오늘날에는 쓰이지 않는 음들이 있었다. 예컨대 글자조차 없어진 것으로 모음의 'ㆍ'아래아와 자음의 'ㅿ' 'ㅸ' 'ㆆ' 등은 그 대표적인 것이다. 이 가운데서 실제로 발음이 되었었는지의 의심이 되는 'ㆆ' 같은 것을 빼어버린다고 해도 오늘날 우리의 귀에 쉽게 식별되지 않는 'ㅿ'半齒音과 'ㅸ'唇輕音은 그때에는 흔히 쓰이던 발음이며 문자였다. 그리고 글자의 형태는 같으나 오늘날의 발음과 비교하여 두드러지게 달랐던 것에 'ㅐ, ㅔ, ㅚ, ㅟ' 같은 모음자들이 있다. 이들은 15세기 당시에는 아직 단모음화가 일어나지 않아서 '아이, 어이, 오이, 우이'와 같이 소리하였다. 그러니까 글자로는 '애'이지만 이것은 '아이'로 발음했으며 '외'는 '오이'라고 발음하였다는 말이다.

셋째, 오늘날에는 전혀 쓰이지 않는 어형이 존재했었다. 가령 상대방을 존대하는 말씨에 오늘날에는 "~합니다" 정도로 말끝을 맺지만 세종 당년에는 이것이 엄청나게 복잡하였다. 일일이 당시의 표기대로 적기도 까다로운 것이 많았다. "~하나닝이다. ~하시리로송이다, ~하압나닝이다" 등등이 경우에 따라 사용되었다.

4. 살리고 싶은 말들

끝으로 오늘날에는 아니 쓰는 어휘들을 예로 들 수 있겠다. 요즘 우리들이 예사로 쓰는 외래어가 얼마나 많은가를 생각해 보면 없어져 버린 옛날 말이 또 얼마나 많이 있었을 것인지는 짐작하고도 남음이 있다.

이제 그러한 옛날 어휘들 가운데서 우리의 옛스러운 정취와 품위를 다시 살릴 수 있는 단어들은 어떤 것이 있을까? 혹 세종대왕의 말씀 속에서 지금의 우리가 들어도 알아들을 수 있고, 우리가 다시 사용해도 멋이 번지는 고유한 어휘 두엇을 음미해 보기로 하자.

1. 가멸다(부유하다)

15세기의 정확한 표기는 'ㄱᅀ멸다'였다. 현재 '가난하다'라는 말에 대응하는 고유어가 없다. 물론 '가난하다'도 한자어 '艱難간난'에서 온 것이긴 하지만 '가멸다'는 말이 새로이 세력을 가지게 되면 우리 백성 모두가 정말로 정신적으로 물질적으로 가멸게 되어 남북통일조차 쉽게 이루어질 것 같은 기분이 든다.

2. 구실살이(官吏生活)

옛날 표기로 '구위' 또는 '구위실'이 관청 또는 관리를 의미했다. 따라서 '구실살이'는 관리생활을 뜻하는데 옛 문헌에 '구실살이'라는 명사형이 발견되지는 않는다. 오늘날 '구실'을 '기능·역할'의 뜻으로 쓰고 있는데 그것은 관료의 기능이 막대했던 조선왕조 때의 현상에 말미암는 듯하다. '구실살이'라는 말이 일반화한다면 탐관오리는 정말 옛말이 되어버릴지도 모르겠다. 겸하여 '죽살이生死'란 단어가 있었음도 소개함직하다.

3. 겨를하다(閑暇하다)

'～하다'를 붙여 새로운 말을 만드는 경향은 어제 오늘의 일이 아니다. 한자어를 우리말로 수용하는 과정에서 매우 생산적인 표현방식이었다. 따라서 그것은 한자나 외래어스포티하다, 스마트하다의 경우에만 붙일 것이 아니라 고유어 어간에 붙여서도 써야 할 것 같다. '겨를'이 '여가餘暇'를 뜻하니 '겨를하다'는 당연히 유유자적하는 신선의 멋을 드러낸다 하겠다.

4. 가치노을(白頭波)

파도가 몰아치고 풍랑이 일 때에 솟아오르는 하얀 물거품의 파도를 일컫는 말이다. 현대어의 까치鵲와 노을霞에 이끌리어 엉뚱한 연상을 하게 되는 옛말이다. 혹시 어느 지역 어부들이 지금도 이 말을 쓰는지 모르겠다.

우리가 지금 옛말의 정취를 아쉬워하면서 옛말을 되살리려 하는 작업은 행여나 가치노을의 원뜻白頭波을 까치의 노을鵲霞로 이해하려는 부질없는 몽상은 아닌지 곰곰 생각하게 된다. 세월이 가면 언어도 인정도 어쩔 수 없이 변해야 하는 것인가?

4. 국어순화의 정도正道

영국 사람들은 인도를 통째로 주어도 '셰익스피어' 한 사람과 바꾸지 않겠다는 명언을 자랑으로 삼는다. '셰익스피어'의 어떤 점이 그의 무게를 그토록 무겁게 만든 것인가? 그것은 두 말할 필요도 없이 그의 붓끝을 통해 나온 주옥같은 언어 때문이었다. 예컨대 '리어왕' 같은 작품은 참으로 흔해빠진 민담설화로서 그 비슷한 얘기가 세계 도처에 깔려 있다. 그러나 셰익스피어의 '리어왕'을 읽을 때, 그리고 그 연극을 관람할 때, 우리는 셰익스피어를 통과한 단어가 어떻게 범속한 설화와 다른가를 깨닫게 될 것이다. 이러한 사실을 통하여 우리는 언어의 1차적인 기능은 전달성이기 때문에 언어가 사상을 담는 그릇이기는 하지만 더 나아가 언어가 바로 표출된 바 사상 그 자체일 수도 있다는 언어의 부차적 특성이 오히려 더 중요하다는 반증을 얻게 되는 셈이다.

국어순화의 문제를 논의하는 자리에서 이렇듯 언어의 정신적 가치를 먼저 이야기하는 것은 당연한 순서인 것처럼 보인다. 왜냐하면 언어의 전달가치만을 강조하게 되는 경우에 극단적으로 말하여 어떤 언어를 사용하든지 무방하리라는 생각을 먼저 경고하고 싶었기 때문이다. 영양분을 섭취하기 위하여 어떤 음식이나 먹어도 좋다는 식의 생각을 발전시키면 의사소통을 위해서 어떤 언어를 써도 상관이 없을 것 아니냐는 논리는 아무런 잘못도 없어 보인다. 하기는 오늘날 누가 양복을 입고, 구두를 신고 또 약간의 장발을 하였다고 하여 그 장본인에게 바지 저고리를 입지 않았고, 고무신을 신지 않았고, 또 상투를 틀지 않았다고 비난하는 사람은 없다. 전통적인 한옥에 살지 않고 어째서 맨션아파트에 사느냐, 주체성이 없는 것이 아니냐고 힐난하는 사람도 없다.

그러나 언어를 그러한 의식주의 차원에 놓을 수는 없는 일이다. 만일에 언어가 단순한 인간생존 내지는 물질문명의 수단에 불과한 것이라면 알퐁스 도데의 '마지막 수업' 같은 작품이 우리에게 아무런 감동도 일으킬 수 없을 것이고 지난 36년의 일제암흑기에 목숨을 바쳐가며 국어를 연구한 분들에게 우리는 아무런 존경도 드릴 필요가 없을 것이다. 더 나아가 우리 중의 누군가 '가네무라'나 '윌리암'이라는 이름을 가지고 있다고 하여도 우리는 아무렇지도 않을 것이다.

그리하여 우리는 국어가 바로 우리의 정신을 지키는 수문장이요 또한 우리의 정신세계가 안주할 수 있는 도성임을 깨닫게 된다. 그러나 어떤 이는 이 도성이 너무 굳게 닫혀 있어서 외부 세계와의 단절을 가져오면 문화적 쇄국을 초래할 염려가 있다고 말한다.

다시 말하면 국어순화가 폐쇄적 민족주의, 고식적 주체의식의 발로라고 근심하는 것이다.

그리고 민족주의나 주체성은 세계 문화를 폭넓게 수용할 수 있을 때에만 가능한 것이라고 주장한다. 합당한 말이 아닐 수 없다. 왜냐하면 국어순화는 바르고 고운 한국어를 사용하자는 것이기 때문에 고유 국어가 아닌 언어의 사용을 기피하게 되어 그 결과 세계 문화와의 교류가 막힐 것이 아니겠느냐는 근심이 생겼기 때문일 것이다. 그러나 이러한 주장과 근심은 국어순화의 정체를 잘못 파악하였기 때문에 생긴 오해에 지나지 않는다.

국어순화운동은 말하자면 언어의 대내적 '새마을 운동'과 같은 것이다. 그것은 심오한 연구활동이 아니라 일반 언어대중에게 건실한 정신적 자세와 민족적 긍지를 갖게 하려는 대중문화운동이다. 그것은 국제 간의 학술교류가 아니요 특정 지식인들끼리의 전문적 토의가 아니다. 긴박한 세계정세 속에서 올바른 역사의식을 가지고 당당하게 살아가기 위하여, 그리고 우리의 후손에게도 오늘날 우리가 설정했던 지표가 정당한 것이었고 우리는 그 목표를 향해 성실하게 전진했음을 유산으로 남기기 위한 범국민적 의식순화의 운동이다.

대중이 어떤 의식으로 살아왔는가를 설명하는 것이 역사라고 한다면, 그 역사는 대다수의 대중이 어떤 문화를 누려왔는가를 말할 수 있어야 할 것이다. 그런데 문화는 정신적 창조의 세계인만큼 결국 그것은 현재에도 언어로 표현되고 있으며 미래에도 또 언어로 기록되어질 것이다. 따라서 언어를 통하여서만 우리문화의 실상이 후세에 밝혀지게 된다. 그러므로 좀 심하게 말하여 국어의 순화가 이루어지지 않는다면 경제적 부를 약속하는 '새마을 운동'도 정신과의 불균형을 해소하지 못하기 때문에 참다운 성공을 거두지 못할른지도 모른다고 할 수 있다.

물론 대중의 문화는 신기를 쫓는 유행에 민감하고 계층적으로 보다 높은 문화유형에 재빨리 영합하려는 모방성을 가지고 있다. 바로 이러한 특성을 올바르게 파악하여 거기에 맞는 응분의 대처를 하여야만 대중문화운동은 바람직한 방향으로 이끌 수 있을 것이다.

국어순화운동을 성취하기 위한 지식인의 사명이 강조되는 이유가 여기에 있다. 외국어를 일상의 대화에서 마구 지껄이는 지식인이 지탄을 받는 이유가 여기에 있다. 일상의 대화나 대중적인 언론의 자리에서 부득이하게 외국어를 쓸 경우 억지로라도 우리말로 바꾸어 표현하려는 성의에 값비싼 찬사를 보내야 하는 이유가 여기에 있다. 버터와 치즈를 먹어보지 못한 사람에게 굳이 그 맛의 미차微差를 설명할 필요는 없는 법이기 때문이다.

국어순화는 크게 두 가지 방향을 가진다. 하나는 국어로 순화하는 것이니 외국어와 외래어엄격하게 말하면 외래어는 국어이다. 문제는 외국어와 외래어를 규정하는 판별 기준이다가 대상이 되는 길이며 또 하나는 국어를 순화하는 것이니 한자어, 비속어, 은어 등을 대상으로 하는 길이다. 이때에 구체적인 어휘 예를 검토해 보면 단어마다 자기 나름의 사정이 있어서 쉽사리 결정할 수 없는 당혹에 부딪치리라는 것은 자명한 사실이다.

그리하여 우리는 순화된 국어가 어느 것인가를 판단하고 필요하다면 새말을 만들어 내는 기관을 가지고 있어야 할 것이다. 요컨대 상설 연구기관이 있어야 하겠다는 말이다. 마침 최근에 정부는 이러한 기구를 발족시켰다고 한다. 시의에 맞는 조치였다. 그것은 순화된 국어를 만드는 입법부의 구실을 담당할 것으로 보인다. 그러나 언어는 법으로 다스려지는 대상이 아니다. 더구나 그 언어는 대중의 언어다. 대중에게 인기를 얻으려면 대중의 여론에 부합되어야 한다. 여론을 강요할 수는 없다. 그리하여 우리는 다시금 언어여론의 조종자로서 어학자와 언론인과 문필인과 그리고 각 분야의 지식인들이 어떻게 대중 앞에 책임있는 말, 영향력 있는 말, 공감을 얻을 바르고 고운 우리말을 할 것인지 그들의 입을 조심스럽게 쳐다보는 것이다. 아마도 국어순화를 실현시키려는 행정적 뒷받침이나 법률적 규제는 무대 뒤에 숨은 조명 기사의 역할밖에는 되지 않을지도 모른다.

5. 우리말은 아름답다

며칠 전 어떤 연수회에 참석하느라 온양에 내려간 일이 있었다. 그 때 회의를 끝내고 두어 시간 여유가 생기자 나는 일행 몇 사람과 더불어 민속박물관을 찾았다. 한 시간 남짓 둘러보고 나오면서 우리는 이런 말들을 주고 받았다.

"거기에 진열되어 있는 물건의 대부분은 우리 어릴 적에 우리들 주위에 지천으로 널려 있던 것 아니오?"

"누가 아니랍니까? 그런데 그 흔하던 물건들이 이제는 박물관에 와야 보게 되었군요!"

"그러게 말입니다. 한데 참 신기해요. 그토록 하찮은 옛 물건들이 어쩌면 그렇게도 정겹고 아름답게 느껴지는지 모르겠어요?"

"아니, 그것도 모르시오? 당신이 한국 사람이고 또 당신이 한국을 사랑하기 때문이지요."

그러나 나는 이런 말을 들으면서도 무언지 모르게 서운하고 허전하기만 하였다. 그때 마침 어떤 분이 이런 말을 하였다.

"이렇게 의식주가 변해버렸으니 이제 백 년쯤 후의 민속박물관에는 우리 것이라고 내놓을 것이 무엇이 있을까요?"

그제서야 나는 내가 왜 서운하고, 허전한 감정의 찌꺼기를 삭이지 못하고 있었는지를 깨달았다. 그리고 마치 준비하고나 있었던 것처럼 이렇게 말하였다.

"있지요. 형체가 있는 물건은 아닙니다만 그것은 아마 한국말일 것입니다."

온 세상이 커다란 하나의 문화권으로 서서히 뭉쳐지고 있는 것을 보면서 성급하게 민족도 국가도 문제시할 것이 없다고 속단하는 이상주의자가 생기지는 않을 것이지만 행여 우리 한국 사람이 한국말이 아닌 다른 말을 쓰고 살아도 괜찮을 것이 아니냐고 생각할 사람이 있을 듯싶기도 하다.

그러나 이 또한 나의 부질없는 근심이라는 것을 안다. 부질없는 근심인 줄 알면서도 한마디 건네고 지나가는 까닭은 꿈에라도 그런 생각을 해서는 안 된다는 것을 못 박아 두려는 뜻이 있기 때문이다.

우리는 한국 사람으로 태어나 한국 사람으로 죽고자 하기 때문에 한국말을 아름답다고 생각한다. 우리의 부모가 다른 집 부모보다 권력도 없고 지위도 낮고 돈도 잘 벌어오지 못하지만 그 부모님을 사랑하는 것처럼, 누가 뭐래도 우리는 우리의 생각을 키우고 우리의 생각을 다듬고 우리의 느낌을 유감없이 드러내는 우리 한국말을 아름답다고 생각한다. 어쩌면 아름답다고 하는 것은 오래된 것이고 정든 것, 그리고 너무너무 잘 아는 것을 일컫는 말인지도 모른다. 고향산천은 나에게 있어, 오래 정들어 있고 손금을 보듯 환히 아는 곳이기 때문에 아름답지 아니한가.

주름살 투성이, 옹이진 손마디가 나무등걸처럼 티석해도 나의 할머니의 웃음 띤 얼굴과 따사로운 손길처럼 아름다운 것이 어디에 또 있을 수 있는가? 그 고향산천의 할머니보다 더 오래 우리에게 정들어 있으면서 우리가 누구인지를 끊임없이 일깨우는 것이 바로 한국말이다. 그래서 우리는 한국말을 아름답다고 만천하에 선언한다. 이 사실을 인정하는 사람은 예외 없이 한국사람 뿐이라는 것을 알지만, 그렇다고 우리가 섭섭해 할 이유가 없다. 한국어의 아름다움은 한국 사람에 의해서만 증명되기 때문이다.

그러면 우리는 한국말을 아름답다고 선언하는 것으로 우리의 일이 끝나는 것인가? 절대로 그럴 수가 없다. 아름다운 것은 가꾸고 보존해야 한다. 아껴야 한다. 물건을 아낄 때에는 감추어두는 것이 하나의 방법일 수 있지만 말을 아낄 때에는 되풀이 사용해야만 한다. 말은 형체가 없기 때문에 쓰임에 의해서 형체를 유지한다.

이때에 우리는 보다 효과적인 쓰임의 방법을 생각하지 않을 수 없다. 그동안 우리는 한자문화권 속에서 우리말을 보다 깊이 아끼고 가꾸는 일에 게을렀었다. 한자어라고 해서 한국말이 아닌 것은 아니지만 그것이 서자庶子인 것만은 분명하다. 서자도 자식인 바에야 똑같이 사랑할 일이다. 그러나 그동안 우리는 적자嫡子인 고유한 우리말을 제쳐두고 서자를 지나치게 애지중지하였었다. 이제 우리는 윗목 구석에 쭈그리고 앉아있는 적자를 아랫목으로 불러들여야 하겠다. 그것은 필요 이상으로 한자를 사용하거나 한자어를 사용하는 나쁜 버릇에서 벗어나는 일이 아닌가 싶다. 엊그제 가까운 친구로부터 그의 저서 한 권을 기증받았다. 그런데 지은이 소개란을 보니 그전 같으면 약력이라고 적혔을 자리에 '걸어온 길'이란 표현이 눈을 끌지 않는가? 음절수가 좀 늘어난들 어떠랴.

이런 태도야말로 우리 한국말을 아끼고 살리고 다듬어가는 지름길이라고 생각되었다. 돌이켜보면 신라시대 이후 한자어에 의해 고유한 우리말은 줄곧 밀려왔다. 장마철이면 개울물이 넘쳐흘렀기 때문에 '물넘이', '무너미', '무네미'로 부르던 마을이 일제시대에 '문암리文岩里'로 둔갑한 마을이 있다. 우리말이 이렇게 훼손되는 동안 우리 부모님들이 겪은 쓰라림은 이제 더 이상 돌이켜 생각지 말자. 그 대신 우리는 순수한 우리말, 일상적인 우리말에 더 깊은 뜻을 심어, 그것으로 우리다운 학문을 할 수 있도록 마음의 자세를 가다듬어야 할 것이다.

한때 비행기를 '날틀'이라고 부르는 것을 웃음거리로 삼은 적이 있었다. 이것은 마치 모두 갈색 눈 빛깔을 가진 사람 사이에 파란 눈 빛깔을 가진 사람이 외톨이로 기어들었을 때, 색목인色目人이라 손가락질되는 현상에 비유됨직하다.

한 사람이 유독 앞선 생각을 할 경우 그는 웃음거리가 되지만 결국 세월은 그것이 옳았다는 것을 증명하고야 만다. 이제는 적어도 '날틀' 식의 새말이 나와도 그것을 신기한 눈으로 바라보지는 않을 만큼 우리들의 의식은 변화되었다. 그러나 아직 너도 나도 '날틀'이란 말을 만들어보겠다는 적극적인 단계에는 이르지 못했다. 그렇지만 실은 지금 당장 그러한 의식의 변화가 모든 한국 사람에게서 일어났으면 하는 마음이다.

그런 다음에야 우리는 한국말을 아름답게 발전시킨 한국의 셰익스피어, 한국의 괴테를 가질 수 있을 것이기 때문이다. 우리는 삼사백 년 전 우리말의 아름다움을 이야기할 때에 황진이와 정송강鄭松江을 기억해낸다.

그러면 현대국어의 아름다움을 말하기 위해 누구를 손꼽을 수 있는가? 가까운 것은 귀하고 아름다운 줄을 모르기 때문에 쉽게 발견할 수 없을 뿐이지 분명히 괴테나 셰익스피어에 맞설만한 현대작가가 있을 것이라고 정말 자신있게 말할 수 있는가? 시대를 아파하지 않으면 문학이 아니라는 명분을 세우고 욕설과 익살과 비꼬임 투성이의 글은 있으되 정말로 한국 사람의 마음과 생각과 꿈이 아름답다는 것을 밝혀내려는 문학작품은 얼마나 있었는지 우리는 진지하게 반성을 해 보아야 하겠다.

이것은 굳이 문학인의 책임만은 아닐 것이다. 한국말을 공부하는 사람들이 차분하게 옛 문헌을 찾고 뒤져서 잊혔던 낱말을 하나라도 소중히 쓸고 닦아 사전에 끼워넣는 일에 신명이 나야만 현대의 황진이, 현대의 정송강이 비로소 태어날 것이라고 생각되기 때문이다.

오늘날의 세상은, 아무도 알아주지 않는 일에 미련하게 세월을 허송하는 바보가 나올 것 같지는 않으니, 한국말을 연구하는 일에 신명이 나서 목숨을 바칠 사람이 적다는 것, 그것이 끝내 한탄스러울 뿐이다.

6. 우리말 연구는 통일의 밑거름

오늘은 5백 62돌 한글날이다. 나라의 촌각을 다투며 종말로 치닫던 구한말 20세기 초엽에 주시경 선생은 '언어와 민족과 국가는 겉으로는 셋이나 속으로는 하나'라는 삼위일체설을 주장했다. 언어문화의 발전과 안정이 민족·국가의 발전과 안정을 보장한다는 논리를 전개하며 우리말 연구에 심혈을 기울였었다.

물론 오늘의 세계를 총체적으로 살펴볼 때 주시경 선생의 삼위일체설이 꼭 맞는다고는 할 수 없으나 적어도 우리 민족에게는 여전히 유효한 진리임을 부정할 수 없다. 왜냐하면 우리는 단일민족으로 하나의 언어를 사용하면서 비록 왕조의 바뀜은 있었으나 1천 5백 년이나 되는 긴 세월을 하나의 나라를 유지하며 살아왔기 때문이다. 이러한 역사적 사실을 바탕으로 했을 때, 우리는 여전히 한국어의 발전은 민족국가의 통일에 기둥노릇을 하리라는 기대를 하게 된다.

그러면 한국어란 무엇인가? 한마디로 한국어는 7천만 해외동포 포함 우리 민족이 모국어로 사용하는 말이다. 7천만 명은 통일된 독일의 인구보다는 조금 적고 프랑스의 인구보다는 조금 많은 숫자다. 따라서 한국어의 발전을 말하려면 이들 7천만 명이 사용하는 모든 우리말을 발전의 대상으로 삼아야 한다.

이데올로기에 의한 양극체제가 날카롭게 대립하던 과거 한때는 4천만 명이 사용하는 남한 언어만을 한국어로 생각했었다. 민족 국가의 통일을 염원하면서도 언어나 해외동포들의 모국어를 우리말 발전의 연구대상으로 삼지 않았으니 얼마나 어리석었는가.

이제 우리는 이 세 갈래의 우리말 덩어리들을 하나의 용광로에 넣고 새롭게 달구어내 세련된 세계어의 하나로 키우기 위하여 배전의 노력을 기울여야 할 것이다. 아마도 이때에 4천만 명 이상이 사용하는 남한 언어의 현실이 가장 크게 존중될지도 모른다.

그렇다고 북한언어의 현실과 해외동포들의 모국어 현실이 절대로 소홀하게 다루어질 것을 뜻하지는 않는다. 오히려 더 면밀하게 검토되고, 통일 민족의 언어자산으로 더욱 고귀하게 취급되어야 할 것이다. 그렇게 될 때에만 21세기의 새 시대에 우리 민족이 세계문화를 앞장서서 이끌어가는 주인노릇을 할 수 있다. 그것은 언어정책과 언어연구가 대단히 폭이 넓고도 탄력성 있게 진행되어야 할 것임을 시사한다.

우리는 한때 일본 식민지시절에 받아들인 한자어를 '일본색채 쓸어내기'라는 명분을 내세워 사용하지 말자고 주장했었다. 민족주의의 발현이란 점에서 그것은 긍정적인 일면이 없는 것은 아니었지만, 언어가 문화현실의 충실한 거울이라는 대국적인 관점에서 보면 역시 고루한 쇼비니즘의 나쁜 찌꺼기였다. 가령 '안내案內'는 일본식 한자어이므로 '인도引導'라고 하는 것이 옳다는 주장 같은 것이 그 좋은 예인데, 이러한 정도는 대범하게 수용하여야만 한국어가 발전된다고 할 수 있다. 현재 '안내' 와 '인도' 는 의미영역을 달리하는 각기 다른 낱말이다.

이와 비슷한 현상이 요즈음 북한언어에 대한 반응으로 나타나고 있다. 어째서 북한사람들은 '상호相互'라는 낱말 대신에 '호상互相'이라고 하는가 하면서 북한언어의 특이한 표현들이 우리의 언어감각에 일치하지 않는 것을 한탄한다. 이 한탄에는 솔직히 말하여 자기가 아는 것만이 옳다고 하는 편견이 감추어져 있다. 사실 '상호' 는 일본식 한자어요, '호상' 이 전통적인 우리 표현이다. 그러나 이러한 견해는 민족문화를 발전시키기 위하여 모든 현상들을 넓고 크게 그리고 멀리 바라보려는 의지와는 거리가 있는 생각이다.

우리는 지금 결단코 민족·국가의 통일을 성취해 내겠다는 열의와 21세기에는 세계역사를 주도하는 주인이 되겠다는 야망을 함께 지니고 있다. 이러한 열의와 야망이 현실로 다가오고 세계사의 흐름이 우리 편이 되려면, 우리가 기억해야 할 분명한 한 가지가 있다. 그것은 5백 60여 년 전 세종대왕이 한글을 창제하면서 이룩한 문화민족으로서의 긍지를 살리는 길이다. 그 길은 7천만 우리민족이 아끼고 사랑하는 우리말 우리글을 체계있게 갈고 다듬는 작업을 통하여 열릴 것이다.

7. 한글날 공휴일 존폐론에 부쳐

한글날을 공휴일로 하지 않는 것이 어떻겠느냐는 의견이 나왔다고 한다. 우리나라의 경제발전의 둔화가 공휴일이 많음에 말미암는다는 설이 있다고도 한다.

그래서 한글날이 문제된 듯싶다. 경제발전과 공휴일의 숫자가 필연적인 상관관계가 있는지 없는지는 알 수 없으나 만일 그것이 사실이라면, 경제발전을 지속하던 지난 80년대의 공휴일 숫자는 지금보다 적은 것이었는지 궁금하다. 우리는 한글날의 존폐문제를 거론하기 전에 잠시 다른 나라에서 제나라 언어나 문자를 얼마만큼 소중하게 다루고 때로는 과장선전하기까지 하는가의 예를 하나 언급하고자 한다.

"한 민족이 다른 나라에 노예가 되어 끌려가더라도 제 민족의 말을 잘 보존한다면 이것은 감옥의 열쇠를 쥐고 있는 것이나 마찬가지입니다" 이 한마디 문장은 프랑스 소설가 알퐁스 도데의 '마지막 수업'이라는 짤막한 이야기의 결론부분에 나온다. 우리는 이 한마디에 얼마나 크게 감동하였던가! 한때 중학교의 국정교과서에까지 실린 적이 있었기 때문에 이 이야기의 내용은 프랑스 소설가의 꾸민 이야기로서가 아니라 역사적 사실로 이해되었고, 급기야는 우리들의 의식속에 모국어 사랑의 열정을 키우는 소재로 깊이 새겨져 있지 않은가!

그런데 사실은 그 이야기와는 아주 다르다. 알사스 지역은 현재 프랑스 영토 안에 포함되어 있으나, 역사적으로는 독일과 프랑스가 교대로 점령해왔던 곳이고, 그 지역 토박이들은 지금까지 독일어 또는 알사스어를 일상어로 사용하고 있다. 따라서 '마지막 수업'은 프랑스 사람들이 프랑스 어를 잘 가꾸고 지켜나가기 위하여 꾸며낸 하나의 아름다운 거짓말일 뿐이다. 그럼에도 불구하고 도데의 '마지막 수업'은 알사스 지역에 독일어나 알사스 어가 사용되는 것은 침략자의 횡포에 의한 것인 양 그려냄으로써 프랑스 어의 영광을 묘사하는 데 성공을 거두고 있다.

프랑스 사람들은 자기네 말을 보급하고 지키기 위하여 이렇듯 거짓말까지도 꾸며내어 세상 사람들을 현혹시킨다. 아마도 독일어나 알사스 어를 모어母語로 하면서 프랑스 국민이 된 알사스 지역의 토박이들을 제외한다면 도데의 '마지막 수업'에 대하여 심경상의 갈등을 느끼는 사람은 없을 것이다. 오히려 대부분의 세상 사람들은 여전히 도데에게 박수 갈채를 보내며 프랑스 어를 지키기 위하여 눈물겨운 수업을 진행하는 '마지막 수업'의 프랑스 어 선생님에게 흠모의 정을 보낼 것이다. 하나의 국가가 문화적 동질성과 유일성을 확보하는 것이 얼마나 아름다운 것이며 또한 절대적인 것인가를 알기 때문이다.

그러면 한글날은 우리민족, 우리나라에서 어떻게 기념되기 시작하였으며 그것은 우리에게 어떤 의미를 주는 것이었는가를 생각해 보기로 하자.

애초에 한글날과 비슷한 명칭의 우리문자 기념일을 정했던 때는 1926년으로 거슬러 올라간다. 나라 잃은 지 열여섯 해의 세월이 흘렀고 역사적 안목이나 지각이 없는 사람들은 우리나라가 영구히 일본에 병탄되는 것이 아닌가 하는 막연한 허탈감과 좌절감에 빠져 있을 시절이었다. 그러나 그렇게 암담한 시절이었음에도 불구하고 조선어연구회朝鮮語學會의 전신에서는 한글 반포의 날을 기념하기로 결정하였다.

이 결정의 첫 번째 이유는 무엇보다도 일본 제국주의 통치의 억압으로부터 정신적으로 해방되어 민족적 자긍심과 겨레사랑의 기운을 북돋우자는 것이었고, 두 번째 이유는 아무리 살펴보아도 독창적이요, 신묘하기 이를 데 없는 우리 한글이 인류 문화의 자랑거리인 만큼, 그것을 기념함으로써 문화애호의 정신을 드러내자는 것이었다. 이 세상 어느 민족 어느 나라도 자기나라 고유의 문자에 대하여 우리만큼 확고한 자긍심을 가진 예를 찾을 수 없다. 그것은 문자 자체의 우수성도 우수성이려니와 한글날의 제정을 계기로 하여 민족적 동질성과 독창성을 확신하여 마지않는 범민족적 공감대가 뿌리 깊이 자리잡혔기 때문이라고 하겠다. 처음엔 한글날이 아니라 '가갸날'이라 하였다. 조선왕조실록 세종 28년 9월조에 실린 기사 "이 달에 '훈민정음'이 완성되었다是月訓民正音成"는 내용을 근거로 하여 그 9월달 그믐날28일을 양력으로 환산, 11월 4일로 '가갸날'로 선포하니 이것이 한글날의 시초로서 한글이 세상에 나온 지 480여 년이 지난 뒤의 일이었다. 1928년에는 '가갸날'을 '한글날'로 고쳐 부르고 기념식을 가졌다. 1931년에 와서 시대의 흐름에 맞추어 음력을 율리우스력인 양력으로 고쳐 10월 29일에 한글날 기념식을 거행하였다. 그러다가 다시 1934년에는 현행하는 그레고리오력 양력으로 바꾸어 10월 28일로 정하였다. 해방이 된 1945년까지 이 날이 한글날로 기념되었다. 1940년에 '해례본 훈민정음解例本 訓民正音'이 경상북도 안동의 고가古家에서 발견되었는데 거기에 "정통십일년구월상한正統十一年九月上澣"이라고 좀 더 확실한 날짜가 밝혀졌지만 그 9월 상한10일을 근거로 하여 오늘날과 같은 10월 9일을 한글날로 잡은 것은 해방이 된 1945년에 가서야 이루어졌다. 그리고 그 다음해인

1946년, '해례본 훈민정음'이 반포된 지 꼭 5백 년이 되던 해에 한글날을 공휴일로 정하였다. 그때로부터 45년간 우리는 한결같이 10월 9일을 한글날로 기념하면서 문화민족으로서의 긍지를 키워왔다. 그날이 엄격하게 말하여 해례본 훈민정음의 원고 완성일 내지는 출판기념일에 해당하는 것이요, 훈민정음이라는 문자, 곧 한글이 실제로 완성된 것은 그보다 3년이 앞서는 세종25년 12월이라고 하는 사실이 분명하게 확인되었음에도 불구하고 우리는 날짜를 다시 바꾸지 않고, 맑고 드높은 가을 하늘과, 삽상하고 청량한 가을 날씨를 겸하여 즐기면서 세종대왕을 흠모하고 훈민정음에 끝없는 애정을 쏟아왔다. 그러므로 10월 3일의 개천절로부터 10월 9일의 한글날까지의 한 주일간은 누가 뭐라해도 민족적 동질성, 문화적 독창성, 역사적 영원성을 우리민족 한 사람한 사람이 무의식적으로 느끼는 매우 소중한 기간이 되어왔다.

이 세상에는 잠을 자지 않고 일만 하는 사람도 없으며, 밥을 먹지 않고 일을 할 수 있는 사람도 없다. 그렇다고 잠자고 밥 먹는 일이, 생산을 위한 경제활동의 일부가 아니라고 생각하는 사람도 없다. 휴식을 취하고 영양을 섭취하는 것이야말로 경제활동의 필수조건임은 삼척동자라도 짐작하는 일이다. 그런데 한글날을 하는 일 없이 노는 날이라고 생각하여 없앤다는 발상은 도대체 어디에서 나온 것일까? 문화적 긍지가 말살된 자리에 돈 한 푼이 더 생긴들 그것이 무슨 값어치가 있다는 말인가? 세종대왕의 탄신일까지도 찾아내어 문화행사를 벌인 문화부 당국자들이 설마하니 한글날을 없애자고 하지는 않았을 것이고, 문교부에서 말이 나왔을 리도 없다. 정부에서는 말이 없는데, 문화가 무엇인지도 모르는 무책임한 어떤 정치가의 즉흥적인 발언에 누군가 맞장구를 친 것이 아닌지, 우리는 작금의 정치풍토를 보면서 조마조마 불안한 것이 한둘이 아니거니와, 한글날까지 들먹이리라고는 차마 하니 꿈도 못 꾸던 일이었다.

철없는 사람이 잘못 던진 한마디에 공연히 민족문화를 아끼는 백면서생白面書生들이 지레 놀란 일이기를 빌어 마지 않는다.

8장 아름다운 국어 가꾸기

1. 우리 말·고운 말

고운 말이 따로 있나

말은 인품을 담는 그릇이다. 교양이 있고 점잖은 사람의 말은 듣는 사람의 마음을 즐겁고 편안하게 만들지만 속되고 거친 사람의 말은 듣는 사람의 마음에 어두운 그늘을 드리운다. 그러면 말에는 이렇듯이 좋은 말과 나쁜 말이 따로 있어서 좋은 사람은 좋은 말을 쓰고, 나쁜 사람은 나쁜 말을 쓰는 것일까? 사전 속에는 좋은 사람이 쓰는 말과 나쁜 사람이 쓰는 말이 따로따로 실려 있는 것일까? 아무도 그렇게 생각하는 사람은 없다. 여기에 '자식·새끼·놈·가짜'와 같은 낱말을 늘어놓아 보자. 우리는 대뜸 이런 낱말에서 얼굴을 찡그리게 되는 욕설을 연상할지도 모른다. 그러나 이러한 낱말들은 경우에 따라서는 대단히 점잖고 아름다운 감정의 표현에 쓰일 수 있는 것들이다.

6 · 25를 소재로 한 텔레비전의 영화 장면을 보시다가 할머니께서 혀를 끌끌 차시면서 이렇게 말씀 하셨다.

"자식 둔 골짜기는 호랑이도 돌아본다는데 그래 자식을 잃고 발이 떨어졌겠니?"

겨울 방학 숙제를 하던 초등학교 1학년짜리 꼬마가 엄마에게 이렇게 묻는다.

"엄마, 엄마, 소의 새끼는 송아지, 말의 새끼는 망아지, 개의 새끼는 강아지, 그러면 돼지의 새끼는 왜 동아지라고 안 하지?"

이러한 말을 들으면서 '자식 · 새끼' 같은 낱말이 욕설로 쓰이는 나쁜 말이라고 할 수 있을까? 아무도 그렇게 생각하는 사람은 없다.

따라서 우리는 우리들의 국어사전 속에 들어있는 낱말이면 어느 것이든지 우리가 사랑하고 아끼고 보존해야 할 귀중한 재산이라는 사실을 깨닫게 된다. 그렇다면 고운 말 좋은 말이란 무엇인가? 그것은 형편과 사정에 따라 꼭 알맞은 말을 일컫는다고 해야 하겠다. 기쁘면 웃고 슬프면 울듯이, 그리고 더우면 베잠방이 · 홑적삼에 부채질을 하고, 추우면 털배자에 토시끼고 난롯가에 모이듯이 환경에 맞추어 찾아 낸 말이면 모두 고운 말이요 좋은 말이다.

그러나 환경에 맞추어 찾아낼 수 있는 말이 꼭 한 가지라고 고집할 수 있는 것은 아니다. 이 때에 우리는 말하는 사람의 성품과 기질에 따라 자기가 더 좋아하는 알맞은 말이 있다는 것을 인정해야 한다. 그러니까 고운 말이란 말하는 사람과 그 사람이 처한 경우에 따라 달라질 수 있다. 화창한 봄날, 들로 소풍을 간다고 하자. 영희는 노랑 저고리에 분홍치마를 짧게 입었고, 순희는 연두색 쉐타에 수박색 바지를 입고 나왔다. 아무도 똑같은 옷감, 똑같은 색깔, 똑같은 디자인의 옷을 입지 않았으나 그들은 모두 개성미個性美가 돋보이는 차림새로 나타났다. 그들은 모두 예쁜 처녀들임에 틀림없지만 그들의 아름다움이 같은 멋을 풍기지는 않는다. 영희가 고전적이고 우아하다면 순희는 현대적이고 발랄하다고 말할 수 있다. 영희가 한국적이고 차분한 성격이라면 순희는 서구적이고 활달한 성품이라고 말해도 좋다. 따라서 그들의 그와 같은 독특한 개성은 그들의 말씨에서도 드러나게 될 것이다. 아마 영희는 한국의 전통이 오래 몸에 밴 집안의 아가씨이고 순희는 그 부모가 외교관이어서 어렸을 때 외국에서 초등학교를 다닌 경험이 있는 아가씨일지도 모른다. 아니 그 반대일지도 모른다. 소풍가는 날의 기분이 그녀들의 옷차림을 그렇게 만들었을 수도 있다. 허나 그들의 차림새가 자기 취향에 맞추어져 있는 것만은 틀림없다. 따라서 그들이 쓰는 말씨는 자기가 자라온 집안 배경과 성품을 바탕에 깔고 그때그때 형편과 기분에 따라 자기다운 표현을 보여줄 것이다. 어떤 때는 궁벽한 사투리도 쓸 것이고 또 어떤 때는 고전에서 나온 말을 찾아낼 것이다. 때에 따라서는 외래어를 살짝 섞어 쓸지도 모른다.

결국 말은 말하는 사람의 개성과 인격을 드러낸다. 사람은 대체로 자기 본래의 모습보다는 좀 더 돋보이려고 한다.

이조 백자의 멋처럼

자신을 점잖은 사람, 또는 얌전한 사람으로 평가받고자 하는 사람이라면 누구든지 사용하는 낱말어휘이나 말씨어조·화술에 신경을 쓴다. 첫선을 보러가는 새색시나 취직시험에 면담을 하러 가는 수험생을 연상해 보기로 하자. 아마 그들은 자신이 알고 있는 낱말들 가운데에서 어떤 낱말이 자기가 표현하려는 내용에 가장 알맞은 것인가를 찾아내려고 애쓸 것이다. 그리고 자신의 음성 중에서 가장 꾸밈새 없이 우아한 음성으로, 너무 느리지도 또 너무 빠르지도 않게, 지나치게 높은 음성도 아니요, 그렇다고 목구멍 속으로 기어드는 음성도 아닌 자연스런 목소리로 이야기를 주고받을 것이다.

이러한 경우에 쓰이는 말을 우리는 흔히 고상한 말, 또는 우아한 말이라고 부른다. 물론 고상하다거나 우아한 말이 따로 있는 것은 아니다. 야비하거나 천박한 느낌을 주는 낱말만 쓰지 않는다면 아마 모든 낱말은 대체로 우아한 말에 쓰일 수 있을 것이다.

'뱀이 물을 마시면 그 물은 독이 되고, 소가 물을 마시면 그 물은 우유가 된다'고 하는 경귀警句가 전한다. 언어는 이 경귀에 나오는 물과 같아서 쓰는 사람의 심성, 교양, 지식에 따라 약도 되고 독이 될 수도 있다.

그러나 어떤 부류의 낱말들은 처음부터 고상한 맛을 풍기기도 한다. 옛스러운 말들은 대체로 그러하다. 옛스러운 말이란 무엇인가? 수백 년 전 우리 조상들이 쓰던 말을 우리는 옛말이라고 한다. 그 옛말은 이미 시대 환경이 달라진 오늘날 그 옛말의 원뜻原意과 그 때의 제 소리原音로 재생될 수 없다. 그런데 얼마만큼 발음도 의미도 바뀌기는 했으나 그래도 옛날의 모습을 지니고 있으면서 지금 사용해도 그렇게 어색하지 않은 낱말이 없지 않다. 그런 것들은 조심스럽게 다시 쓸 수 있을는지도 모른다. 그러한 낱말들을 우리는 옛스런 말이라고 부른다. 이 옛스런 낱말들은 현대식 가구家具들 사이에 놓여 조화를 이룬

이조 백자처럼 그 전아典雅한 품위를 더욱 돋보이게 할 수 있다.

이제 다시 살릴 가능성이 있는 몇 개의 낱말을 검토해 보기로 하자.

① "영희야 점심때에 '적은 덧' 만나줄 수 있니?"

잠간暫間이라는 한자에 기원된 낱말보다 훨씬 운치가 있고 또 쉽게 알아들을 수 있다. '어느덧'이 현대어에 있기 때문이다.

② "노력을, '가장했는데도' 알아주지 않는 걸 뭐."

어떤 회사원의 푸념이다. 가장最이라는 부사副詞를 그대로 '─하다'에 연결시켜 '힘껏 일하다'의 뜻을 나타낼 수 있다. 중세 국어에서는 '다하다盡'의 뜻으로 자주 쓰이었다.

③ "'나아걷지' 않으면 그것은 곧 '물러걷는' 것입니다. 발전하는 현대 사회에서 제자리 걸음이란 있을 수 없습니다."

'나아걷다'는 '진보進步하다'이고, '물러걷다'는 '퇴보退步하다'의 뜻이다.

중세 국어에서는 두 개의 동사를 연결하여 복합동사를 만드는 방법이 널리 사용되고 있었다. 지금은 대부분의 동사를 한자어에 의존하고 있어서 이런 방식을 잃어버리고 말았다.

'다니다'는 원래 '둔(行)＋니(去)─'에서, '나타나다'는 원래 '나트(現)＋나(出)─'에서 생긴 말이다.

이와 같은 방법으로 옛스런 말을 하나씩하나씩 찾아 쓴다면 그 운치는 양장을 한 여인들 사이에 세저細苧모시 치마·저고리를 물색 곱게 지어 입은 청초한 여인을 보는 것처럼 삶삶한환하게 밝은 깃거움기쁨을 맛볼 것이다.

그러나 그렇게 살린 낱말들이 새로운 생명을 얻으려면 셰익스피어 같은 위대한 문인을 기다려야 한다. 더구나 셰익스피어를 알아주는 교양있는 시민이 없다면 셰익스피어인들 어찌 생길 것인가?

어린이의 눈으로 새로운 표현을

일찍이 그리스의 철학자 플라토는 언어말를 일컬어 생각을 담는 그릇이라고 말하여 언어를 의사 전달의 도구道具로 정의하였다. 언어의 가장 중요한 기능이 의사소통이고 보면 플라토의 견해가 당연한 것이라고 인정하지 않을 수 없다. 그러나 언어는 단지 의사 전달의 도구, 즉 생각을 담는 그릇이기만 한 것인가? 아마도 언어는 그 이상인 것 같다. 만일에 언어가 의사 전달의 도구이기만 하다면 우리 한국 사람들이 영국 말을 사용하거나 프랑스 말을 사용한다고 해도 좋을 것이다. 그리고 경상도 사람들이 평안도 사투리를 쓰거나, 강원도 사람들이 전라도 사투리를 쓰면서도 자기네 사투리를 쓸 때와 조금도 다름이 없는 감정을 느껴야 옳을 것이다. 그러나 사실은 그렇지 않다. 더구나 우리나라가 일제 치하에 삼십여 년 간 식민지 생활에 찌들려 살 때에 우리는 기를 쓰고 우리 한국말을 지켜 나가고자 하였다. 그 까닭은 한국말이 곧 한국 사람을 증명하는 증명서의 구실을 하기 때문이었다. 따라서 언어는 의사 전달의 도구일 뿐만 아니라 말하는 사람이 누구인가를 밝히는 동일인 증명同一人證明의 수단이기도 하다. 그러니까 점잖은 사람은 그의 말도 점잖은 것이요, 경박한 사람은 그가 쓰는 말도 경박할 수밖에 없다.

한 사람의 말이 어떻게 그 사람의 생각의 깊이며 삶의 폭을 나타내 주는가 하는 문제를 생각해 보기로 하자. 첫돌이 지난 지 얼마 안 되는 아가가 어른들과 같은 밥상에서 밥을 먹게 되었다. 키가 작으니까 할머니가 낮잠 주무실 때 베는 목침을 의자처럼 깔고 앉아 밥을 먹게 하였다. 몇 달 그렇게 식사를 한 뒤에 아가는 밥을 먹을 때마다 "엄마! 맘마− 앉아 줘, 맘마− 앉어."하고 그 목침을 찾는 것이었다. 아가는 목침이 낮잠 잘 때에 베고 눕는 물건으로서가 아니라 맘마 먹을 때에 앉는 의자이었기 때문에 그 목침의 이름을 '맘마− 앉어'라고 붙인 것이었다. 그 아가가 세 살이 되었다. 하루는 뒤뜰에서 채소밭을 가꾸는 할머니의 일하시는 모습을 쪼그리고 앉아 구경하고 있었다. 일을 끝마치신 할머니를 따라 일어날 때에 너무 오래 앉았었던지 다리가 저렸던 모양이었다. 아가는 할머니를 불렀다.

"할머니 나 좀 봐"

"왜 그러니? 아가야."

"내 다리가 이상해. 다리가 솜 같고 바늘 같고 뜨거워"

할머니는 아가의 말이 무엇을 뜻하는지 곧 알아들으셨다.

"오냐, 네가 쪼그리고 앉아 있었으니까 그렇지. 다리가 저린가 보구나."

'저리다'는 감각적 현상이 세 살짜리 아가에게 처음 경험되었을 때에 아가는 어떻게 하여서든지 그 느낌을 나타내어야 하였다. 그 때에 아가는 이미 자기가 알고 있는 말들, 즉 이미 경험했던 세계의 것으로부터 새로운 말, 즉 새로이 경험한 사실을 밝혀야 하는 추리推理, 유추類推, 응용의 세계에 들어선다. 그 때에 아가가 찾아낸 것은 '솜·바늘·뜨겁다'의 세 가지 낱말이었다. 과연 '저리다'는 느낌이 그럴 듯하게 전달되었다고 생각된다.

시인이 사물을 관찰할 때에 어린 아이처럼 티없는 감정을 가진다면 그의 언어가 역시 티없이 맑고 깨끗하게 짜인다고 한다. 아마 이 말은 사물을 습관적이고 일상적인 관점으로 바라보는 것이 아니라 어린 아이처럼 새로운 놀라움과 감동으로 바라보고 느끼는 사람이어야만 시詩에 쓰이는 말을 찾아낼 수 있다는 뜻일 게다.

그렇다면 다시 생각해 볼 일이다. 한국말에 부족한 것이 있다면 그것은 한국 사람이 한국말을 사랑하지 않기 때문이 아닐까? 표현은 풍부할수록 좋다. 사시장철 보는 해太陽라도 새벽녘 삼각산 봉우리에 올라서서 보는 해와 저물녘 한강 가에서 김포평야 너머로 지는 해가 같지 아니한데 우리는 단지 아침 해, 저녁 해로 만족해야만 하는 것인지.

'한 마디 말' 의 가치

'한 마디 말로 천 냥 빚을 갚는다'는 속담이 있다. 우리는 때때로 기백 원 기천만 원의 돈보다 한 마디 따뜻한 말씨를 더 값나가는 보물로 생각한다. 이 세상에는 금전상의 가치에 비교할 수 없는 아름답고 고귀한 가치가 따로 있기 때문이다. 생명을 아끼는 마음씨, 아름다움을 즐기는 마음씨, 남을 사랑하고 존중하는 마음씨 같은 것들은 정말이지 돈으로 바꿀 수 있는 성질의 것이 아니다. 그러나 이처럼 돈 안 들이고 성취할 수 있는 일임에도 불구하고 그러한 일들이 그다지 쉽지 않은 까닭은 무엇인가? 아마도 그 이유는 우리가 겸손과 사랑에 인색하기 때문일 것이다. 우리의 마음속에 교만의 찌꺼기가 조금이라도 들어 있는 한 우리는 한 마디 말로 천 냥 빚을 갚는 온화한 마음씨의 주인공이 될 수 없다.

새로 시집을 간 새색시가 갖추어야 할 언어 교양의 문제를 이 마음씨에 관련시켜 생각해 보기로 하자. 요즈음은 옛날과 달라서 시집간 새색씨가 층층시하 많은 시집 식구들의 틈바구니에서 숨도 제대로 못 쉬고 시집살이를 하지는 않는다. 핵가족 제도가 일반화하여 서로 딴 살림을 한다. 그러나 모처럼 시집 식구들을 만난 뒤에 새 며느리가 시집 식구들로부터 크게 지탄을 받는 일이 많아졌다. 새 며느리가 시어머니에게 '어머님'이란 호칭을 쓰지 않았기 때문에 빚어진 비난이다.

시어머니와 며느리의 관계는 그야말로 법으로 묶인 부모 자식의 관계이니만큼 친정어머니와 딸의 관계처럼 정이 오고 가지 않을지도 모른다. 또 시어머니는 이미 지나간 세대의 어른이므로 배운 것도 별로 없고 교양이 없을 뿐 아니라 성격이 괴팍할 수도 있다. 그리하여 객관적으로 보면 형편없는 시어머니에, 훌륭한 며느리일 수도 있다. 그렇다고 하여도 며느리가 시어머니를 '어머님'이란 호칭 없이 대화한다는 것은 있을 수 없는 일이다. 그런데 어찌하여 이 한 마디의 말을 아껴서 어른으로 하여금 가슴을 아프게 하는 상처를 입히고 며느리 자신은 스스로 교만한 여인의 불명예를 초해하는지 모를 일이다.

한국어는 예부터 경어법敬語法이 지극한 발달한 언어이었다. 이 경어법은, 만들어진 이유를 간단히 밝힐 수는 없으나 그 근본 취지가 말을 하는 사람이 스스로를 낮추려는 의도에서 출발하였음은 움직일 수 없는 사실이다. 그 결과 말 속에 나오는 주인공이나 말을 듣는 사람을 높일 수 있었던 것이다. 다시 말하면 오늘날 문법에서 말하는 존비법尊卑法의 문체는 그 기본 바탕에 말하는 사람의 겸양謙讓과 자기 비하

自己卑下의 미덕이 숨겨져 있다. 이러한 미덕으로부터 한국의 문화는 동방예의지국으로 꽃피웠던 것이 아닌가 싶다.

우리는 이제 와서 이미 시대감각에 뒤떨어진, 그리고 어떻게 보면 지나치게 굴종屈從적인 가족 호칭을 쓸 필요를 느끼지 않는다. 아가씨, 도련님 따위는 쓰지 않아도 좋다. 그러나 시댁의 어른을 부르는 '아버님' '어머님' 같은 호칭이야 천만 년이 흐른 뒤인들 없애 버릴 수 있는가?

근년에 와서 젊은 부부들은 서로 상대를 '자기' '오빠'라는 대명사로 나타내고 있다. 이것은 원래 3인칭 대명사의 재귀적 용법으로 쓰이던 것이어서 세대가 조금이라도 낡은 사람들에게는 생소하거나 낯간지러운 표현으로 들린다. 그러나 그렇다고 '오빠' '자기'가 부부의 상호간 호칭으로 쓰일 수 없는 것은 아니다. 그것이 '여보·당신' 같은 낱말보다 더 정겹게 느껴지기만 한다면, 그래서 부부간의 사랑을 더욱 확실하게 할 수만 있다면 '자기·오빠'야 말로 이 세상에서 가장 아껴야 할 낱말이 될 것이다.

그러나 여기에 분명히 지적해 두어야 할 한 가지 사실은 그 '자기'라는 호칭이 함축하고 있는 의미 속에는 상대방에 대한 은은한 존경심 같은 것, 그리고 말하는 사람 자신을 다소곳이 낮추는 겸양 같은 것이 발견되지 않는다는 것이다.

자신을 겸손되이 낮춘다고 하여서 남녀평등이 아니 된다거나 민주주의가 실현되지 않는다고 생각할 수는 없다. 그렇다면 우리는 되도록 스스로를 끝없이 낮춤으로써 상대방을 존중하고 기쁘게 해 드리는 너그러움을 실천하여야 할 것이다. 어느 것이 더 좋은가 다시 한 번 비교해 보자.

"자기! 뒷마당의 빨래 좀 거두어 줘요."

"저 좀 보세요. 아가가 젖을 물고 있어서 못 나가겠어요. 빨래 좀 걷어다 주세요."

옛 어른의 한글 편지

신파극의 대사를 흉내내는 코미디언들이 잠시 유행시켰던 말투가 있었다. 말끝에 쓰이는 어미 '-다' '-오' 등을 생략하고 바로 그 앞에 놓이는 어미 '-니' '-시' 등을 높은 음으로 길게 뽑는 것이었다.

'안녕하십니이' '어서오십시이'. 우리들은 얼마 전까지만 해도 이와 같은 유행의 말투를 흉내내면서 무관한 친구 사이에 즐거운 한 때를 가진 경험이 있다. 그러나 그것은 한갓 농담이요, 심심풀이에 지나지 않았다. 왜냐하면 그러한 말투가 정상적인 언어생활에서는 결코 용납될 수 없기 때문이다. 그럼에도 불구하고 이와 같은 말장난이 꽤 널리 유행했던 데에는 그럴만한 이유가 있을 것이다. 우리는 그 이유를 두 가지 관점에서 생각해 볼 수 있다. 첫째는 언어 경제의 측면으로서 할 수만 있다면 말을 짧게 하자는 욕구이고, 둘째는 발화 심리의 측면으로서 말하는 사람이 듣는 사람에게 친숙한 감정을 나타내고 싶어하는 욕구이다. 이 두 가지 욕구가 그와 같은 희극적 말투를 만들어냈을 것이다.

우리 말에는 말하는 사람과 듣는 사람이 나이, 성별, 신분, 계급 등에 따라 복잡한 등급을 나타내는 문체법을 가지고 있다. 그러나 때로는 그것이 대단히 번거롭고 거추장스럽게 느껴진다. 사람들은 가끔 벌거벗은 알몸을 보이듯 툭 터놓고 말하고 싶은 충동을 느낄 적이 많기 때문이다. 이럴 때마다 '좋은 아침' '당신께 감사' '안녕' '축하' 등 명사로 끝나는 서양의 인사법이 얼마나 간결한지 부러움을 느끼곤 한다.

그러면 우리 말에는 이처럼 간결한 표현법이 없었던가! 그렇지 않다. 옛 사람들의 한글 편지諺文書札를 보면 깍듯한 존경과 예의를 갖추면서도 불필요한 군더더기를 서슴없이 잘라 버리고 하고 싶은 내용만 요령 있게 전달하는 재주를 가지고 있었다. 재주라기보다는 하나의 관습이었으면서도 오늘날 우리에게 그것이 재주처럼 보이는 까닭은 이미 그러한 관습적 전통이 단절되었음을 뜻하는 것이다. 이제 그 전통의 부활을 위해 추사秋史 김정희金正喜 선생의 언문 서찰 하나를 감상하기로 하자.

> 거번去番 인편人便에 적사오시니 보압고 든든하오며, 그 사이 인편 혹 있사오대 서역書役이 극난하여 못하였사오니 죄많삽. 오직 꾸짖어 겨오시리잇가. 날이 사월이라 없이 이리 춥사오니 뫼와 일양一樣들 하시압. 아버님겨오셔 감후感候로 미령未寧하오시다 하오니 어떠하오신지. 즉시 평복平復하오시고 제절諸節이 일양이오신지 외오셔 초조焦燥가이 없삽.…(중략)…내내 평안하시기 바라압.

이 편지는 추사 선생이 서른 세 살 때에 대구 감영에 시아버님을 뵈오러 내려가 있는 아내에게 보낸 글이다. 정중한 존칭을 쓰면서도 종결어미의 일부를 과감하게 생략하고 있다. 이해를 위해 보다 쉬운 현대어로 옮겨본다.

지난번 인편에 (당신께서) 적으셨사오니 (그 글을 내가) 보고 든든하게 생각하오며, 그 사이 혹시 인편이 있었사오나 글쓰기가 몹시 힘들어 못 하였사오니 죄많삽. 오직 꾸짖음 있으시겠습니까? 날씨가 사월이라 하건만 전에 없이 이렇게 춥사오니 어른들 모시고 한결같으시압. 아버님께서 감기로 편치 않으시다 하오니 어떠하오신지. 곧 회복하오시고 활동하심이 전과 같으시온지. 외로이 떨어져서 초조하기 그지 없삽.…(중략)…내내 평안하시기 바라압.

이 글에서 '죄 많삽, 초조가이 없삽' 같은 말은 그 끝에 '–나이다'가 붙어야 할 것이고 '일양들 하시압' 다음에는 '나이까?'와 같은 의문형의 종결어미가 붙어야 할 것이다. 그러나 옛 어른들은 문맥에 의해 이해될 수 있는 부분은 그것이 의문형이건 서술형이건 서슴치 않고 떼어 버렸다. 그러면서도 겸양을 나타내는 '–압–'만은 써 넣기를 잊지 않았다. 가령 '잠 적삽잠깐 적었사옵니다' '긴 사연 줄이압긴 말씀은 줄이옵나이다' 같은 것은 편지 끝에 흔히 나오는 구절이거니와 이 얼마나 간결하고 공손하고 또 멋이 있는가? 이러한 편지 문투는 오늘날에도 여전히 매력있는 표현법이 될 수 있을 것이다. 거기에다 예스런 한자어를 조심스럽게 섞어 쓴다면…….

2. 바른 언어 생활

정情에 얽힌 사연

우리나라 사람들이 평생을 매달려 사는 것이 무엇이냐고 묻는다면 나는 선뜻 '정情'이라고 대답하겠다. 정이란 듣기만 해도 가슴이 훈훈해지는 낱말이 아닐 수 없다. 서양 문물과 함께 유행하기 시작한 '사랑'이라는 낱말, 그리고 옛날부터 우리 조상들이 즐겨 사용했던 '자비'니 '인仁'이니 하는 낱말들을 한국적으로 표현하면 결국 '정情'이 되어 버리는 것이 아닌가 싶다.

'드는 정은 몰라도 나는 정은 안다'고 하였으니 은근하게 발생하여 사람의 마음을 사로잡는 끈이 곧 정이다. 또 '고운 정도 정이요, 미운 정도 정이다' 하였으니 정은 한번 붙들리면 헤어나지 못하는 것이기도 하다.

지난 정초에 있었던 일이다. 해마다 세배차 찾아뵙는 옛 은사님. 이제는 팔순이 가까우셔서 그런지 기력이 무척 쇠약해지신 듯하다. 이런저런 얘기 끝에 선생님은 문득 소년처럼 파안대소를 하시면서 이렇게 물으신다.

"여보게, 내가 이 나이에 스무 살 안팎의 여자와 정을 통했다면 누가 곧이듣겠는가?"

평소에 농담도 없으실 뿐 아니라 근엄하시기로 소문난 선생님께서 무슨 말씀이신가 싶어 나는 어리둥절할 수밖에 없었다. 그러나 사연을 듣고 본즉 그냥 웃을 수만은 없는 것이었다.

"지난 가을, 어느 여제자가 내게 조심스럽게 무슨 청탁을 하지 않았겠나? 별로 부담되는 일도 아니어서 그 부탁을 잘 이행하였었다네. 그런데 그 제자가 나의 수고에 무척 감격했었던 모양이야. 엊그제 연하장을 보내왔는데 이것 좀 보게나."

선생님께서 내놓으신 연하장에는 다음과 같은 사연이 적혀 있었다.

"어렵게 여겨 왔던 선생님께서 그렇게 자상하실 줄은 정말 몰랐어요. 그런 줄 알았다면 진작 정을 통할 걸 그랬지요?"

나도 모르게 얼굴을 붉히며 웃고 말았으나, 한없이 씁쓸한 웃음이었다. '정을 통한다'는 표현이 '사통私通'을 뜻하는 줄 그 여제자는 아직도 모르고 있었던 것일까?

무책임과 자기 부정의 겸손

한국인의 자랑거리로 빼놓을 수 없는 것 가운데에는 한국 사람답다는 것에 대한 자부심도 한몫 끼어 있다. 당연한 얘기다. 자기 존재에 대한 전폭적인 긍정이 있은 다음에야 이 세상 만물이 가치가 있을 것이기 때문이다.

그러면 한국 사람다움이란 무엇인가? 여러 가지가 있겠으나 첫 번째 항목은 아마도 예의禮儀 존중이 될 것이다. 예부터 '동방 예의의 나라'라 일컫지 않았는가?

그러나 과불급過不及의 진리를 잊어서는 안 되겠다. 아무리 좋은 영약靈藥이라도 지나치게 쓰면 독약毒藥이 될 수 있다. 예의를 지킨다는 명분으로 체면 유지에 급급했던 우리 조상들, 분수에 넘치는 제사 차림이나, 장례, 그리고 과도한 혼인 잔치 비용 때문에 일을 치른 뒤에 빚에 몰려 허덕이던 우리 조상들.

우리는 그들의 착한 후손답게 예의를 지키는 데 많은 신경을 쓴다. 예의는 겸손한 자세와 언어에서 시작되는 법. 그래서 우리는 겸손을 강조하기 위하여 자신의 판단이나 견해는 되도록 뒷전으로 미루는 말버릇을 길들여 왔다.

"… 하셨으면 좋을 것 같습니다만……"

이렇듯 '것 같다'는 표현은 때로 윗사람의 경직된 마음을 녹여 주는 효과를 낼 때도 있다.

그러면 이런 대화는 어떤가?

"그 김 선생님 말야. 참 훌륭한 분이셔. 그렇지?"

"응. 그런 것 같애."

"얘. 너 그 옷 참 예쁘구나!"

"그래 그런 것 같지?"

"참, 너의 아빠 아주 멋지시던데. 로얄 발레 구경을 따님과 함께 하시고 말야, 우리 아빠도 그랬으면 얼마나 좋아!"

"그러니? 나도 그렇게 느끼는 것 같아."

자신의 느낌조차도 확실하게 표현하지 못하는 이 마지막 말에서 우리는 예의도 겸손도 발견할 수가 없다. 어쩌면 "그래, 지금 살아 있는 것 같아."라고 태연하게 말함으로써 자기 존재조차 부정할지도 모른다는 위기를 느낄 뿐이다.

나는 잠시 '같다'라는 낱말이 우리 말 속에서 한 10년쯤 활동을 중지하면 어떨까 하고 생각해 본다.

명복을 기원하는 말씀

"지금으로부터 신년 하례식을 시작하겠습니다. … 먼저 을축년 새해를 맞이한 저희 회사 사원 여러분의 명복을 기원하는 의미에서 회장님의 새해 인사 말씀이 계시겠습니다."

입사한 지 얼마 되지 않아, 신입 사원 신세를 못 면하고 있는 집안

아이가 자기 회사 신년 하례식에 다녀와서 전해 준 사회자의 사회 말씀 한 토막이다.

굳이 꼬집자면 '을축년 새해'라는 말부터 문제가 된다. 새해를 맞이한 신선한 느낌을 간지干支로 표현하는 우리나라의 오랜 관습에 따라 을축년乙丑年이란 낱말을 쓴 것이지만, 이것은 음력에 의한 것이므로 양력 정초에는 맞지 않는 표현이다. 대체로 음력은 양력보다 달포 안팎 정도 늦게 진행하기 때문에 양력 정초는 언제나 음력으로 묵은 해의 동짓달이나 섣달에 해당된다.

그 다음 문제는 '명복冥福을 기원한다'는 말이다. 사회자의 이 말을 듣는 순간 몇몇 사람들은 깜짝 놀라 눈을 맞추며 난감한 표정들을 교환하였지만, 상당수의 사람들은 그 말에 무표정한 모습들이었다고 한다. 식자우환識字憂患이라고 그것은 '명복冥福'이 아니라 '명복明福'을 뜻하는 것이었다고 간교하게 우겨댈 요량이라도 세웠다면 모를까? 그렇지만 명복은 '冥福'뿐, 오직 죽은 이들을 위해서 마련한 낱말임을 명심해야 한다.

끝으로 '말씀이 계시다'는 표현이 문제다. 사람의 언어 행위를 사물화事物化하여 표현하는 현상은 이미 어제 오늘의 일이 아니다. 언제부터인지 '전화電話 하겠습니다'보다는 '전화 드리겠습니다' 또는 '전화 올리겠습니다'가 윗사람에 대한 예의바른 말씨로 통용되고 있고, '축하합니다' 역시 '축하 드립니다'가 더 경의를 표하는 말로 인정되는 듯하다. 아마 신입사원이 회사의 윗사람에게 말할 때에는 '인사 말씀 올리고자 찾아왔습니다' 같은 표현을 써야 기분 좋아할 것임에 틀림없다. 전화, 축하, 인사 등 모든 말씀은 하나의 진상품進上品이 되어 올리고,

드리고, 바치지 않으면 안 되게 되었다. 그래도 여기까지는 예의를 숭상하는 민족이라 그런대로 한국적 겸양의 표현이라 하겠지만, 이제는 말씀이 아예 의인화擬人化하여 계시게까지 되었다. 여기에는 문제가 있다. 말씀은 본질적으로 '말하다'를 뜻하는 동사動詞에서 나온 것이니 부디 '말씀하시겠습니다'로 바꾸었으면 좋겠다.

어떤 이는 이 글을 읽고 의문을 품을 것이다. "요한복음 첫머리에는 '천지가 창조되기 전부터 말씀이 계셨다'라고 적혀 있는데?" 하고. 그러나 분명히 밝혀두거니와 요한복음에 나오는 '말씀'은 그 본질이 하느님이므로 하느님을 의언화擬言化한 특수 표현이라는 것이다.

사라지는 가족 호칭

저녁 산책을 나갔다가, 노인정 앞을 지나칠 때였다. 마침 이웃집 할머니 서너 분이 모여 앉아 말씀을 나누고 계셨다.

"나는 우리 며느리가 어머니라고 부르는 소리 한 번만이라도 들어보았으면 좋겠어요."

"그럼 뭐라고 불러요?"

"할머니라고 해요. 그러니까 직접 부르는 법은 없지요."

"그 정도면 좋은 편이예요. 우리 집 며느리는 아예 상대해서 말을 나누려고도 하지 않아요. 마지 못해 한두 마디 하고는 자리를 피해 버려요."

그 날 조간 신문에는 시어머니의 약값 부담을 완강하게 반대하다가 남편으로부터 머리를 얻어맞고 죽은 젊은 며느리의 기사가 실려 있었다.

세상이 변하여 핵가족 시대라는 것이 왔다. 그렇다고 부모 없는 자식이 있을 수는 없으련만, 어째서 남편 이외의 남편쪽 혈육에 대해서는 그 존재조차도 인정하지 않으려는 풍조가 생겨난 것일까? 그 풍조에 따라 부르는 이름호칭도 많이 달라졌다. 시누이에게 '누이' 또는 '아기씨' 라고 부르는 올케는 이제 거의 자취를 감추어 버렸다. 아직 태어나지도 않은 자기 자식의 처지가 되어 엉뚱하게 '고모'라는 명칭으로 시누이를 부르고 '시아주버니'나 '시동생'은 너무도 자연스럽게 '큰아빠'와 '삼촌'이 되어 버렸다. 이러한 호칭은 자기 자식에게 그러한 집안 식구들을 제 3인칭으로 가리킬 경우에만 사용할 수 있는 말이라는 것도 이제는 제대로 일러주는 사람이 없다. 누가 그런 얘기를 한다면 시대에 뒤떨어진 낡은 보수주의자라고 손가락질이나 받을 것이다. 그러나 정말 '아기씨, 서방님, 도련님' 같은 호칭은 봉건적 구시대의 찌꺼기여서 잊혀져야 할 것인가? 오히려 한국인의 혈연血緣 의식을 강조하는 짙은 사랑의 표현이라고는 생각할 수 없는 것일까?

흘러간 유행가의 가사처럼 '세상을 원망하랴, 내 아들을 원망하랴.' 를 입속으로 뇌이며 집안의 화목과 옛 호칭의 부활을 염원하는 젊은 남편들이 어디엔가는 꼭 있을 것이다.

어색한 피동被動 표현

영문 학자 이양하李敭河 선생의 수필에는 영어 냄새가 나는 표현이 몇 개 있다. '이러한 때에 비로소 나는 모든 오욕汚辱과 읍울悒鬱에서 완전히 자유로울 수 있고 ≪신록예찬新綠禮讚≫' 라든가 '바이올렛 자체로 말하면 누구나 다 사랑하지 아니하지 못할 꽃의 하나요, 그 빛깔도 아름다운 빛깔의 하나임에 틀림없을 것이다. ≪신의新衣≫' 같은 글귀에서 우리는 '…에서 자유롭다(to be free from~)'나 '…의 하나(one of~)'라는 표현이 아무래도 영어 문장의 번역체 같다는 인상을 지울 수가 없다. 이러한 영어 냄새의 문체가 이양하 선생의 경우에는 하나의 개성미個性味를 풍기기 때문에 우리는 그 분의 수필을 더욱 아끼고 사랑한다. 한국어 문장은 그리하여 서서히 영어 문장이 지니는 독특한 표현 관습을 하나의 수법으로 받아들이면서 풍부한 문체상의 발전을 꾀한다.

그러나 영어식 표현 방식이 아무리 매력적이라고 해도 한국어 문장에서 용납하지 못하는 부분이 있다. 그것은 아마도 피동被動으로 표현되는 문장일 것이다. 한국어에 피동의 기능을 담당하는 낱말이나 문장 기법이 없는 것은 아니지만 '…에 의하여 …하여졌다' 같은 한국어 문장을 보게 되면 대개 어울리지 않는 자리에서 영어를 지껄이는 속물적俗物的 인간을 보는 것처럼 불쾌해진다.

링컨 대통령이 한국 사람이었다면 그의 게티즈버그 연설문의 마지막 구절은 이렇게 달라졌을 것이다. '국민의 정부이고, 국민이 운영하는 정부이며, 국민을 위해서만 존재하는 정부가 이 지상에서 영원히 멸망치 않도록 하기 위해서입니다.' 여기에는 '…에 의한(by)'과 같은 표현이 나타날 수가 없다. 그런데 요즈음 꽤 인기가 있다는 작가의 글에도 그 요상한 피동표현이 나타나 우리를 우울하게 한다.

'주먹과 사기詐欺에 의하여 하루 아침에 사장님이 되어진 김갑돌은…' 나는 이 글을 읽다가 "그렇지, 주먹과 사기로 돈을 벌었으니 그 사장님은 뒈질 수밖에…" 이렇게 중얼거리며 피식 웃고 말았다.

한 마리와 약간 명

언어와 문자는 우리의 생각과 느낌을 가능한 한 정확하게 표현했을 때 제 구실를 제대로 하는 것이라고 볼 수 있다. 그래서 우리는 어떻게 정확하게 표현해 낼 것인가를 고민한다. 그러나 한편, 얼마든지 정확한 표현이 가능한데도 일부러 정확한 표현을 피하고 얼버무리는 경우가 있다. 유주현柳周鉉 씨의 ≪태양의 유산≫이란 소설에는 다음과 같은 대화가 나온다.

"어딜 갔다 오세요?" 먼저 말을 건 것은 곰배무당이다.
"부개 한 마리 사가지구 오죠." 대답하는 배생원의 손에는 북어 두 마리가 매달려 있다.

여기에서 북어 한 마리는 아주 자연스럽게 두 마리로 둔갑한다. 그런데 신기한 일은 곰배무당이 배생원에게 왜 거짓말을 하느냐고 시비를 걸지 않는다는 사실이다. 이 때의 한 마리는 정확한 숫자 표시를 위해서 쓰인 것이 아니기 때문이다. 그러나 이와 같은 숫자 표현의 마술魔術 때문에 순진한 사람이 골탕을 먹는 경우도 있다.

"학생 때 아나운서 시험을 쳤다가 떨어진 일이 있다. '모집 인원 약간 명'이라기에 그 '약간' 속에 끼어 볼 요행을 바란 것이 잘못이었다. 나중에 알아보니 합격자는 단 한 사람, 어째서 하나가 약간이 될 수 있는지 하고 쓴 웃음을 지은 기억이 새롭다. 그 때 유일한 영광을 차지한 분이 지금 M방송국에 계신 C부장님이시다."

변호사 한승헌韓勝憲 씨가 여러 해 전에 수필에서 술회한 내용이다. 아마 모집 인원이 한 명이라는 사실을 알았다면 지원자의 수는 엄청나게 줄었을 것이다. 이것이 도덕적으로 옳으냐 그르냐 하는 문제에 대해서는 논의를 보류해 두자. 우리는 우선 숫자 표현이 실제와 다르게 사용된다는 사실에 주목하여야 한다.

말은 고지식한 것만은 아니다. 그래서 공자님은 일찍이 '말을 제대로 알아듣지 못하면 결코 사람을 이해할 수 없다不知言無以知人부지언무이지인'고 갈파하셨던 것이다.

사랑받는 옥의 티

효빈效顰이라는 말이 있다. 옛날 중국에 서시西施라는 미인이 있었다. 어찌나 아름다웠던지 눈살을 찌푸리는 것조차 보는 사람의 간장을 녹이는 매력이었다고 한다. 그녀는 오吳 나라 임금 부차夫差의 궁궐에 있다가 가슴앓이 병을 고치기 위하여 고향에 잠시 내려간 적이 있었다. 그곳에는 마침 천하에 못생긴 추녀醜女가 있었는데, 서시가 아픔을 참느라 가슴을 누르고 눈살을 찌푸릴 때의 아름다움을 흉내 내어 자기도 가슴을 누르고 눈살을 찌푸렸다. 그러지 않아도 못생긴 여인의 찌푸린 얼굴은 망칙하기 이를 데가 없었다. 보는 사람마다 10리 밖으로 도망을 칠 정도였다고 한다. 그래서 자기 분수도 모르고 다른 이의 멋을 흉내 낼 때, 우리는 그것을 '효빈'이라 하여 비웃음의 대상으로 삼는다.

윤동주尹東柱의 ≪서시序詩≫는 언제 어디서 읽어도 우리의 가슴을 감동으로 채운다.

죽는 날까지 하늘을 우러러
한 점 부끄럼이 없기를
잎새에 이는 바람에도
나는 괴로워했다.
별을 노래하는 마음으로
모든 죽어 가는 것을 사랑해야지.
그리고 나한테 주어진 길을
걸어가야겠다.
오늘 밤에도 별이 바람에 스치운다.

　우리는 섣불리 이 시의 아름다움을 이러쿵저러쿵 말하고 싶지 않다. 하느님 앞에 겸허하게 머리 숙인 시인의 모습을 상상하는 것만으로도 우리의 가슴은 터질 듯이 벅찬 감회에 젖는다. 그러나 꼭 한 가지 옥의 티처럼 잘못 쓰인 부분 '스치운다'가 마음에 걸린다. '스치다'를 타동사로 생각한다면 그 피동형은 '스치이다'가 되어야 옳은 것이었다. 그렇지만 '이' 대신 '우'를 씀으로써 이 시는 우리에게 더 많은 이야기를 건네는 듯싶다. 분명 잘못된 것이기는 하지만 그것은 ≪서시≫의 눈살 찌푸림이라고나 할까? 우리의 영혼은 그 '스치움'으로 하여 얼마나 더 가멸게 흐느꼈는가?
　그러나 그것은 윤동주의 특허품일 뿐, 우리가 그렇게 쓰면 어김없이 '효빈'의 부끄러움을 받게 된다.

문법은 까다로운 것인가?

한 사람의 얼굴에 천사의 모습과 악마의 모습이 함께 들어 있다고도 하고, 하나의 풀뿌리가 독毒이 되기도 하고 약藥이 되기도 한다고 말한다. 하나의 사물이 쓰임이나 관점에 따라 상반된 가치를 지닌다는 깊은 이치를 설명할 때 자주 인용되는 말이다. 사물을 종합적으로 관찰하라는 교훈으로서는 그럴 듯한 표현이라 하겠다. 그러나 이러한 발상이 모순矛盾을 초월하는 논리로 아무 데나 적용되는 것은 아니다.

현민玄民 유진오兪鎭午 선생의 〈문장도文章道〉라는 글에는 다음과 같은 빙탄 불상용氷炭不相容의 표현이 나온다.

'정말 좋은 문장은 문법에 맞지 않되 맞고, 맞되 맞지 않는, 말하자면 문법을 초월한 문장, 문법에 구애되지 않고 도리어 문법을 구사하는 문장인 것이다.'

어찌하여 현민 선생은 문법에 맞기도 하고 맞지 않기도 한 문장이 있다고 생각하셨을까? 문법을 지키기 까다로운 법률 조항 같은 것으로 생각하신 모양이다. 그러나 문법은 하나의 언어 사회가 올바른 표현이라고 받아들이는 모든 문장을 빠짐없이 설명할 수 있는 원리이므로 부분적으로 맞고 부분적으로 틀리는 제한된 규칙이 아니다.

가령 형용사 어간에는 명령형 어미인 '아라, 어라'가 결합될 수 없다는 문법 규칙을 배운 학생은 '아름다와라, 조국의 강산이여!'라든가 '예뻐라, 내 사랑하는 딸아!'와 같은 문장을 접하고 고개를 갸우뚱거릴 것이다. 이 때 문제되는 것은 그가 배운 문법 지식이 불완전하다는 것이다. 만일 문법 선생님이 소망所望이나 기원祈願의 뜻을 나타내고자 할 때, 형용사 어간에 붙은 '어라'는 명령형이 아니라 일종의 감탄형이 된다고 좀 더 자세한 설명을 했더라면, 그 학생은 당황할 필요가 없었을 것이기 때문이다.

공자님의 말씀이 생각난다. "나이 일흔이 되고 보니 마음 내키는 대로 아무렇게 행동을 해도 저절로 법도에 들어맞아 실수하는 일이 없었다.七十而從心所欲 不踰矩칠십이종심소욕 불유구"

다행스럽게도 말은 일곱 살만 되면 마음 내키는 대로 해도 문법에 틀리지 않도록 하느님께서 배려를 해 놓으셨으니 우리가 걱정할 것은 문법이 아니라 오로지 우리의 마음가짐이 아닐는지.

"자리 있습니까?"

개화기에 있었다는 연애 풍속 한 토막.

철수는 순혜에게 연애편지를 보낸다. 편지 첫머리에 영어로 '디어 순혜Dear Soon-Hye'라고 적는다. 순혜는 두근거리는 가슴을 가누며 영어 사전에서 '디어'가 무슨 뜻인지를 찾아본다. ① 사랑하는, 귀여운 ② 값비싼, 소중한 ③ 편지 첫머리에 쓰는 말. 순혜는 답장을 보낸다. "철수 씨, 디어는 몇 번째 뜻으로 쓰신 건가요?" 이 때 철수가 "그야 물론 첫 번째 뜻이지요."라고 다시 회답을 보내면 그들의 인연은 아름다운 열매를 맺는 방향으로 진행되는 것이었다.

이 이야기에서 우리는 상대방의 속마음을 확인하는 순혜의 슬기와 함께, 어떤 말이 관용적으로 자주 쓰이면 실질적인 의미가 퇴색하여 의미의 분화가 일어난다는 언어 법칙 한 가지를 배우게 된다. 따라서 남의 말을 표현된 의미대로 너무 순박하게 받아들이면 각주구검刻舟求劒의 어리석음을 범할 수도 있다.

늘 쓰는 말이면서 그 뜻을 곧이곧대로 해석할 수 없는 표현에는 어떤 것들이 있을까? 우선 '칠전 팔기七顚八起'라는 말을 생각해 보자. 이 말은 불굴의 의지와 용기로 인생을 개척하는 사람에게 사용하는 말이다. 그러나 일곱 번 넘어지면 일곱 번 일어날 수는 있겠지만 어떻게 여덟 번 일어난다는 것인가? 그래도 이 말의 비논리성을 지적하여 '칠전 칠기'라고 말하는 사람은 없다.

'문 닫고 들어오너라.' '덮어놓고 먹었습니다.' 같은 표현을 놓고, 논리에 맞지 않으니 달리 표현하라고 주의를 준다면 이것 역시 언어의 관용성과 융통성을 없애 버리려는 꼭 막힌 바보짓이다. 고쳐야 할 것은 오히려 의사 전달에 혼란이 일어나는 대화의 경우다. 가령 지정 좌석제가 아닌 일반극장이나 기차 안에서 "자리 있습니까?"라고 물었다 하자. 대답할 사람은 어떻게 응답할 것인지 잠시 망설이게 된다. 누구를 기준으로 하여 '있다, 없다' 할 것인가? 처음부터 "이 자리에 앉을 수 있습니까?"라고 묻는다면 대답하기가 훨씬 쉬울 것이다.

궁색한 국한혼용國漢混用

며칠 전 참으로 우연한 기회에 종교학宗敎學을 공부하는 젊은 교수 한 사람을 만난 적이 있었다. "선생님! 참 잘 만나 뵙게 되었습니다. 제가 평소에 지녔던 고민을 말씀드릴 수 있게 되었군요." 이렇게 말문을 연 그는 자기가 마침 비교종교학比較宗敎學 분야의 책을 한 권 번역 중인데 그 책을 요즈음 유행에 맞추어 한글전용을 하자니 도무지 의미 전달이 안 될 것 같아 고민이라는 것이었다. 그래서 나는 그의 의중을 떠보기 위해 짐짓 이렇게 능청을 떨며 말했다.

"한자漢字가 들어 있으면 책도 팔리지 않을 터이니 무얼 그렇게 근심을 하시오? 한글전용을 하시구료."

"아니 선생님이 어떻게 그런 말씀을 하십니까? 한글전용을 하면서 학문이 될 수 있다고 생각하셔서 그런 말씀을 하시는 것은 아니지요?"

그래서 나는 본심本心을 드러내어 껄껄 웃으며 말했다.

"하도 답답해서 해 본 소리요. 공부할 사람이 한자漢字를 몰라 책을 못 읽는다면 공부를 하지 말아야지."

"그렇지요? 선생님! 제가 바로 그런 생각을 하면서 제 책에 한자용어漢字用語를 한자漢字로 노출露出 시키려고 마음먹었습니다. 오늘 마침 선생님을 뵙고 제 결심을 확실히 해 두고 싶었어요."

우리의 대화는 이렇게 결론을 맺었다. 참으로 너무도 당연한 사실을 고민하며 이야기해야 한다는 현실이 한없이 안타까울 뿐이었다.

그러나 그가 번역한 책의 초고를 훑어보면서 나는 그가 사용한 한자들이 얼마나 무서운 절제와 통제로 줄어들고 또 줄어들어 있는가를 보게 되었다.

다음은 그 예문이다.

"비교종교학의 창시자로도 등장한 언어학자 프레드릭 막스 뮐러는 자신의 '종교의 과학'을 전개하는 데에 19세기 초 독일 낭만주의 관념론에서 직접적인 영향을 꽤 받았다. 그 결과 뮐러는 종교가 지니는 詩的 飛翔, 정서적 깊이 그리고 도덕적 강령 등에 더 큰 관심을 보였다. (중략) 따라서 뮐러는 낭만적인 경향이 있음에도 불구하고 理性에 대한 계몽주의적 理想에 부합하는 비교종교학의 창시자였던 셈이다."

"어떠한 학문적인 종교 연구의 學史disciplinary history도 발명되는 것이지 발견되는 것은 아니다. 그 줄거리는 현재의 시점에서 현재의 知的 제도적 관심사들에 부응하여 불가피하게 고안되는devised 것이다"

겨우 여섯 개의 낱말을 한자로 노출시키면서 종당에는 '고안考案'을 못쓰고 괄호 안에 'devised'라는 영자英字를 넣어야 하는 이 궁색窮塞함으로 어떻게 학문적 사유學問的 思惟가 자유롭게 날개를 펼칠 수 있단 말인가? 더욱 한심스러운 것은 문화의 횡적橫的 교류상交流相을 뜻하는 'intercultural'이란 낱말을 '橫문화적intercultural'이라고 漢字와 英字를 둘 다 동원動員할 수밖에 없었던 그 교수의 가여운 기지機智에 이르러서였다.

아무래도 이래 가지고는 한맹漢盲에 의한 학문의 공황恐慌이 폭풍처럼 몰아닥칠 것만 같다. 지금이라도 늦지는 않았을 것이다. 아니 늦지 않았다고 희망을 지니고 한자 용어를 부담 없이 읽을 수 있는 차세대를 위하여 방안을 강구하여야 할 것이다.

역사歷史를 잃은 민족民族에게 미래未來는 없다.

세상 만물의 이치를 이행하는 방편으로 이분법二分法이 쓰인다. 그 이분법은 또 두 가지로 나뉜다. 하나는 배타적排他的 이분법이고 또 하나는 통합적統合的 이분법이다. 배타적 이분법은 속칭 흑백론黑白論으로 둘 중의 하나를 인정하고 다른 하나는 포기하거나 거부한다. 반면에 통합적 이분법은 흔히 음양론陰陽論이라 하는 것으로 다른 한 쪽을 배척하지 않고 보완補完의 수단으로 존중한다.

우리는 지난 20세기 후반을 한글 전용론專用論과 국한혼용론國漢混用論의 대립과 갈등으로 세월을 허비하였다. 한글전용론은 한글과 한자를 빙탄불상용氷炭不相容의 존재로 보고 한글만 쓰기를 고집하는 배타적 흑백론이었다. 한글은 선善이요 한자는 악惡으로 보는 것이었다. 그러한 추세趨勢와 대세大勢가 20세기 후반을 관류貫流하였다. 그 결과 우리나라의 문자문화는 정보전달, 의사소통에 심대한 장애가 발생하였다. 글을 써놓고도 무슨 뜻인지 모르게 되었고 강의나 연설을 듣고도 이해가 어렵게 되었다. 대강 짐작하고 대충 알아듣고 적당히 대답하고 어물쩍 넘어가는 일이 비일비재非一非再하게 되었다.

〈목월시의 의경과 한시적 미감〉

이렇게 한글로만 쓰인 논문제목을 읽은 사람들은 그 뜻을 얼마나 정확히 이해할까?

만일 〈木月詩의 意境과 漢詩的 美感〉 이라고 하였다면 '意境'이 무엇을 뜻하는지 모를지라도 추정은 할 수 있을 것이다. 그러나 한글만으로는 짐작도 할 수 없다. 그러므로 우리는 이제 국한혼용을 하루 빨리 소생蘇生시켜야 한다. 국한혼용론은 한글이 한자를 포용하고 한자가 한글을 감싸 안는다. 통합의 이분법이요 음양론이다. 서로가 필요할 때 나서고 또 필요치 않을 때 물러선다.

아버지 어머니 두 분을 부모로 모신 자식들이 아버지만 따르거나 어머니만 봉양하는가? 비유하자면 한글은 어머니요 한자는 아버지다. 한글로만 적히는 고유어는 대체로 따뜻한 어머니 품을 연상시키는 감정적인 어휘가 많고 한자로 적을 수밖에 없는 한자어는 대체로 개념 정의가 엄정한 학술용어들이다. 또 비유하자면 한자어는 과거요 역사요 전통이고 한글로만 적히는 낱말들은 현재요 미래요 새로움이다.

그런데 우리는 아버지와 어머니를 모두 공경해야 하듯 우리 민족의 과거 역사도 우리의 현재나 미래와 함께 똑같이 존중해야 한다.

며칠 전에 다음 같은 표어를 보고 가슴이 뭉클하는 감동을 느꼈었다.

"역사 잃은 민족에게 미래는 없다."라는 것이었다.

반만년의 역사를 긍지로 여기는가? 그렇다면 박혁거세를 朴赫居世로 썼을 때에만 그것이 "광명이세光明理世, 밝은누리"를 뜻하는 '새 세상', '새 삶'의 표현이었음을 알게 되는 것이요, 돈오점수를 頓悟漸修로 썼을 때에만 그것이 선교통합禪敎統合을 주장하며 조계종曹溪宗의 기초를 세우신 지눌知訥스님의 가르침임을 알 것이 아닌가?

우리는 이제 다음 물음에 진지하게 대답하여야 한다. 漢字를 잃는다고 우리 민족이 무너지기야 하겠는가만은, 그 미래의 문화에서 과연 우리가 발전을 기대할 것인가? 퇴보를 예감할 것인가?

초판서문

내가 살아온 세월을 둘로 가르면 앞쪽 반은 자란 시절이요, 뒤쪽 반은 일한 시절이다. 일한 시절은 모두 우리말과 글을 가르치면서 보냈다. 그런데 돌이켜 보면, 제대로 일을 했는지 의심스러울 뿐이다. 많은 사람들이 고등학교를 졸업하고도 이력서 한 장, 편지 한 줄 제대로 못 쓴다고 근심하는 소리도 들리고, 말 한 마디 바로 할 줄 모를 뿐 아니라 험한 말이 세상을 어지럽힌다고 개탄하는 소리도 높기 때문이다.

이 일을 생각할 적마다 나에게 잘못이 많고 책임도 크다는 느낌이 나의 마음을 욱죄는 것이었다. 이 답답하고 죄송스런 심사를 풀려면 나는 무언가 우리말과 글에 대해서 조금이나마 도움이 되는 말을 더해 주어야 한다고 생각하고 있었다. 특히 고등학교에 다니는 학생들이나, 일찍이 학교를 졸업했지만 늘 우리말과 글에 대해 깊은 근심을 하고 있는 분들에게는 그러한 도움의 이야기가 더욱 절실할 것이라는 생각이었다. 나는 이 책에 이러한 나의 작은 소망을 담아 보려고 하였다.

그리고 나는 이 책에서 우리가 한국 사람으로 태어난 것이 무엇보다도 복된 사실임을 강조하였다. 우리들이 누구인가를 알지 아니하고는, 즉 우리 존재의 확인 없이는 우리가 사용하는 말과 글에 관심을 갖지 않을 것이기 때문이었다. 그러므로 나는 감히 말한다. 누구든지 자기가 한국 사람이기를 거부하거나 포기하려는 사람은 이 책을 읽지 않아도 좋다, 아니 읽을 필요가 없을 것이다.

그러나 이 책은 우리말과 글에 대하여 자세한 이야기를 하지는 못했다. 단지 우리말의 뿌리가 어디에 있는지, 그리고 그것은 우리 민족의 역사와 더불어 어떤 변천을 해 왔는가를 간략하게 훑어보았을 뿐이다. 그리고 우리글 곧 한글은 어떤 경로로 창제되었으며 그것이 오늘날까지 어떻게 전수되고 가다듬어졌는지를 검토하면서 이 한글이 오늘을 사는 우리에게 어떤 역사적 문화적 의미가 있는가를 밝혀 보려고 하였다. 이러한 이야기의 사이사이에 우리 문학이 싹트고 발전해 온 모습도 살펴보려고 하였다. 그러나 마음만 있을 뿐, 나의 뜻이 이 책 속에 제대로 들어가 있는지는 의문이다. 다만 이 책을 읽는 이들이 이 책을 통해서 우리말과 글을 좀 더 사랑하고 아끼겠다는 마음을 굳히고 한 마디의 말, 한 줄의 글이라도 바르게 말하고 바르게 쓰려는 자세를 지니는 데 조금이라도 도움이 된다면 그것으로 나의 죄스러움이 조금은 풀릴 것이라고 스스로 위로해 본다.

이 책의 끄트머리 부분에는, 신문이나 잡지에 틈 있는 대로 적었던 글을 순서도 생각지 않고 모아 놓았다. 우리말과 우리글의 바른 길을 모색하는 나의 고뇌와 방황을 숨김없이 드러낸 것이다. 앞으로 남은 생애도 힘이 미치는 한, 비슷한 소리를 되뇌일 것이려니와 잘못된 점이 있으면 거리낌 없는 충고가 있었으면 좋겠다.

1985년 여름 복더위에
시흥 호암산 기슭에서
지은이 씀

저자 심재기 沈在箕

인천 출생
서울대학교 국어국문학과 졸업
서울대학교 대학원 문학석사·문학박사
서울대학교 국어국문학과 교수 역임
전 국립국어원 원장
현 서울대학교 명예교수

대표논저 국어 어휘론(國語語彙論)
국어 의미론(國語意味論)(공저)
국어 어휘론신강(國語語彙論新講)
국어 문체발달사(國語文體發達史)

수 필 집 사랑과 은총의 세월
막내딸의 혼인날

한국어, 우리말 우리글 4 - 한국어를 연구한 죄

초판인쇄 2010년 4월 26일
초판발행 2010년 5월 7일

저자 심재기
발행 제이앤씨
등록 제7-220호

주소 서울특별시 도봉구 창동 624-1 현대홈시티 102-1206
전화 (02)992-3253(대)
팩스 (02)991-1285
전자우편 jncbook@hanmail.net
홈페이지 http://www.jncbms.co.kr
책임편집 김연수

ISBN 978-89-5668-781-0 03810   정가 14,000원